JN038344

APOCALYPSE BÉBÉ

アポカリプス・ベイビー

ヴィルジニー・デパント　齋藤可津子〈訳〉

早川書房

日本語版翻訳権独占
早　川　書　房

© 2021 Hayakawa Publishing, Inc.

APOCALYPSE BÉBÉ
by
Virginie Despentes
Copyright © 2010 by
Éditions Grasset & Fasquelle
Translated by
Katsuko Saito
First published 2021 in Japan by
Hayakawa Publishing, Inc.
This book is published in Japan by
direct arrangement with
Les Éditions Grasset & Fasquelle.

装幀／albireo

「……わたしたち二人は吸血鬼のように、きみの墓の上で眠り、きみの核を温めよう。
二人の吸血鬼のように、きみのセックスと血とテストステロンの渇きを癒しに来よう」

『テスト・ジャンキー』

B・Pに捧《ささ》ぐ

パリ

三十歳だったのは、そう昔のことじゃない。なんだってありえた。いいタイミングでいい選択をするだけのこと。しょっちゅう転職した。雇用契約は更新されず、退屈してる暇はなかった。生活レベルに不満はなかった。たいがい同居人がいた。季節は、好きなだけ頬張れる徳用パックのカラフルなグミキャンディーみたいに移り変わっていった。ふと気がつくと、人生が微笑んでくれなくなっていた。

今の給料は十年前と変わらない。当時は頑張っていいところまで行けると思っていた。三十を過ぎて勢いは衰え、それまでのやる気は失せた。しかも、次に雇用市場に出るときは、資格なしの中年女になってる自覚がある。だから今いるところに必死でしがみついている。

朝、遅れて出社する。受付の若いアガトが眉をひそめて腕時計を指で叩《たた》く。蛍光イエローのタイツにピンクのハート型ピアス。わたしより十は若い。コートを脱ぐのがじれったいらしくため息をつかれ、無視すりゃいいのに意味不明の言い訳をしながら上司のオフィスの前へ行く。室内からしわがれた長い悲鳴が漏れる。恐怖で一歩あとずさる。アガトに目で問うと、顔をしかめ、声をひそめて「マダム・ガルタンよ、今朝、営業時間前から入口であなたを待ってたんだから。もう二十分、ドゥスネを罵倒してる。早く行って落ち着かせて」。黙って回れ右して階段を駆け下りたくなる。だがノックして招じ入れられる。

ドゥスネは珍しくデスクに散乱する書類を見ずに、わたしの名前を思い出してくれる。

「ルーシー・トレドです。ご存じですね、彼女が……」

上司は最後まで言わせてもらえない。クライアントの怒声にさえぎられる。

「どこにいたんだ、このバカ女！」

言葉のパンチに体勢を立て直す間もなく、音量アップし、たたみかけられる。

「あの子を見逃さないように、いくら払ったと思ってんの？　消えた？　地下鉄《メトロ》で？　メトロで見失うなんて、よくそんな大バカができたね！　しかも半日たってから連絡するわけ？　先に、学校から連絡が来たよ！　おかしいんじゃない？　まさかそれでちゃんと仕事してるつもり？」

悪魔に取り憑《つ》かれていた。反応の鈍さが不満だったらしくドゥスネに向き直る。

「だいたいなんでこのとんまがヴァランティーヌの担当なの？　もっとましな在庫はなかったの？」

上司はたじたじ。やむなく肩を持ってくれる。

「ルーシーはうちの選りすぐりの調査員でして、現場経験も豊富で……」

「毎朝使う通学路で、十五歳の女の子を見失うって、どういうこと？」

ジャクリーヌ・ガルタンに会ったのは、依頼があった二週間前だった。金髪を短く切りそろえ、ハイヒールの靴底は赤、若作りで注文が細かく冷たい女性だった。思いどおりにならないとトゥレット症候群（精神神経疾患）になるとは見抜けなかった。激怒でボトックスが退散し、額に深い皺《しわ》が刻まれる。口角に白い泡が小さな玉をなす。なで肩を震わせオフィスをぐるぐる歩き回る。

「どうやったら、メトロで見失えんのよ??? このあほんだらが」

言葉に酔っている。その前でドゥスネが縮み上がる。身内の前ではいつも偉ぶる上司が小さくなっているのはいい気味だ。ジャクリーヌ・ガルタンは機関銃のごとく一人でまくし立て、わたしの下卑た顔に不潔な服、単純な仕事もできない無能さ、何をやっても丸出しの無知を、一緒くたに罵倒する。わたしはドゥスネの禿《は》げた後頭部のいやらしい染みに神経を集中させる。上司は太鼓腹の短足で、自信がないため部下の前では横暴になる。今はビビって金縛りにあっている。

わたしはデスクの椅子を出し、腰を下ろす。クライアントが息をついた隙に会話に割り込む。

「あっという間だったんです……。ヴァランティーヌがいなくなるとは思いませんでした。家出だとお考えですか？」

「あら、やっと話してくれた。客をなんだと思ってんのか知りたいんだけど」

ドゥスネはかなりの量の写真や報告書をデスクに広げていた。ジャクリーヌ・ガルタンが手近にある報告書を一枚、虫の死骸みたいにつまみ上げ、一瞥《いちべつ》してからまたデスクに落とす。完璧に塗られた赤いマニキュアが光っている。わたしは弁明する。

「ご依頼の内容はヴァランティーヌを観察し、立ち寄り先、交友関係、行動について報告すること……。彼女の身に何か起こるなんて想定していませんでした。そういう場合、手続きが変わるんですが、ご存じですか？」

相手がわっと泣き崩れる。やれやれ、弱り目に祟《たた》り目だ。

「あの子の居場所が分からないなんて」

ドゥスネがおろおろして、クライアントの視線を避けつつ口を開く。

「お孫さんを見つけ出すため、できるかぎりのことは致します……。でもきっと警察が……」

「警察？　本気出すと思ってんの？　警察がまともに取り合うのは、メディアに発表できることだけ。記者会見でしゃべることしか頭にないんだから。ヴァランティーヌにそんな宣伝が必要だっていうの？　人生のスタートを切るいいやり方だとでも？」

ドゥスネがこちらを向く。手がかりをでっち上げてほしいのだ。だがあの朝、学校の向かいのカフェにあの子があらわれず、一番驚いたのはわたしのほうだ。クライアントが続ける。

「経費は持つわ。最初の契約に補足条項をつけましょう。二週間以内に連れ戻せたら五千ユーロのボーナスを出す。その代わり、結果が出なきゃ地獄を見るよ。有力者のつてもあるし、オタクみたいな会社は、あちこちで横槍《よこやり》が入るのは極力避けたいんじゃないかしら……。悪い評判は言わずもがな」

こう言うと顔を上げ、おもむろにドゥスネを見据える。極《き》めの所作はゆるやかで、まるで白黒映画。年季が入っている。それから報告書の一部にまた目を落とす。わたしの調査報告書が全部デスクの上にある。昨日一日、遅くまでかかってまとめたものだけでなく、社内の人間が来て、勝手にコンピュータから持ち出していったものもある。わたしのような者に気を遣う必要はなく、漏れや隠匿がないか確かめるのは当然のこと。何時間もかけて資料を選別し整理したところに、呆然《ぼうぜん》とするような狼藉《ろうぜき》を働いていった。だから、全部そろっている。張り込みに使ったカフェのレシートに始まり、撮った写真は一枚残らず、腕の断片しか写ってないものにいたるまで……。刻限までに完璧にしておこうと一昼夜かけても、重要な情報とそうでないものの区別もつかない役立たずと言われているようなものだ。ピラミッドの底辺にいる手ごろなわたしをなぶり者にしない手はない。老婆からとんま扱いされるのも無理はない。それで気がすむんなら。わたしは、情緒不安定でコークでラリったヤリマン娘を監視するため、二週間張り込みして薄給をもらうとんまだもの。その子にかぎったことじゃない。R社に入ってもうすぐ二年、任されるのはいつもこんな中高生の監視ばかり。ヴァランティーヌが姿を消すまでは、へまもせずにうまくこなしてきた。

あの朝、地下鉄車内で数歩後ろに立っていた。少女はめったにiPodから目を上げず、雑踏に紛れているのはそう難しいことではなかった。下車した拍子に恰幅《かっぷく》のいい年配の女が目の前で倒れ、とっさに支えながら少女が遠ざかって消えるのを目で追った。それから急いでターゲットを追うため女をその場に放置する代わり、ほかの人たちが足をとめるまでしばし付き添っていた。二週間前からヴァランティーヌを監視していた。学校のそばのカフェへ行けば、いつものようにほかの子たちとちょっと距離をおき、のんびりマフィンを平らげコーラを飲んでいるものと高を括っていた。ただその日、ヴァランティーヌの姿はなかった。事件に巻き込まれたのかもしれない。もちろん、尾行に気づかれアクシデントに乗じて撒《ま》かれたのかもしれない。だが警戒している様子は全然なかった。尾行に明け暮れ、中高生の行動パターンは把握しはじめていたのに。

ジャクリーヌ・ガルタンはデスクに広げられた写真を見る。公園の高さ一メートルの繁みの陰のベンチで、男にフェラチオするヴァランティーヌ。午前八時に連絡帳の表紙でコークを極めるヴァランティーヌ。真夜中に家を脱け出し、赤信号で停車したスクーターの見ず知らずの男に声を掛け、後ろにまたがるヴァランティーヌ……。一緒に動く同僚はいなかった。財政難のためやむを得ず、毎晩現金払いなら文句を言わずに働いてくれる札つきのヤク中と組んでいた。だが、売人にはめられたのか、ふっつり姿を見せなくなり、留守電も満杯で連絡がつかなかった。急いで代わりを見つけるまでもないと判断された。脱走にそなえて少女の部屋の窓の下、夜が明ければ校門で張り込む羽目になった。姿を消した現場に居合わせたのは、ある意味ラッキーだった。たいがいあの子が何をしようとしているのか、見当もつかなかった。

監視にあたって、お約束の手を打った。子供を一人手なずけ「トラックの落とし物」と称し、人気モデルのスマートフォンを廉価で譲ると持ちかけさせたのだ。たいがいの中高生なら、保護者に携帯電話の追跡方法を教えればすむ。ところがヴァランティーヌは携帯を所持せず、こちらで持たせてやった端末の電源も入れてくれなかった。ＧＰＳなしの子供の尾行などめったになく、仕事はやりにくかった。

老婆は物思いにふけるように、写真を順にずらして見たあとこちらを見据える。「報告書を書いたのはあなた？」という口調は愛想がよく、先ほどの恫喝《どうかつ》はお互い消化しきったかのようだ。しどろもどろになるが相手の耳には入っていない。「この写真も全部あなた？　台なしにする前は、いい仕事してたのね」。アメとムチ、人を操る者の手法——口汚く罵ったかと思えば褒めちぎり、会話の調子を意のままにする。さっきの非難で激しい苦痛を強いられただけに、褒められたら開いた傷口にモルヒネを一発打たれたような効き目。なんならごろんと仰向けになって腹を掻《か》いてもらいたいくらいだ。クライアントがタバコに火をつけ、ドゥスネは禁煙だと言い出せず、灰皿代わりになるものを目で探す。

「あの子を捜し出してもらえる？」

すごい、お眼鏡にかなったらしい。パンチングボールとして。ドゥスネが担当者を決めるだろう。わたしは行方不明者の捜査などやったことがなく、ずぶの素人だ。だが彼はこっちを向いて、

「この案件は任せたぞ」

クライアントが同意の笑みを浮かべる。上司は流し目を送ってくる。ホッとしてるみたいだ。このタコが。

オフィスにしている狭い部屋の窓枠の左上を、虫が移動している。触角が異様にでかい。

書類箱を取り出す。コンピュータにはあまり保存しない。明日わたしが撃たれて所持品を調べられたら、メモを見て、エニグマの暗号を微笑ましいイタズラ書きに擬装した暗号システムを開

発していたと思われるかもしれない。実は自分でも、あとから読んで何が書いてあるのか分からない。幸いまだボケていないから、しばらく考えればたいてい思い出す。だいたいは。変な記号、ときには――代数の心得でもあるように――数学の記号が書きつけられたカードを順繰りに見る。

ここで働くようになってから、子供の監視役ばかりで憤っている。のん気にジョイントを吸う子供の尻にへばりつき、いつも見張ってやっている。最初の年は十五歳未満の子を監視することなどなかった。今では小学生相手の仕事も珍しくない。子供たちの人生を握るわたしと同年代の親たちは、子供に再三逃げられる用意はできていない。自分の仕事に反吐が出るとは言わないが、子供の携帯に細工するなんて、褒められたことでも胸躍ることでもない。これはマンネリを脱するチャンスだが、どこから手をつけていいか見当もつかず、喜んでもいられない。ドゥスネはオフィスから下がらせるとき、手助けが必要か訊《き》きもしなかった。

「ヴァランティーヌ・ガルタン」と打ち込んで検索。結果はゼロ。そりゃそうだ。監視対象の子で携帯メールを送信してるところを見たことがないのは、彼女が初めて。クラックでぶっ飛んでいるガキだって、わざわざ自撮りの醜態映像をYouTubeにアップするというのに。

父親のフランソワ・ガルタンは小説家だ。ちらりと顔は見ている。祖母が依頼に来た日、同席していたが終始無言だった。ウィキペディアのページは半端な有名人にありがちな、本人が節度を失って書き込んだものだ。どこの学校で、隣の席は誰で、影響を受けた作品は何で、初めて詩を書いた日の空模様はどうで、どこぞのシンポジウムでやった講演がいかに重要か。掲載された写真では、うねるたてがみ風に髪を後ろになでつけ、禿げてないのが嬉《うれ》しそうだ。まずは父親に話を聞いてみるべきだろう。

母親は出産後間もなくヴァランティーヌをおいて家を出た。今どこでどうしているか、家族はまったく分からないと言う。母親を見つけ出す必要があるだろう。取り散らかりように打ちのめされる。辞めようか。だが職安のことを考えれば、無能を理由に辞めさせられるほうが望ましい。昔バカにしていた探偵ドラマを見直せば、ヒントになるかもしれないと考えはじめたとき、ジャン＝マルクがノックした。見なくても二本指を折り曲げ、そっとドアを打つしぐさが目に浮かぶ、脱力気味の手首の角度がセクシーで格好いい。顔だけ出して、こっちが一人なのを確認すると、入って道路に面した窓辺に立つ。わたしはコーヒーを淹《い》れる。「きみの膝小僧が大好き」をハミングしている。両手をポケットに入れたまま肩を揺らし、腰をうごめかしてリズムをとる。長身で痩せているが骨太で貫禄《かんろく》があり、いつも背筋を伸ばして鷹揚《おうよう》にかまえている。顔はひと癖あって、目がくぼみ鼻は大きく、額が突き出ている。女好きのするどこか粗野な風貌は、とりわけ同僚男性の心を狂わせる。畏怖されている。ジャン＝マルクは社内で一人だけしゃれた服装をしている。ほかのみんなは地方回りのセールスマンのような風体だ。人目を惹《ひ》いて有能とされる仕事ではない。いつもまっ白なシャツに黒いネクタイの彼の口癖は、男らしさの喪失はネクタイの喪失に始まる。スーツを捨てる、それは権威の体現を捨てること、が持論だ。使い走りになる子を紹介してほしいとき以外はめったに訪ねて来ない。わたしにはつまらないご褒美で手伝ってくれる若い子のネットワークがあるのだ。今日来たのは、わたしがでかい案件を食らったからだ。アガトから一部始終を聞いたのだろう。受付にいれば、ボスのオフィスで起こることは筒抜けだ。R社が入居する物件はもともと血液の分析ラボで、壁はプライヴァシー保護仕様になっていない。ジャン＝マルクがコンビを組もうと言ってくれたらいいのだが。自力でなんとかできると思われているらしく、こう訊かれる。

「どこから取りかかるの？」

「ちょうど、今それを考えてたところ。かなりイカれた子なの。何があったのか見当もつかない。それにお祖母《ばあ》さんは、おっかなすぎていじれないし。正直言って分かんない……産みの母親かな？」

無言で見つめられる。こっちが攻撃プランを開陳すると思っているようだ。訊いてみる。

「行方不明はやったことあるんでしょ？　やばいものを発見する恐れはなかった？」

さりげなく言ってみてゾッとした。そこまで恐れていたことに、自分でも気づいていなかった。

「五千ユーロのボーナスだろ……。発見するものが気に入るかどうかは、この際、問わないね。問題は、その子をどうやって見つけるか。一人で手に負えないなら外注しな。みんなやってる。ボーナスは折半すりゃいい。連絡先欲しい？」

「それは考えた。ハイエナに声掛けてみようかな、この手のことに詳しいし……」

とっさに頭に浮かび、彼を黙らせるような名前がそれだった。鍵をなくしたり困ったことがあるたびハイエナに電話してるように言ってのけた。知り合いの知り合いではあるが、本人に会ったことはない。

ジャン＝マルクが息を詰まらせ短く笑う。親身に気を揉《も》むのをやめて、そっけなくなる。ハイエナは有名人だ。彼女とコンビを組めると言うのは、裏世界に関わっていると公言するようなもの。早くも後悔したが、嘘《うそ》をつき通す。

「よく情報の仕入れに行くバーが、彼女の行きつけなの。オーナーはわたしのダチで、オーナーは彼女とダチ……」

「つまりオーナーを介して知り合った」

答えない。ジャン＝マルクは熱いコーヒーをふうふう吹きながら、考え深げに切り出す。

「いいかいルーシー、すべては運と努力次第。はじめは不可能にみえても、なぜか、手がかりは出てくるもので、あとはひたすら疲労管理の問題になる」

何を言わんとするか分かっているように、わたしはうなずく。

ジャン＝マルクは長いあいだ社内の期待の星で、それは、しくじった案件の報告書すら最後は勝利に輝く印象を与える見事な文体のためだけではなかった。前社長の右腕を長くつとめ、いつか正式に副社長か重要支社の責任者になると誰もが考えていた。だがドゥスネが責任者となり、ジャン＝マルクがいるとやりにくそうだった。たぶん、でかすぎるのだ。

ジャン＝マルクは静かにドアを閉めて出て行く。クロマグのカードを探す。あとで、昼食がてら下の公衆電話から電話しよう。他人の会話を聞くほど暇な人がいるのか疑問だが、オフィスの電話はすべて盗聴されている。職業上の習癖で、携帯電話は誕生日おめでとうの送信にだけ使い、ほかのメール送信は避けている。さもないと、捜査や裁判で痛い目に遭う。それに野次馬の穿鑿《せんさく》にもさらされている。わたしはいまだに郵便をよく使う。郵便物の監視に必要な専門知識を持つ調査員は、もうあまりいない。隠すほど重要な情報など握ったこともないのに、この仕事をしているといささか疑心暗鬼になる。

ハイエナに接触したいと言うと、クロマグは吹き出さない。ありがたく思う。あとでまた電話してくれと言われる。ヴァランティーヌの高校へ向かい、昼休みに生徒のたまり場となるバーでコーヒーを飲む。彼らがかよう小さな私立校は、給食の出る食堂も校庭もなく、子供向けにできていない。話しかけずに会話に耳を傾ける。ヴァランティーヌの話は出ていない。失踪したことがまだ知られていない、ということは警察の捜査も始動していない。ありきたりの行方不明人捜索よりも、警察が力を入れるくらいガルタン家は影響力があるだろうに。子供たちは授業に戻って行く。空疎で騒々しく、むやみに興奮している。没個性的集団。彼らに興味はない。それはお互い様で、こっちも彼らの視界に入らない。わたしの強みはスルーされること。午後はコーヒーのお代わりをしながら、客がテーブルに忘れていった新聞をくまなく読んですごす。調査に着手しないのは気がとがめるが、午後の自由時間を返上するほどではない。

クロマグのバーの前でゴシック集団が歩道にとぐろを巻いている。タバコを吸いながらゲラゲラ笑い興じているのは、彼らのモラルに反するようにも見えるが、どのみち専門外で分からない。

誰の注意も惹かずに集団をすり抜けて店に入る。

　クロマグが迎えてくれる。酒にハードなドラッグ、徹夜、食事はケバブで年中くわえタバコの生活習慣のわりにぴんぴんしている。たいがいの人間なら三十で失う白痴的な快活さを残しながらわざとらしくない。耳たぶが巨大なリングの重みで変形し、歯はオレンジのニコチン色だが、全部そろっているだけたいしたものだ。カウンター越しに身をかがめ、じきに来る、と小声で告げられる。傍目《はため》には、ドラッグを買いに来た客に売人の情報を伝える図だ。柄になく男臭いしぐさで頭を上げて顎を掻き、「最近、よく店に来る女の子を追い回してるんだ。来てもらうのは難しくなかった」と言う。

　わたしはカウンター席でビールを頼む。外は寒くて本当はホットチョコレートにしたかったが、ハイエナとの待ち合わせで、やわな女に見られたくない。バーではあまり酒を飲まない。頭痛がするし、酔いたくない。自制が効かなくなったら、人は何をしでかすか分からない。

クロマグとは古いつき合いだ。もう十五年も前の冬に寝たこともある。醜い顔だと思ったが、酔って一緒に帰ろうとしつこくせがまれほだされた。ある日、ばったり出会うと女連れで、彼みたいな男の腕に抱かれて歩くのを恥としない程度に器量よしの、野暮ったい白人娘だった。釈明を求められたり修羅場になるのを恐れてか、しばらくはクロマグから気まずげに避けられた。だがどこ吹く風でいたら情がうつったらしく、近所に来るときはいつも電話をくれて一緒にコーヒーを飲み、パーティを開くときは誘ってくれる。二年前、R社で求人があると教えてくれたのは彼だった。

クロマグは小皿にピーナッツを盛り、わたしの前に置いてウインクしてから、カウンターの奥へドリンクを作りに戻る。彼はよくハイエナの話、二人の武勇伝を語る。コンビを組んでいた。そもそも一緒にデビューした。取り立て屋だった。最初の相手は十二区にちっぽけな店舗をかまえる自称布地屋で、仕入れ先に支払いを忘れた。さっさと借りを返さないと痛い目に遭うと教えてやる仕事だった。出かける前、ハイエナは自分が乱暴者を演じるから、なだめ役をしないかとクロマグに持ちかけ、彼をむっとさせた。「俺のガタイでか?」。もっともな言い分だった。クロマグは巨漢で小さな茶色い目は間隔が狭く、表情は不穏な白痴とも残忍な野獣ともつかなかった。気負った彼は経験がない代わり、腕に物を言わせて容赦なく締め上げた。相手は泣きべそをかいたが、明らかに見逃してもらうための方便だった。ハイエナは背後で静かに控えていた。立ち去る段になって踵《きびす》を返し、男の首根っこを引っ摑《つか》むと、微笑んで耳もとで歯を三回かち合わせ「この次は、あんたのちんぽを咬《か》み切るからね?」。誰もが大わらわで逃げ惑う怪物に変貌し、緑色でこそないが超人ハルクが出現したようだった、とクロマグは語る。それなのに、彼女はしくじったと落胆していた。「怖がってるにおいがしなかった。アンモニア臭くて、嗅いだとたんに虫唾が走って速攻ぶっ殺したくなるにおい」。クロマグは実行中よりもなお薄気味悪くなって「あんたやばいよ、病気だよ」と言った。ハイエナが男の首を摑んだ瞬間、返り血のごとく何かに憑依《ひょうい》されていた。クロマグはそれを「演技ではできない純粋な殺意のようなもの」と称した。結局、男はその晩のうちに金を払った。二人は徐々にリズムをつかみ、クロマグがショーの幕を開け、ハイエナのソロでフィナーレを飾った。阿吽《あうん》の呼吸で目覚ましい仕事をするようになった。

あだ名をつけたのは自分だとよく言っていた。「当時のアクション中の顔を見たら、それ以外思いつかない。邪悪でやばくなるほど、にやけるハイエナ」。人生のその時期に関して、クロマグには相棒との会話で練られたとおぼしきセオリーがやたらとあった。「恐怖とは言葉を超えた動物的なもの、恐怖を引き起こしやすい言葉があるとしても暗中模索……手の内にいるが気心の知れない女が相手みたいにフィーリングを頼りに闇のなか指を這《は》わせ、焦らし、ある瞬間効いていると感じたら、恐怖が噴き上がるまで手をゆるめずに突き進む。鈍感な頑固者から敏感なお調子者まで、頭に叩き込んでやる——この次は摑んだ喉首を離しゃしない、分かってるな」。相棒との仕事を懐かしみ、店に来る若い者に人生訓をたれるように自慢げに吹聴していた。「最高のコンビで、肝心な点では意見が一致していた。たとえばしょっちゅう長い休憩を取る。リラックスしてれば能率が上がる。筋の通った袖の下は受け取っておく。危険が大きすぎたらさっさと逃げるのが健康の秘訣《ひけつ》。それに、よく女の話をした。共通の話題があるのはいいことだ。四六時中、仕事の話なんかしてられるか、それでなくとも緊張を強いられていたんだ」。そうこうするうち、二人が街に本拠地を移したばかりのある朝、雨の十三区にロシア人を訪ねに来ていて、クロマグは胃潰瘍に悩まされればぼやいていた。ハイエナに「仕事、嫌になんない？」と訊かれ、はたと気づいた。たしかに、毎朝目覚めるたび脅しに行く相手も人数も分からず、怖い思いをするかも分からず、最悪なのは、憐憫《れんびん》をおぼえないか、自分のしていることを恥じないかすら分からない。そのすべてにうんざりしていた。毎晩帰宅し、玄関の鍵を回しながら、リビングで男たちが待ちかまえていないか、台所にガールフレンドのずたぼろ死体が転がっていないか、警官隊に取り押さえられないか、ビクつき尻の穴を締めるのもうんざりだった。たしかに恐怖のなかで暮らすのはうんざりで、しかも稼いだ金では、ベルヴィルの高台の三十平米よりましなところに移ることもできなかった。コンビのためだけに続けていた。ハイエナに言われた。「あんたが辞めたら寂しくなる。だけどあんたならよそでも働ける。わたしは違う。強制は我慢ならない。あんたは適応できるんだから、嫌なことして体ぶっ壊しちゃもったいない」。クロマグの談では、これを聞いて泣きたくなった、というのもこの瞬間、自分は足を洗い、コンビは解消すると悟ったからだ。それに、彼女の自己評価がいかに正鵠《せいこく》を射ているか知っていたからでもあった――ハイエナはつぶしが効かず、普通の人生に向いていない。真にタフな人間と悔悛《かいしゅん》できる者の違いはそこにある――選択肢を持つか否か。いつも昔話のこのくだりになるとクロマグは、高山で負傷し死期を悟った仲間を見捨て、罪悪感に駆られながらスタコラ下山したかのように一人で感極まるのだった。「ハイエナは純粋な悲劇、近づきになれば孤独、悲しみ、適応不能のなんたるかが分かる」。話がこの局面にくると彼女への愛が伝わってくる。まんこしゃぶりたいという意味でなく、相手の存在が尊《とうと》くて、一緒にすごした思い出がどれも金色の薄膜に覆われているような意味での「愛」。わたしは二年前にこの世界に入り、噂《うわさ》はよそでも聞いたが、大勢が同じように感化されている。それなのに彼女が孤独だなんて言われても……。

二人はその後もクロマグ流にときどき会ってコーヒーを飲んだ。昔のつき合いを維持するのにべらぼうなエネルギーを注ぐやつなのだ。ときとともにハイエナは、ミステリ小説でもなければスターなどあまりいない職業である探偵のスターになっていた。専門は失踪人捜索。やがて彼女にまつわる物語には様々なヴァリエーションが生まれ、それは互いに矛盾し純粋なフィクションの域にまで達する。弁護士、たれ込み屋、総合情報局員、デカ、探偵、記者、美容師、ホテル従業員にセックスワーカー……この狭い世界でうごめく者は誰でもハイエナの逸話を持ち、彼女がどこで誰と何をやっているか持論がある。大臣を顧客に麻薬を売り、情報局官房の庇護《ひご》を受け、公人のためにコールガールを手配し、フランス＝アフリカ間の超機密情報を握り、ロシア語に堪能でプーチンと馬が合い、トルキスタンで人質を救出し、南米諸国の政府から麻薬を買いつけ、サイエントロジーの利権を監視し、アジアから流入する合成ドラッグ市場を監督し、農産物加工産業から利益防御を委託され、核開発に通暁し、イスラム過激派の保護を受け、スイスに邸宅を所有し、頻繁にイスラエルへ行き……。とはいえ、どの噂も次の点で一致する――経歴があまりに危険で表沙汰になることは是が非でも阻止されるため、法に訴えられたことがなかった。五年前から相次いでいる訴訟でも、彼女を弁護することになったという法律事務所の話は聞かない。だいぶ前から特定の組織に属していないが、ちょっと気のきいた話をしたいとき、ハイエナの名は――軽蔑、賞賛、怒りまたは笑いとともに――よく話題にのぼった。

　バーの入口を目の端で観察しつつ緊張が高まってくる。考えておいた自己紹介のフレーズを頭のなかで何度もおさらいする。人が言うほど忙しいはずないし、この不況だし、現金払いのボーナス五千ユーロは話にならない額ではないし、きっと大丈夫、と自分に言いきかせる。ときどきクロマグがお代わりはいらないか訊いてくれ、断ると、目を閉じて何度もうなずき、もうすぐ来る、辛抱強く待て、きっと特別なミッションを片づけるのに忙しいんだ、とでも言うように謎めいた笑みを唇に浮かべる。店内は混んできて、しゃがれ声の男がマイクでがなり立てるが、工事現場みたいなこんな音楽を聴く人の気が知れない。ふいにクロマグの顔が輝き、隣を見るとハイエナがいた。すごい長身で頬がこけ、男物のレイバンのサングラスにきちきちの白い革ジャン、スター気取り。クロマグがわたしを指さし、ハイエナから握手の手を差し出される。

「ルーシー？　用があるんだって？」

サングラスを外さず、にこりともせず、答える暇もくれず、

「五分もらえる？　友達に挨拶して、すぐ戻るから」

間近で見ると、噂に聞いた伝説的人物らしいところは全然ない。待っているあいだ紙のコースターを細かくちぎりながら、わたしの行動がバカげていようが試して死ぬわけじゃない、と歯を噛《か》みしめる。

「奥にすわらない？　落ち着いて話せる」

先に立つハイエナの足取りは迷いがなくゆったりとして、白いジーンズの脚はすらりと長く、最近稀《まれ》に見る粋《いき》に痩せこけた体は着こなしがいい。自分がでっぷりして手足が短いのを意識し、緊張の汗でセーターがぐっしょり濡《ぬ》れ、気づくと手が震えていて、移動中に転んでいないだけよしとする。向かい合ってすわった彼女は、両腕を椅子の背もたれにのせ、脚を開き、空間を最大限占拠しようと頑張っているみたいだ。気を鎮め、話の糸口を探す。相手が初めてサングラスを外し、こちらを上から下まで長々と見つめる。とても大きな目で瞳が濃く、老いたアメリカ先住民風の皺で表情豊かに見える。

「R社で働いてるんです」とわたしは切り出す。

「うん、クロマグから聞いてる」

「なんとなく未成年の身辺調査が専門になっています」

「流行ってるらしいね」

「うちで一番好調な部門です。監視していた十五歳の少女を、おとといの朝、登校中の地下鉄で見失ったんです。帰宅せず、連絡もありません。祖母が、二週間以内に連れ戻せたら五千ユーロのボーナスを出すって……」

「生死にかかわらず？」

その点は確認しておくべきだったらしい。

「無事に見つけ出せるんじゃないでしょうか」

「家出、それとも誘拐？」

「全然分かりません」

「どんな子？」

「人騒がせ、淫乱、軽はずみ」

「家族は？」

「父親は作家、金利収入があって、資産家の家系、ローヌ地方の製薬会社。娘は男手ひとつで育てたけど、祖母が子育てにかなり関わっている。母親はヴァランティーヌが一歳のとき家を出たきり、娘とは会っていない、現時点では誰にも居場所が分からない」

バッグを開けて少女の写真を差し出すと、ハイエナはすぐに受け取らない。

「たいして役に立てると思えないけど……」

写真に目を落とし、しばらく熟考しながら見つめている。迷っているようだ。安堵《あんど》する。

「で、組む場合、いくらくれる？」

「ボーナスの五千ユーロ。現金払いで。もし結果が出なければ……わたしの給料からいくらか出すということで折り合いをつけてもらわないと」

「その条件なら、あんまり頑張らないほうがいいんじゃないの……」

ハイエナは微笑んでサングラスを掛け直す。面白がってるのか、うんざりされているのか分からない。

「わたしがボーナスをもらっとくとして、あんたは働くの働かないの？」とハイエナ。

「わたしは……誰かがいてくれたほうがやりやすい、というのも今回は……」

「一人じゃお手上げなんだね。ハッキリさせとこう。尾行の記録は持ってきた？」

「全部コンピュータに入ってる」と言ってバッグから取り出そうとすると、指を鳴らして止められる。

「あとでUSBメモリに入れてくれる？」

ハイエナは目の前のテーブル中央にヴァランティーヌの写真を置く。

「子供は守備範囲じゃない。家出する子にはたいがい、もっともな理由があるんじゃない？」

「誘拐かもしれない」

ハイエナはうつむいて写真に見入る。手が白くきれいで指が長く、よく見ると爪が噛まれ皮がむけている。でかい指環についた髑髏《どくろ》にやや悲壮感をおぼえる。スパイ界のキース・リチャーズのつもりか？　いぜん集中している写真では、ヴァランティーヌが斜めから撮られ、カメラ目線で微笑み、明るい色の瞳に笑くぼがあって髪は艶々。ぽっちゃり型。この年ごろの少女たちが家族写真でみんなそうするような、屈託ない子供らしい顔。それからハイエナは考え深げにこちらに目を向ける。わたしは執拗《しつよう》な視線に居心地悪くなる。

「太めの女の子ってのは、たいてい父親の嘘を隠そうとしているものだよ」

さすが。ジェームズ・ボンドとコンビを組んだつもりが、相手はドルト（フランスの精神科医。児童心理学の草分け）の弟子ときた。どう返答してよいものやら、とりあえず現実的な指摘をする。

「今の若い子って、甘い物をよく飲むのよ」

「それで、家族が監視を依頼した理由は？」とハイエナ。

「たぶんヴァランティーヌが、その……危険に巻き込まれると思ったのかも」

「どんな危険？」

「尾行中に撮ったほかの写真を見てもらえば分かるけど、この子……」

「あとで見る。危険から守るために、家族はどうするつもりだった？」

「それについては話したことがない……」

「それだけ長くこの仕事やってたら、クライアントがどうしたいか察しがつくもんでしょ？」

「さあ。いや、察しはつかない。尾行はするけど、あとはクライアントの問題だし」

「分かった。現金五千ユーロでこの子は引き受けた。全額そろえておくように、クライアントに伝えて。それと必要経費は別だから、ともね。金持ちなんだろ？」

「うん、だけどわたしの落ち度で見失って、交渉できる立場では……」

「落ち度なんて全然ないから。どこで何時に消えたか、正確に分かってるんでしょ。家出だったら、阻止するために雇われていたわけじゃない。誘拐だったら、あくまで尾行でボディーガード契約をしていたわけじゃない。どこに非がある？　気をしっかり持って、父親には高くつくよって言ってやりな」

「窓口は祖母なの。やりにくいクライアントで、攻撃的だし、とてもじゃないけど……」

「当然だ。ギリギリ値切って調査してもらおうって魂胆、同じ立場なら誰だってそうする。それぞれに立場ってものがある、向こうが試してきたからって言いなりになることはない。なんなら、わたしが電話しようか？　あんたの苗字、何？」

できるものなら速攻でショベルカーを買ってきて穴を掘り、なかに埋まってやりすごしたい。ハイエナは携帯を取り出し、わたしにクライアントの番号を尋ねる。面白がっているようだ。わたしは、全然。ガルタン夫人がすぐに出て、ハイエナは落ち着き払った甘美な声音を出す。

「ガルタンさんでいらっしゃいますね？　パリ事務所の弁護士ルイーズ・ビゼールと申します。トレドさんの補佐をしております。遅い時刻に大変恐れ入りますが……ご理解ありがとうございます。例の調査に関して少々問題がありまして、トレドさんによれば必要経費の話がなかったそうですが……もちろんです、ガルタンさん、おっしゃるとおり、ただ、ご理解いただけるかと存じますが、ある程度の費用投入なしに、今回のような重要案件をそこまで迅速には処理しかねますし、移動が地下鉄限定で、飛行機を使う必要に迫られても、詳細な見積り書をお送りしなければならないような状況では、出せる結果も出せるものではありません……。いいえ、ガルタンさん、お言葉を返すようですが、R社と交わされた契約で、行方不明人の捜索はいっさい想定されておりません……いいえ、ドゥスネがどんなかたちでお約束したのか存じませんが、厳密に、法的観点から申しまして、契約で想定されているのは身辺監視の報告のみ……ええ、ボーナスの話は聞いております。ただ、業界の慣例に通じていらっしゃれば、この額が適正とは言いがたいのはよくご存じですね？　いえいえ、本当です……取るに足らないとは申しませんが、明らかに相場を下回っています……」

ハイエナは席を立ち、空になったグラス片手にカウンターへ行き、身ぶりでクロマグにコーラのお代わりを頼む。面白がっているような笑いを唇に貼りつけ、遠くからウインクされる。老婆は理屈をこねて頑として応じていないはずだが、ハイエナは上質の葉っぱを吸っているみたいに上機嫌だ。十分ほど話してから電話を切り、得意満面で戻って来る。

「なんだかんだ言って、あのジャクリーヌ、話が分かるじゃない。承知したよ、必要経費は出すって。あのバカげた二週間の期限にもこだわらないって。ちょっとゆっくりやろうよ、でなきゃ阿呆《あほう》みたいじゃないか」

「あの人を説得できるなんて思わなかった……」

「なんのことはない、『弁護士』って言葉だよ。金持ちはいつもタダでうまい汁を吸おうとするけど、安かろう悪かろうってのも心得ている。逆もまたしかり。なんで父親が尾行を依頼しなかったんだ？」

「ガルタン氏は調査に乗り気じゃなかった。祖母があの子の面倒を見てるんじゃないかな」

「あんた、仕事に興味ないね？」

「慣れてないの、こういう訳ありの案件は……」

「これからは新規のクライアントが事情を説明するときは、よく耳を傾けてごらん。まずは親身になってる印象を与えて信頼される。だけど何より、注意して聞けば十中八九、手がかりが得られるんだ。明らかにしてほしい真実がすんなり受け入れられるものだったら、わざわざあんたに助けなんか求めない。だいたい気づくだろうけど、結果報告でいくら写真とか証拠を突きつけられたって、客は明らかな事実を認めようとしないものだ」

幸先がいい。初対面の晩からこんな説教を食らうようじゃ一週間先はどうなっていることか？

ハイエナはポケットからUSBメモリを取り出す。

「持ってる情報、全部これに入れといてくれる？　終わったらカウンターに来て。わたしは会う人がいるから」

十五分の面会時間は終了。立ち去り際に肩を叩いて行ってしまう。こっそり窺《うかが》うと、褐色のショートカットで、なんの真似かごついメガネを掛けた小柄な女に真剣に向き合っている。ハイエナは再びレイバンを掛け、じっと話に聞き入っている。ダウンロードが終わって渡しに行くが、ろくにこっちを見もしない。サングラス越しでも女を食い入るように見ているのが分かる。クロマグに礼を言ってそそくさと退散する。出口で振り返ると、ハイエナがゆっくりと女のほうにかがみ、話をさえぎってキスしている。顔だけ相手に近づけ、手も腕も動かさない。それから元の姿勢に戻る。相変わらずにこりともせず、それは演目に入っていないようだ。

フランソワ

シャワー。シャンプー。保湿クリーム。浴室の洗面台で鏡の前に立ち、ゆっくりと鼻から息を吸い込む練習をする。それでなくとも多忙なのに、インタヴューなど受けるんじゃなかった。目の下に隈《くま》。ここ数日飲みすぎだ。顔が緑色。たぶん睡眠薬。白髪まじりのもみ上げにまだ慣れない。禿《は》げてないのがせめてもの救い。鏡を見るたび不快な驚きがある。中年男の外見に慣れない。ラジオでは大臣が、再犯のおそれのある小児性愛犯罪者を終身留置すると話している。同席したゲストの精神科医三人がこの決定に異を唱える。その慎重な口ぶりにイラっとする。小児性愛者が退屈しては気の毒だと言うのか？　前の日、フランソワは朝九時にテレビ番組を収録したが、一緒に出演した労働大臣はラジオ番組から直行してきた。広報担当者を四人従えていた。スタジオで見たかぎりそれほど周到に準備されているとは思えなかった。メイク中のフランソワ・ガルタンのところにスタッフが来て、大臣に直接答えず必ず司会を通すように言われた。粗相があってはいけないと思われているようで癪《しゃく》に障った。どうせ大臣の膝に乗って首っ玉にキスしたってどうってことはない、誰も見ない番組だ。本を出版すると招かれる公開の場のスケールは、自宅下の砂場と大差ない。「ル・フィガロ」紙は最新刊の記事をまだ出していない。自分を魅力的だと思い込んでいる広報担当の若い女に電話する。でかい尻と太い足首をして、どこからあんな自信が湧くのか。もちろん席を外している。ベストセラー作家にでも同行しているのだろう。折り返し掛けてくれるように伝言を頼むが、当然忘れられると承知している。新刊への反響がいつも礼儀正しくよそよそしいのには慣れない――やんわり褒める記事が三本、マイナーなテレビ二件、地方ラジオ局三件、それで終わり。辟易《へきえき》するほどサインを求められるとは言えない。毎回、本気で新刊に賭けている。ヒットし再び脚光を浴びること。じたばたしても無駄な状況に毅然《きぜん》として無関心を装いながら、さすがに数週間もすれば新作の刊行が沈黙につつまれている事実に気づく。またも生き地獄に陥った気がする。

デビュー小説はヌリシシエの書評で取り上げられた。熱のこもった賛辞はフランソワには意外でもなく、正当な評価にみえた。自分が書くような小説を書けば注目されて当然だ。第二作『雨』を刊行し、早くも「アポストロフ」にゲスト出演した。当時は意義あることだった。テレビ出演などよくよくのこと、まして、ほかならぬ自著を語るのである。好意的な記事に輝かしい評価。フランクすら時評欄の終わりで作品に言及してくれた。下品でも分不相応でもなく、いい思いもした。注目されたが受賞はなかった。まだ三十にもならず、ゴンクール賞ならそのうち獲るつもりだった。なんの疑いもなかった。自信もあった。執筆しながら評価を固めているつもりだった。スイユ社から刊行した作品が三回ノミネートされた。いつも外れ。いつも別の作家。若いうちの受賞はためにならないと言われた。敗れても華々しく健闘していた。栄光は過ぎ去ったと知らずにいた。前途有望なデビュー。あとは鳴かず飛ばず。コネも人脈もなし。目立つ肩書きもなし。あるのは作品だけ。それでは足りないと、年を取ってから気がついた。死後、日本の若い読者が遅まきながら発見して感涙にむせび、伝記が多数書かれ、生前の不遇に憤るような、後世の評価に期待をかけて自分を慰められればよかったのだが。ときとともに、ますます不確実になっていった。自作への自信は失わなかったが、変わりつつある世相に不信の念を抱いていた。初期作品を発表したころは、いずれ文学全集に編まれ体系的に考察され、新機軸や冒険的試み、直観的ひらめきを含みながらなお通底する文学性が称賛されると思っていた。九〇年代初頭に起こる変化を予想していなかった。崩壊の始まり。似たような大衆に支持された下品で無教養な売文屋たち。必ずしもスマートな産業とは言いがたい本の将来を見越していなかった己を恥じた。陵辱されぼろぼろのドレスでなお媚《こび》を売る老嬢。アルディソン（バラエティ番組司会者）＝カナル・プリュス（有料民営チャンネル）＝「アンロック」（文化雑誌）。敵の有害なパワーを把握していなかった。右でも左でもない。古典でもモダンでもない。テレビ人種。時流に乗ったもの。貪欲に新鮮な肉を求め、視聴率獲得に余念のないテレビ司会者。はじめは笑うことにした。ほかの者も笑っていた。今思えば苦々しいが、ディナーの席で、ある流行小説が話題になり、調子づいた編集者が、この流れで行けばそのうち若い女が自分の痔《じ》の症状を詳しく描写する小説をみんなが読むようになるだろう、と予言し、会食者を息が詰まるほど笑わせたことがあった。腹をかかえて大笑いした。いいや、何も見えていなかった。作家がゴミを食い、オヤジに抱かれ、無知なセックスワーカーであったり、タイでの少女買春を自慢したり、コークでラリった消費行動を詳述するようになるとは……。変化が見えていなかった。その後を見れば、九〇年代などかわいいものだった。順応することもできただろう。だが、インターネットが登場した。今では一日ネットにかまけ、すさみ打ちのめされないために並々ならぬ努力をしなければならなかった。コメント。この陰湿な匿名性、素人がたれ流す誹謗《ひぼう》中傷。初めて見た瞬間、生き地獄の新たな境地に足を踏み入れたと悟った。裏の見解、勝手な放言、一面的で片言の、おぞましいまでの悪意。雑魚が発言権を得ていた。ネットのコメント。彼自身は中傷もされていなかった。標的にされ心掻《か》き乱され、悲憤慷慨《ひふんこうがい》できたらどんなによかったか。だが、わざわざ叩《たた》こうと思うほど低能な豚どもから興味を持たれていなかった。仕方なく、文学系ネット掲示板やブログに、絶賛とまではいかなくとも好意的コメントを匿名で書き込むところまで堕ちた。固定読者はいるはずだが、インターネットで作品語りをする意欲はつゆほどもないようだった。匙《さじ》を投げなかった。最新刊『パリの大ピラミッド』では、時流に合わせようとした。自分を裏切らない程度に。久々の本格小説と関係者に褒めそやされ、ついに自分の時代が来るかもしれないと思った。時代の変化に取り残されていた。さすがに少しは影響されてもいいだろう。得意分野であるエジプトの歴史少々に荒唐無稽な筋立て、携帯電話で音楽を聴き、あっけらかんとセックスを語る若い登場人物。だが、売れ行きはかんばしくなかった。久々に書く喜びを感じたのだが。よい兆《きざ》しを感じていた。小説の書き出しに呻吟《しんぎん》していたとき、歯の激痛に襲われた。抜歯前に腫れを抑えるため、歯科医からソルプレド錠（ステロイド系抗炎症薬）を処方された。服用するのは初めてで、自分がコルチゾン（副腎皮質ステロイド）に過敏だとは知らなかった。抜歯後、錠剤は空になり、友人の医師に処方してもらって一箱また一箱と、小説を書き上げるまで服用した。ノリノリでキーボードを叩き、十二時間ぶっとおしで執筆した。五週間で片がついたのは、ふだん一ページ書くのにも、再読再考推敲《すいこう》の涙ぐましい努力を注ぐ彼にとって、記録的なことだった。柄でもないことを書いたかもしれない、と一抹の不安をおぼえたものの、久々に気力が充実し、編集者のオフィスで受けるであろう熱烈な歓迎、引っ張りだこになる名士との会食、殺到するインタヴューの申し込みへの期待は抑えようもなかった。ヒットのためなら自分を裏切る甲斐《かい》があるというものだ。ゲラの再読中もコルチゾンを服用し、効果は続いた。書いていないときは話した。どちらかといえば引っ込み思案な彼が、相手かまわず話した。刺激的な季節だった。ある晩、音楽番組の再放送を目にしなかったら、そのまま続けていただろう、文化大臣と出演し、文化省で収録された番組だった。調子もよく、話を振られたときは冴《さ》えた切れのある受け答えをしたし、出番にもビクつかなかった。概観ショットのゲストのなかで、一人神経質に跳ねている灰色のスーツの太った鯨はいったい誰だと面白がって訝《いぶか》った。そして自分であることに気がついた。数週間前から妻にも娘にも、前者からはやんわり、後者からは口汚く、太ったことを指摘されていた。だが、自分の姿は毎日鏡で見ていたし、上機嫌と創作のエネルギーの旋風のただなかにあって、気にもとめていなかった。その晩テレビの画面で目のあたりにするまで、変化に気づいていなかった。頬《ほお》がいやらしく膨《ふく》れた赤ら顔を豚みたいにテカらせて、話し出したら誰にも止められない道化よろしくしゃべりまくる自分の姿に愕然《がくぜん》とした。その晩のうちに、浴室に保管されていたコルチゾンの箱は屑《くず》かご行きとなった。そのときになって、友人の医師の忠告に耳を貸さなかったことを後悔した。三か月で七枚目となる処方箋を書きながら、いきなり薬を断つと危険だと予告されていたのだが。かといって、胸ぐらを摑《つか》み壁に押しつけ「いきなりやめたらどうなるか、分かってんのか」とドスのきいた声で脅されもしなかった。言っておいてくれてもよかったのに。ソルプレドにふけっていた季節に「ドクター・ドラッグ」と呼んでいたこの医師は、無気力で、多くの同業者の例に漏れず人の痛みに鈍感だった。だから気の抜けた口ぶりで「いつかやめたほうがいいけど、やめるときは言って、やり方を教えてあげる」としか言わなかった。だが、フランソワは自分の変わりはてた姿に、即刻やめる必要を感じた。傲慢にも意志は強いほうだと自負していたし、本は書き上げたし、バカは終わりにしよう。初日は興味深い体験で、余裕があればメモを取りたいくらいだったのは、そこまで全身全霊で苦しみを味わったことがなかったからだ。肉体の隅々が痛めつけられていた。一週間たつころには、自分はエセ作家で友人は人でなし、妻は醜い老婆で娘は太った能足りん、文学で認められようはずもなく、死後に作品が読まれることもなく、誰からも軽蔑され、これまでの人生で見どころのあるフレーズひとつ書いたためしがなく、死んだほうがましだと思っていた。いきなり頭脳明晰《めいせき》になり消耗していた。自殺でもしないかぎり自作の妥当性は認めてもらえないと思うようになっていた。激しい飢餓感と毎朝襲われる痙攣《けいれん》に悶絶《もんぜつ》し、二週目に入ったときは完全に打ちのめされていた。そこでクレールが有無を言わさず整骨師のもとへ行かせた。怪力女は彼の骨を全部バラしたあと、準備だけで疲労困憊《こんぱい》するビタミン療法を実践させた。スピルリナ、乳酸発酵ビーツ汁、生アーモンド……と心躍るリスト片手に毎日一時間、調達に駆けずり回る。律儀に療法を続け二週目になると、鬱が引きはじめ平穏、というかもはやどんな感興もおぼえなくなっていた。徐々にコルチゾン以前の外見を取り戻し、精神的にも部屋に入るたび天井を見上げ、ロープ代わりのシーツをどこに括りつけるか考えなくなっていった。だが、いぜん残る腹の贅肉《ぜいにく》のように、どこかしら自信のなさが残滓《ざんし》のように漂っていた。加えてビタミンB6を摂る習慣も。一方、父親が新作に期待をかけていたのを知りながら、刊行の四週間後、娘は失踪した。

ヴァランティーヌ。いなくなって心にぽっかり穴があいた。そこから湧き出る後ろめたい安堵《あんど》感。ヴァランティーヌにはいつも手を焼かされた。愚痴はこぼすまい。それでも愛しているし、生涯大事にし、守っていく唯一の女で、自分を笑顔にしてくれる女だとも意識している。しかし、手を焼かされた。子供は女性向けなのだ。クレールと二人の娘を見れば分かる。違いは一目瞭然だ。クレールは嬉々《きき》として上の娘の歯列矯正の世話を焼き、下の娘のダンスレッスンに気を配り、学校の成績に関心を持ち、担任ともうまくやっている。何をおやつに食べるかという話題ですら盛り上がっている。娘は愛している。だがメンテナンスのいっさい合財を一人で請け負わねばならないとは、なんたる貧乏くじ。執筆も外出も、ゆったり音楽を聴くのも、朝新聞を読むのも、クレールと二人きりになるのにも。貧乏くじがついて回る。ほかのことはどうとでもなるが子供は呪縛でしかない。それでもヴァランティーヌが幼いころは、アリスト・キャッツのスリッパとかバスター・キートンの映画を観せるとか、学芸会でコゼットに扮装《ふんそう》とか、ほろりとさせられる面もあった。甘い側面が、糞《くそ》の始末以外にもあった。だがここ数年はこれでもかと心労を強いる。知っての上でだ。ヴァランティーヌの乱行にはほとほとうんざり。トイレで男子と「何かしている」現場を押さえた学校からの電話。何を何人の少年としたのか、知るまいとした。この二年で五校目。毎回同じことの繰り返し。天文学的予算をつぎ込んでいる心理カウンセラーは、何が問題かまったく分かっていない。父親を困らせてやりたいだけなのが分からないのだろうか。クレールと別れてほしいのだ、ほかの女とも別れたように。不運なことにヴァランティーヌは父親似。顔も体も自分にそっくりだ。母親の容姿を受け継いでいてもよかったのに、成長するにつれて、いよいよ明らかにすべてが彼似だった。男ならなんの問題もない。だが女としては……。悩むのも無理はない。同じ年ごろの少女が身につける軽やかなワンピースを着た娘はラガーマンに見える。でもだからといって父親にこんな仕打ちをするなんて……。エネルギーがありあまっている。十五歳だもの、そう簡単にへこたれない。父親をノンストップで煩わせ悩ませる。手を焼かされた。母親が出て行ったとき、あの子は夫婦生活の汚点のようだった。ヴァネッサ。出会ったころはルイーザと名のっていた。ある日突然、改名した。ヴァネッサは変化が好きだった。彼女との年月がありありと目に浮かぶ。十四年たってもつい昨日のことのよう。目覚めると、隣にいるようなむごい幻覚に今でも胸を突き刺される。ヴァランティーヌを見ると大恋愛の失敗を思い知らされる。父と娘は同じ女に捨てられることで、永遠に結ばれ、切り離された。それにヴァランティーヌは、母が干渉するよい口実となった。願ったりかなったり。母がほぼ毎日家にいる。軽蔑的な発言も不躾《ぶしつけ》な質問もいっさいしないが、息子のすることにつねに不興の目を向ける。息子を愛するあまり、出来そこないのすねかじりだとは認められない。だが本音ではそう思っている。父との暗黙の比較。仲買人であり作家でもあった。たとえば母は、電子書籍に関係があると思う記事を切り抜いて持ってくるが、息子がその場で目を通さないと要点を説明する。こうして彼に人生を棒に振ったと分からせる。人生を本に捧《ささ》げたが、本はじきに消滅する。同様に、あの子を見つけ出すため私立探偵を雇った。満足に動いていないという当てこすり。あの子の居場所は分かりきっているのに。どうしろと言うのだ？　出向いて帰ってくれと泣きつけと？　なんになる……。十四年前さんざん泣きついたではないか？

廊下の奥から家政婦が、アイロン掛けがすんだので失礼しますと声を掛けてくる。腕時計を見ると十二時二十分前。もちろん十二時までの給金をもらうつもりだ。二年前に来たばかりのころの内気な模範生が変わったものだ。イタリア人女性記者は遅れている。さほど会いたくもない。著書は久しくイタリア語訳されておらず、「レプブリッカ」紙にいい対談が載れば関心を惹《ひ》けるかもしれない。記者はフランス文壇特集を準備中で、取材を打診されて悪い気はしなかった。だが、遅刻にはイラつく。美人だろうか。電話の声はかすれ気味でいい感じだった。それにあのイタリア語訛《なま》り。なにせイタリア女は着こなしのセンスがいいだけじゃない。アンナはフェラチオするたび、指の先っぽだけ尻の穴に滑り込ませてきた。起きたら何食わぬ顔をして。訛りを聞くだけで勃起する。あのイタリア人独特の女らしさ、外に連れ出すとき茶色い瞳とまくれ上がった唇だけのぞかせて重装備する着込み方、ドアを開けてもらったり荷物を持ってもらうときの無頓着な風情。パリジェンヌの鼻につく傲慢さとは無縁の女王の流儀。パーティの会話で出しゃばるには美しすぎる。そして破局のときの激情。実に女っぽく戸口から服を投げつけ罵られた。それから奮然と小刻みなパンチを浴びせられ、繊細すぎてたいしたダメージをおよぼせまいと思えた拳は倦《う》むことなく繰り出され、彼の胸と背中に青いまだら模様を残していた。当時まだ別れていなかった妻クロチルドの前で、セーターを脱がないように二週間以上ごまかしたものだ。二度目の結婚だった。離婚二回、結婚三回は五十間近の妥当な平均値。クロチルドは夫の浮気をけっして察知しようとしなかった。妻にだけ周到に隠していたわけではない。妻のほうが、感づくまいとしていた。浮気をするような男ではないという美化したイメージを持っていた。揺るがなかった。だから彼は帰宅すると、友人と一晩中ポーカーをしていたとか、小説の取材でバーにいたとか、編集者と話し込んで遅くなったとか嘯《うそぶ》いていられた。妻が信じる言い訳を見つけてやればよかった。はじめは妻の信頼のために良心の呵責《かしゃく》にさいなまれた。夫が嘘《うそ》をつくとは想像もしない一途な愛すべき女性。フランソワはやましさに打ちのめされても、新しい出会い、気配、しぐさ、同室にいること、微笑、声に欲情せずにはいられなかった。抑えることができないまま。何か月も自責の念に駆られたあとで、クロチルドが嫉妬しないのは、深い軽蔑のためにほかならないと悟った。夫のささやかな名声で自分の格が上がるから我慢しているものの、本心では情けない男で家柄もぱっとせず、マナーも怪しく、カリスマ性もないし頭が鈍いと思っていた。小物すぎてかえって安心——彼のような醜男《ヒキガエル》は自分のようなプリンセスを崇拝するほかなく、拾ってもらった彼はいくら感謝しても感謝し足りない。理路を呑《の》み込むのに時間がかかったが、いったん謎が解けるとフランソワは妻を憎悪した。出会ったのはヴァネッサが出て行って間もないころだった。いまだに傷は生々しく、またも自分を虚仮《こけ》にしたクロチルドが許せなかった。非情なやり方で捨てた。わざわざグループでのバカンス旅行を計画していた七月のある朝、黙って別の女のもとへ去った。クロチルドは数か月泣き暮らし、彼がいかに不実で危険な男か友人らに訴え、傷心をひけらかした。こうして女たちの目に彼をたまらなく魅力的に見せていた。もっけの幸い。クロチルドは幸せにしてくれなかったが、女泣かせの非情なプレイボーイ気取りができるようにしてくれた。ヴァネッサに味わわされた屈辱を忘れさせてくれるものならなんでもいい。虐待され危機に瀕《ひん》した男の子。

「遅れてごめんなさい、駐車スペースが見つからなくて」

軽い落胆——四十代だ。だが、コートを脱ぐと興奮がぶり返す。めかし込み堂々として、気を持たせるが下品さはなく、戯れの誘惑にもつき合う余裕があるが陥落したふりはしない。きれいなだけよりずっといい。「まず写真にします？　リアムはこのあと別の撮影があるんです」。フランソワは喜んで承諾する。記者と二人きりになりたい。広報担当から写真撮影もあると言われたとき、インタヴューとまとめてほしいと答え、髪を洗って、前日テレビ局のヘアスタイリストに無理やりセットされたバカげた髪型を崩しておいた。一緒に来たカメラマンはトンチキ野郎。明るく素敵でインスピレーションの湧く「いいスポットを見つける」とか言ってベッドに飛び込もうとするのをほとんど力ずくで制止するも、女性記者の自己紹介に気をとられるうち、「何があるかチェック」と寝室に突入していく。カメラマンは黒い光度計を四方八方へ振りかざし、その場でぐるぐる回り、窓に張りつき、各部屋を狂気じみた目で見回しながら、インテリアについてはときに失敬な意味不明のコメントをつぶやく。小猿が家のなかに放たれたようで、そこらじゅうに放尿する赤ちゃん猫のように首根っこを摑んで揺さぶってやりたくなる。カメラマンとは人を人とも思わぬ輩《やから》。週のはじめには、ぶつぶつのニキビ面をした愚かな若造に大口開けて叫べとしつこく要求された。「俺、そういうのしか撮らないから」。「悪いが、写真に叫ぶ趣味はない」と言うとふてくされ、新聞社から撮影を頼まれた被写体は、駄々っ子のわがままをなんでも呑んでくれると思い込んでいるようだった。以前、ルーヴルのピラミッド前でジャンプしろと要求されたこともある。「動きが欲しい、分かりますか、じゃないと硬すぎ」と耄碌《もうろく》した年寄りに家に入ろうとなだめすかすような口ぶり。「面白い写真が欲しいんです、分かりますか、肘掛け椅子で頭かかえてるとこなんか撮ったら、読者に逃げられる」。フランソワには人が行き交うルーヴル前で、満足に跳ねることはできなかった。たいがい我慢してつき合うが、たまに記事が取り下げられ、広報担当から見下される。「撮影でノリが悪かったんですって？」

家のなかに放たれた狂人を懐柔しようとする。

「ふだんは書斎か図書室で撮影するのだが」

「いや、だから」と反発してバカは台所のほうへすり抜け、「もっとふだん着っぽい、ひと味違った、あったかいアングルで撮りたいんだ」

フランソワは「わたしはもの書きだ。バカ者め。台所で何をしろってんだ？　『レプブリッカ』紙上にカスレを温める姿なんてさらせるか」とわめきたくなる。記者も事態の逸脱ぶりを見てまるくおさめようと腐心する。一見すらりとした印象だが、実は身長が彼の肩までしかない。微笑みながら特集記事の概要を話し、取材予定の作家名を列挙されても、フランソワの耳にはろくに入らず、コーヒーカップを記者に手渡しながら、二百五十平米のアパルトマンをカメラマンにうろつかれては話に集中もできない。バルコニーに出るフランス窓を開ける音がし、行ってみるとトンチキ野郎が手すりから身を乗り出している。「よかったら図書室でやってもらえないか。写真は苦手なんだ、早くすませよう」。カメラマンはカメラ片手に振り返り、大袈裟《おおげさ》に身をよじって「不意打ち」ショット、「うん、いいね、いい感じ、光を浴びてよ、ちょっと右向いて、顎引いて、もうちょっと引いて、そう、完璧だ、いける！」。一分間、少女のようにあしらわれる甘酸っぱい感覚。「いけるって何？」と写真写りを確認したくてフランソワはカメラを覗《のぞ》き込む。いくら写真が苦手でも、普通はもう少し時間がかかると経験上知っている。阿呆《あほう》は肩をすくめ「デジカメは使わない。解像度とフィーリングの問題。悪いけど見せられない。でも俺の目と勘に狂いはない。いける」。腹黒いやつ。イタリア男。能なし。バルコニーで狂態を演じる白痴男にギョッとした間抜け面で写っているに違いない。仕方ない、どうせ顔で勝負するわけじゃなし、インタヴューで冴えを見せればいい。立ち去る前にトンチキが、自分のカバンを指さして言う。「ここＷｉｆｉありますか？　行く前にメールチェックしていい？」。フランソワはいらついたため息を漏らす。「Ｗｉｆｉはあるが、パスワードを探すのがちょっと面倒だな」、「大丈夫、無線モデムは持ってるから、ただスクーターでやるより、ここでチェックできると助かるんだ」。フランソワは「そこを使ってくれ」と玄関の肘掛け椅子《ミース・ファン・デル・ローエ》を指さし、終わったら勝手に帰ってくれ、とばかりに礼を言って握手する。書斎で待つ記者のところへ戻る。静かにやや前かがみですわっていて、絶妙に計算されたデコルテの深さは感動的だが、もっと見たい欲望に駆られない程度に慎ましい。向かい合って腰を下ろす。

「やっと始められる」

「うまくいきましたか、写真？」

母性的な娼婦《しょうふ》の口ぶり。フランソワは女性記者の嘘偽りない思いやりとプロ意識の割合を計り、ディナーに誘って脈があるかどうか見極める。

少し前から、たいがいのことに興味が失せている。鬱のヴェールで世間と隔てられている。疲弊している。娘の家出ではっきりした。娘に見捨てられ、本音ではどうでもいいと思っている。無感動なことすら気にならない。すでに数えきれないほどの人生を生き、今展開中の人生を生きる気力も残っていない感覚。あらゆる面で敗北している。ただ女性だけが、今でも意識を活性化させ、優美な人魚のごとく人生の愉悦につなぎとめてくれる。もう妻を裏切ってやましさをおぼえる年ではない。それも人生のうち、クレールも分かっていて話し合うまでもない。女、そして何杯かのワイン、徐々に稀《まれ》になる心地いい同伴者との夕べのひととき。インタヴューに答えながら、相手の目をじっと見つめ、落ち着き払ったやや横柄な物腰にときおり、女性を狂わせると知っている思いやりのきらめきをまぶす。

R社で働くようになってから追跡中の子供には興味を持たないようにしている。業界では尾行対象を「ターゲット」と呼び、個人名を忘れているほど仕事はしやすい。わたしの携帯電話の内蔵カメラはカールツァイス社の広角レンズで、デジタルズーム機能、高画質・高音質動画撮影機能も装備されている。追っている相手より仕事道具一式の状態やレンズの傷のほうが気にかかる。ヴァランティーヌとはどんな少女かなどと考える習慣は身につけてこなかった。そんなやり方は不自然にすらみえる。

携帯が鳴ったのは正午ちょっと前、朝のコーヒーのあとへたり込んだソファから、一歩も動いていなかった。電話に出ようと身を起こすと、長く変な姿勢でラジオを聴いていたらしく、首を寝違えている。いらついた「もしもし?」で、集中を要する作業を中断されたふりをする。

「おはよう、ハイエナだけど、今どこ?」

昔から毎日つるんでいる仲でもないのに。早くも当てにしたことを後悔し、調査は成就させず、結果としての災いを静かに待とうと腹を括る。答えをはぐらかす。

「今はヴァランティーヌの立ち寄り先をあちこち回ってて……ヒントになるし」

「メグレ警部ごっこ？　ビールとサンドイッチ差し入れしようか？」

ユーモアのセンスがいまいち分からず陽気さが鬱陶しい。ゆうべ、あの娘と寝たのだろうか？

そっけなく答える。

「父親に連絡して、早めに会いに行こうと思ってる、母親の居場所の特定に役立つかも」

「父親なら明日にしてほしいな。今日は人を送り込んでる。あとで説明する。それより会えない？」

暇なのだ。つるむ相手が欲しいだけ。思ったより評判が一人歩きしているただの負け犬、何か月も仕事にあぶれ、わたしの案件に猛然と食いついてくる。とばっちりもいいところだ。

「今は、ほかにやることが……」

「というのも、あの子の高校に電話して、先生と十四時に会うことになったんだ。あそこの生徒は外で昼ごはん食べるんでしょ？　話を聞けそうな子がいないか、早めに行ってみようと思って」

応援を頼んだのは、わたしの手にあまる問題を処理してもらうためで、守備範囲のことをやってもらうためではないとはっきりさせておきたい。時間を捻出できるか手帳と首っ引きの多忙な女を装って、

「で、つき合ってほしいの？　わたし、やることがほかに……」

「でも、うちにいるんでしょ、今?」とハイエナ。

「そうじゃないと言ったはずだけど」

「ピレネー地区の近くに来てるから。用意できてたら、十分後に下で待ってるよ。車なんだ」

「うちじゃないってば! 何度言ったら分かるのよ。地下鉄ベルヴィル駅なら……十五分後に行けるけど?」


少し遅れる。赤信号で止まっている運転手の顔を一人ずつ窺《うかが》ううち「フォリ」のテラス席から微動だにせずこちらを観察しているハイエナに気づく。足を向けると席を立って近づいて来る。握手の手を差し出され、わたしにインフルエンザでもうつされると思っているのか、この年まで女に生まれたと気づいていないのか訊《き》いてみたくなる。世のなか女同士なら挨拶にキスするものと決まっている。でなきゃ、こんにちは、とか言えばいい。二重駐車した彼女の車はフロントガラスにヘルメスの杖《つえ》をかたどった往診中のカードが提示され、それはこの際いいとして、まっ赤なメルセデスは時代がかっていて、どう見てもわたしが生まれる前のモデル。探偵にうってつけ、こんなど派手な車、誰も気にしない。

「いつも移動は地下鉄なの、パリはほんとに車の流れが悪いから」

ベージュ色の使い込まれた心地いい革シートにぼうっとするほどやわじゃないと示すため、こんな憎まれ口しか思いつかない。ハイエナはくわえタバコで返事もせずに発進し、赤信号で止まり、手をつないで道を渡る三つ編みのアフリカ系少女二人を見て微笑んでいる。二人とも白いソックスをきっちり脹《ふく》ら脛《はぎ》まで上げている。ハイエナは上機嫌だ。プロザックでも飲んでいるのか。必要以上に精力的な人を見ると、いつもそう思う。フロントガラスに吸盤でついたカーナビには電源が入っていない。無言で並んでいられるほど深い仲でもなし、長時間の沈黙が耐えがたい。

「駐車場所を見つけるのに時間とられない？」とわたしは訊いてみる。

「駐車場ならたくさんある。経費で落とせる」

「フリーランスだと、たくさん経費が出るの？」

「なんの関係がある？」

「分からない。わたしは社員だから、そういうのは厳しく監視される」

ハイエナは慈悲深く、同じランクではないとは返さず、話題を変える。

「おなか減った。学校行く前に食事しよう、あの近くにいいイタリアンがあるんだ」

中華街を出てテレグラフ駅の高層ビル群を抜けると、界隈《かいわい》は荒廃し、商店もまばらになる。

「さっき、父親の件はあとにしたほうがいいって言ってたけど？」

「そう。わたしのつてが今日、訪ねてる。昼前の約束だったから、そろそろ電話をくれるはず。調査報告書に無線モデムのことが出てたけど、ヴァランティーヌのハードディスクはコピーしていないね。さすがにあったほうがいいだろう。家族全員分のハードディスクのコピーを頼んでおいた」

「誰かを家に送り込んで、システムをハッキングさせてるの？」

「ちゃんとパスワードで入って、誰のハッキングもしない。ついでにアパルトマンの写真も頼んでおいた。あんたについて行く手間が省ける。どんな場所か見ておきたいんだ」

「で、学校の面談はどうするの？」

「いいから全部任せときな。ただ、万一のため、いてもらいたいけど……」

「アシスタントってわけ？　最高」

「あんた、まずは落ち着きな。どこから調査にかかるかも、からきし分かってないんだから、いい子に言うこと聞いて従ってくれればいい。気に食わないなら、今ここで降りて、自力で頑張りな。いい？　あんたが法定最低賃金でやってるこの調査、わたしは文句言わずに引き受けるけど、その自尊心問題は一人で片をつけるんだね」

　すべていら立ちもせずに言う。最後はわたしの顔を見て笑いをこらえているようにさえ見える。前に止まった配送トラックのせいで小さな渋滞になる。わたしは顔をしかめて外を見る。後ろでバカがクラクションを鳴らす。若い女が三人、道を横切る。チープなパリジェンヌ。痩せて脚が長く、流行《はやり》の靴底が平たいファーつきショートブーツを履き、胸が大きく、房《フリンジ》つきのごつい肩掛けバッグ。安手なコピーのお手本は、マレ地区の本格的なはすっぱ女、全身娼婦《しょうふ》風に極めると、環状線沿いの森の労働者（セックスワーカーのこと）ではなく香水の広告を連想させるような女だ。

　ハイエナが窓から頭を出す。三人に向かって賛嘆の口笛を吹く。若い子たちはうんざり気味に振り返るが、口笛の出所がわたしたちの車と分かるとびっくり、というかギョッとした反応を隠せない。ハイエナは親指を立てて感嘆を示してから、わざわざ大声で叫ぶ。

「おーい、おねえさんたち、すっごくイカしてるよ！」

女の子たちは足を速め、百メートル離れてから神経質に笑い崩れる。ハイエナはバックミラーでサングラスを直し、肩をすくめて鷹揚《おうよう》にコメントする。

「ぱっとしなかったけど、盛り上がってもらえるじゃない？」

「ていうか、ちょっと若すぎ」

問題はそこにあるかのように。

「女の子が好きなんだ。いとしすぎる。もちろんビアンのほうがいいけど、女はみんな好き」

「でもあの子たちにしたら、路上で口笛吹かれるなんて、傷つくかもって考えないの？」

「傷つく？　まさか、あの子らヘテロだよ、いつも邪険に牝犬扱《めすいぬ》いされてて慣れっこだよ。違うのは、口笛吹いたのがわたしみたいなとびきりの創造物だってこと。あの子たちは気づいてなくとも、ヘテロ仕様の凡俗に麻痺《まひ》したおつむに、かすかな理想《ユートピア》の光をともしてあげたんだ」

「どうしてヘテロか、そうでないか分かるの？　顔に書いてあるとか？」

「あたりまえだ。ビアンは五百メートル先にいても後ろ姿で分かる。レーダーがあるんだ。みんな持ってる。仲間を見分ける第六感がなくて、どうやって相手と寝るんだよ？」

「ごめんなさい、性的指向で第六感が発達するとは知らなかった」

道を塞ぐトラックをようやく追い越し、ハイエナは微笑みながら一瞥《いちべつ》をくれ、宣言する。

「チクショー、楽じゃないね、あんたでいるのは」

ヴァランティーヌの高校の門をくぐるや子供だらけの施設特有の雰囲気に息苦しくなる。退屈と喧騒《けんそう》のブレンド。学校の鉄柵にはなじんでいたが、校内に足を踏み入れるのは初めてだ。校長に出迎えられ、一緒に中央廊下を歩くと各教室のドアは開いている。机の列、黒板や壁に貼られた地図に、ふいに何かが込み上げ泣きたくなる。学校の思い出といえば腕時計しかない。あと何分で授業が終わるか、あとどれくらいで帰れるか。しょっちゅう退屈している今の仕事ですら、あんな待ち遠しさは感じない。とはいえ、ノスタルジー特有の優しく残忍なやり方で胸をえぐられる。高校時代なんて懐かしくもないのに、まったく腑《ふ》に落ちない。平凡な生徒だったし、親友になるような友達も夢中になる先生もいなかった。ひたすら退屈で空疎な年月。いまだに黒板にチョークで書いている光景を見て、なぜ涙が込み上げるのか。

校長は太っていて愛想がよく、有能な女性だ。オレンジ色と黒のアンサンブルを着て、動くたびに布が波打つ。ハイエナは腕の刺青《タトゥー》をコットンデニムのジャケットで隠していたが、面談中サングラスを掛けたままだ。わたしのアシスタントだと自己紹介したのに、校長はもっぱら彼女に向かって話している。背が高くスリムで美人で堂々として、話したくなるのも無理はない。わたしはいつも気詰まりで、できれば相手をしたくないと思わせるのか、ふだんから人に軽い嫌悪感を起こさせる。わたしは校長の恰幅《かっぷく》のよさに見とれている。ものすごく場所を取る。ハイエナは例によって脚を開いてすわり、まっすぐ相手を見据え、次々と詳細な質問をしては手帳に細かい字でびっしりメモを取る。髑髏《どくろ》のついたごつい指環を校長先生はどう思っているのだろう。

「……欠席の多さは、学校側としては深刻な問題です。直近二週間すべての授業に出席していたのは例外として、なかなか定期的に来てもらえません。居残り学習にもあらわれない……警察が来る前に先生方ともよく話したんです。個人的に相談する先生もいなかったようです。成績は中の上。うちは私立ですから、落ちこぼれを作らないことを旨にしています。ヴァランティーヌはそういう生徒ではありません。才能があるとは言わないにしても、学習が困難ということはまったくありません」

「ヴァランティーヌが得意な科目はありますか？」

ハイエナはどんな基準で質問しているのか。ヴァランティーヌが数学に強いと明かされ、そうか分かった、とチェス大会へ捜しに向かうとでもいうのか。というのも、真剣そのものの親身な面持ちで堂に入った訊き方をするものだから、相手はくだらなさにも気づかず答えている。

「ありません。提出する課題はたいがい合格点」と校長は成績表を逆さにしてハイエナに示し、わたしは完全に視野から消している。「ただ、課題を提出しないし、テストも受けない。それで平均点が落ちるわけです。どの教科も零点がありますが、結果として成績は五割程度。本校としては悪くないほうです」

ハイエナにはほかにも衝撃の質問がしこたまある。この調子じゃ日暮れまでかかる。わたしは必死で睡魔と闘う。

「クラスメイトとはどうでしたか？」

「ええ、その点についても警察が来る前に教職員に訊いたんですが……残念ながら、たいしたことは分かりません。暴言や喧嘩《けんか》で問題になったことはありませんが、かといって友達とわいわい騒いで問題になることもなく。よく同級生と一緒にいましたが、特定のグループや個人と仲よくしていた様子もありません。なんと申しますか……嫌々ながらでも学校に来ていたのは、わたくしどもが強く要求していたし、お祖母様《ばあ》が注意してくださっていたからで、本人はまったくやる気がないようでした。何度か退学も議題になっています。気が向いたときだけ学校に来るような態度を認めては、ほかの生徒に示しがつきませんし、ですが、問題行動を起こしていないのに退学させるわけにもいきませんし……」

とかなんとか……学校の授業料をちらりと見ると一学期につき三千五百ユーロ、せめてほかの生徒らをチェーンソーで殺そうとしないかぎり、退学にはならないだろう。

校長は校門まで見送りながら、警察が手がかりを摑《つか》んでいたようには見えなかった、とハイエナに言う。わたしは校長が立ち去るのを見計らって、

「来た甲斐《かい》あったね、めちゃくちゃ興味深かった。警察には言わなかったことまで山ほどしゃべってくれて、警察を出し抜ける」

「ネガティヴでいるの、嫌にならない？」とハイエナ。

「ネガティヴじゃないよ。あの子の成績なんて、校長室で汗かいて拝聴するまでもなく教えてあげたのに、ていうか調査報告書に書いてあったの読んだ？　お祖母さんから聞いてるし。学校をサボってたなんて、すごいスクープ、なんでわたしが雇われたと思ってんの」

「で、あんたにつけられてた二週間だけ、律儀に登校してたって知って、なんとも感じない？」

「そりゃ感じてる。むかつく。ほんと、むかついてる」

意味もなくとっさに返しただけなのに、ハイエナは今年一番の痛快なギャグでもかまされたみたいに吹き出し、かわいくて仕方ないような顔でこっちを見る。色目を使われている気はしないが、わたしが分かってないだけかもしれない。

「ガキどもが昼ごはん食べる場所に案内してよ」

学校はセーヌ河沿いにあり、オフィスと大きなアパルトマンばかりで誰もバゲットや牛乳を買う必要がなさそうな界隈だ。自動車販売店に音響機器専門店、コンピュータ関連のメンテナンス業者。バーもレストランも小さな商店も、温かみのある店がろくにない。金持ちが住むところに便利な店もコーヒーが飲める心地いい場所もないのは理解に苦しむ。外食は下品なのか？　だから、子供たちは少し遠くて法外に高いブラッスリーか、ちんけなスシ盛り合わせとパン・ド・ミのサンドイッチ三種を提供するせせこましいバーに行くしかない。これには弱った。窮屈な場所で気づかれないようにするのは至難の業。幸い、わたしの年齢層は子供の眼中に入らない。ヴァランティーヌのクラスメイトがいるテーブルが目に入り、ハイエナに示す。彼女はジャケットを脱いで肩に引っかけ、両腕にのたうつジャポニズム風海洋性の刺青を露《あらわ》に、利発な目をした童顔に、樵《きこり》のがたいをした一番大きな少年に迷わず話しかける。

「民間の調査会社の者だけど、ヴァランティーヌの親御さんから警察の捜査に応援を頼まれたんだ」

縮れ毛でそばかすだらけ、フードつきジャケットにだぼだぼパンツのチビが横から口を挟む。

「賢い選択だね、警察が役立たずなのは、この街がどんだけカオスか見れば分かる」

「警察は何もしない、話を聞きにも来てないよ」

「テレビで何も言ってないよね？　仕事してないんじゃないかな」

「言えてる、去年の夏、一週間失踪してた子、写真のおかげで見つかったけど、でなきゃ、行方不明で捜索中なんて誰も知らなかったよね？」

ハイエナは腰を下ろす前から真剣に耳を傾け、楽しげに見守っている。二歩後ろにいるわたしは、あっ、毎日来てる人じゃん！　とか言われなくても驚かない。誰にも見えないのが取り柄だ。

「みんなヴァランティーヌの知り合い？　彼女、学校に仲のいい子はいた？」とハイエナ。

「学校の子とは、あんまり仲よくしてなかったよ」

「うそ、前はみんなでランチしたじゃん。たいがいｉＰｏｄ持って先に店を出て、ぶらぶらしてたけど」

「たいがい授業にも戻ってこなかったし」

「ちょっとお高くとまってた。すぐ見下すように言い返してくるし。学年のはじめはまだつき合いやすかったけど……」

「フェイスブックで誰とも友達になってなくない？」

「フェイスぽんつくのアカウントがあるのかも疑問……」

「学校で誰かとトラブルでも？」

「全然。もしかして、この学校レベル低すぎって思ってたのかも……分かんない」

「で、誰も学校の外では会ってなかったの？」

「あたし会ってた。でも、ずっと前。もう……三か月前になる。そのあと、つき合ってない」

口を開いたのは茶色い髪の色白な少女で、見た目は賢そうだがとにかく鈍く、揺さぶってスイッチが入っているのか確かめたくなる。

「彼女と何かあった？」

少女は口をすぼめて天井を見上げ、思案顔のまま答えが出ない。ほかの子が笑う。警察は満足に働かないと言った縮れ毛が口を出す。

「ヴァランティーヌは変わってるんだ。いい子だけど変。異常に重い。とくに飲むと」

「撮影すべきだよ、子供向けの反アルコールキャンペーンになる。酔っ払ったとこ見たら、ほんと、ああはなりたくないから……」

茶色い髪の少女が舌足らずに話を再開する。鼻に掛かった耳障りな声だ。

「二人だけなら面白いし、全然問題ない。いい子だよ。でも遊びに行くと手に負えなくて大変。大酒飲み。倒れるまで飲むから、パーティで弾けて楽しむ代わりに、彼女をタクシーまでかつぐ羽目になるし、なかで吐くし、アパルトマンまでのぼんなきゃだし。もう最悪……」

ハイエナはしきりにうなずき、みんなを見回して出し抜けに訊く。

「で、男関係はどう？」

今度は馬面をした大柄の少年が口を開く。

「マジな顔で言うんだ。『フェラチオしてほしかったら言いな』って。転入してきたときだけど。目をつけた男子のところにじかに行く。けど、そのあと落ち着いた。このごろは俺たち、相手にされてなかった」

　茶色い髪の少女が言葉を継ぐ。

「正直、パーティで男子が絡むとこっちが恥ずかしくなる。飲んで、相手かまわずバカをする。でも、前の学校の女子はみんなそうだったみたい。本人が言ってたけど」

「それで、一緒に遊びに行くのが嫌になった？」

「うん、それにワイルドかますし。わけ分かんないこと言って……コワい」

「どんなこと？」

「ウザいことならなんでもありだよ。相手が金髪なら、金髪のこと、ユダヤ人ならイスラエル、黒人ならバナナ産業、小児性愛者《PD》ならエイズの話とか、キリがない……もう、ヴァランティーヌにかかったら誰もかなわない。でもこっちはうんざり……。そっとしておいてほしくなる！」

　テーブルを囲む子供の反応は鈍い。無気力が揺るがない。いい子で問題ない。別に言うことなし。この世代の子たちを知り、大人になるのを想像するほど、長生きしたくなくなる。

「でも、単なるおちゃらけ者じゃないんだよ……。飲んでないときは、むしろおとなしいし……。それに学校ではデキるんだ。転入してきたときは、彼女のレベルにみんなボーゼン」

「どの教科もデキる。なんでも読んでる。だけど、数学もデキる。化学も。なんでもデキる」

「先生のお気に入り。でもサボりすぎ。だからうちの学校にいるんだ。よその学校はどこも退学になって」

「学校に来ない」

「ヴァランティーヌは勉強なんてどうでもいいんだ、お父さんが作家だし。仕事したくなったらお父さんに本を出させてもらえばいい。世のなかそういうものでしょ」

話しているのは茶色い髪の少女と二人の男子。ほかの少女二人は笑うところで笑い、あとは黙っている。ハイエナが訊く。

「じゃあ、よくつるんでた男の子たちはどこの子?」

「むかし、よく一緒に遊んでたときはメタル好きだった。PDTCのコンサートは欠かさず行って、バンドのメンバーと仲よしだった。まあ、仲よしっていうか……。あたしは一緒に行きたくなかった。もう、超あやしい行動に参ってたから」

「PDTCって言った?」と、ハイエナはメモ帳を取り出す。アマンディーヌが説明する。

「PDTCは『あんたのケツでパニック《パニック・ダン・トン・キュ》』のことだよ。メタル。ハードコア。ていうか、よく知らないけど……」

「名前は聞いたことあるかもしれない」

「メンバーとまだつき合ってるのかな……ここ一年でヴァランティーヌ、変わったから」

「両親とか家の話はしてた?」

「あんまり」

「お父さんのこと大好きだったよ」

「でも継母はあんまり、ま、フツーか……寝るのは彼女じゃないし」

「行方不明って聞いたとき、みんなどう思った？」

「ビビって心配した」

酸欠が心配になるほど鼻が小さく、ルーマニア娘風だが、身につけたもののことごとくがマレ地区で高値で売っていそうな金髪の女子が、初めて口を開く。

「もちろん、誰だってゾッとする。女の子がいなくなったら、側溝から無残な姿で発見されるんじゃないかって思うでしょ」

「家出だと思った子はいないの？」

側溝で死ぬヴァージョンよりショックを受けている。家出？　どうして全部捨てて出て行くの？　ＰＳ３、満杯の冷蔵庫、家政婦、パパのクレジットカード……。

「思ったよ。もちろん、ありえる。最近すごく変わったもの。服装も変わって、ノリも悪くなって、よそよそしくなって……きっと、何か考えていたのよ。そう見えなかった？」

こう言った少女は息を呑《の》む美しさで、店に入ったときから顔が眩《まぶ》しく、そこだけ日が射しているようだった。わたしの子供時代ならおしゃれ上品《BCBG》スタイルと呼ばれた青、白、ベージュの服を、しかるべき大胆さで煽情《せんじょう》的に着こなしている。ほっそりした体は優雅なしなやかさをそなえ、貴族の牝犬の最上の紋切り型イメージ。獣的な宿命の女はひねもすマリファナタバコをふかしているとみえて、おそろしくゆっくり話す。ハイエナは変な目で彼女を見て質問する。

「変わったと思ってから、彼女と話した？」

「話してない。つき合いないし。でも、見てて分かった。前と同じじゃなかった」

「たしかに、外見は何か月か前から、かまわなくなった」

「もしかして鬱ブレイクしちゃったのかな？　黒《ノワール》ばかり着て、でもノワール・ケネディ（パリにある古着屋）的な、流行には興味ない、人生は捨てたって感じ」

「そうそう。全然ブランド物を着なくなった。むかしは服好きだったのに……」

「うん、前はおしゃれだった」

「そのうち、悪く言うわけじゃないけど、変な格好して……マヌ・チャオ聴く人みたいな」

宿命の美女が肩をすくめて、

「そうね。ほかと差をつけたかったんじゃないかな」

テーブルを囲む子供たちはみんな、わたしがふだんつき合う子に比べ極端におっとりしている。憎まれ口をきき夜遊びはしても、攻撃的ではない。グループを牛耳る暴君もいないし、パリの富裕層のガキがよくやる虚勢も張らない。ヴァランティーヌのことを話す口ぶりも穏やかだ。淫乱な素行は今どき受けないのに。この子たちは本物のエリートに属せないと諦めている。出来そこないの集団。ヌイイ（パリ近郊の富裕地区）の同輩のように若さに酔い痴《し》れることもなく、落伍《らくご》のなんたるかをすでに知っている。落ちこぼれ向けの特殊な学校に入学させざるを得なかった両親の幻滅の視線に、すべてを読みとったのだ。

車に戻る。ハイエナは一点にこだわっている。

「あの、すごくきれいな子いたでしょ、ビアンの赤ちゃんなのか、それとも、あんまり素敵で、わたしが願望を現実と履き違えたのか、見極めがつかないんだ」

「ちょっと、それしか考えてないの？　頭冷やして、あの子はビアンにしては美人すぎ」

言った先から侮辱的だったと後悔するが、ハイエナはこっちを二秒見つめてから吹き出す。

「あんたの脳はジュラシック・パークから生中継だね」

「どっちにしても、彼女はせいぜい十六歳。そそられるわけ？」

「みんなにそそられる。単純なことだし抑えるのはわけないし、あんたにだってできるよ。それはそうと、今朝、父親宅を訪問したアントネッラに会いに行かなきゃ。一緒に来るかい、それとも家まで送る？」

「お好きなように。もしかして内通者との関係は秘密にしておきたいんじゃない？」

「わたしの何について何を秘密にするって？　あんた、そうとう蝕《むしば》まれてるね……。わたしに出会えてよかったよ、一人だったらこの先も苦労のしっぱなしだ」

ハイエナは横断歩道で速度を落として止まり、妊婦にうなずいて道を譲る。

「あの顔見た？　なんにも考えてないでしょ……いるんだよ、バンバン子供つくるやつら」

「こういう調査で怖くなったことない？　つまり、やばいことになってるかもって？」

「うん、ある」と、ハイエナ。

「で、今回は怖くない？　ヴァランティーヌが残忍なサディストの手に堕ちて痛めつけられてるとか想像しない？　もう殺されてるとか？　なのに、こんなところでたらたらして……」

「いや。実の母の家にいるでしょ。あと三、四日パリで油を売って、機が熟してから母親の家へ向かうんじゃないの？　母親に捨てられたら、どんな人か見に行きたくならない？」

「さあ、わたしは捨てられてないし。むしろしょっちゅう電話してくるし」

「じゃあ明日、ヴァランティーヌの家に行ったら、実の母親の話を振られて父親がどう反応するか、よく注意するんだよ。継母の反応にもね。継母はまず疑ってかかる、分かった？」

「どうして？」

「基本のキだ。継母は容疑者の筆頭。おとぎ話で読んでんだろ？」

わたしが吹き出すと、横目に一瞥される。ハイエナの冗談に素直に笑ったのは初めてかもしれない。

「じゃあ、どうして母親捜しに直行しないの？」と訊く。

「それは今、ラフィックに居所を突き止めてもらってるからだよ」

「へえ。ラフィックと知り合い？」

ラフィックはR社の屋台骨、情報通信部門を統括している。彼を通さないと何も始まらないから、なかなか頼み事もできない。

「もちろん知り合いだ。ラフィックなしで生きられるかよ？」

ビュット＝ショーモン公園にはわずかに日が射し、やたらに犬がいる。噂《うわさ》のアントネッラが来るのをベンチで待つ。もう二十分遅れている。ハイエナは饒舌《じょうぜつ》だ。

「アントネッラは性悪だけど面白い。今は見る影もないがパリに来たばかりのころはすごかった。スターだった。イタリアの紙媒体の特派員記者だった。当時あのレベルの記者なら、たちまち太い人脈ができて、街で何かあれば簡単に現場にもぐり込めた。どうして諜報《ちょうほう》を始めたのか知らないけど、政治家といい仲になったんじゃないかな。文化記事が専門だったけど、政治家とも近づきになる。わたしが知り合ったときは情報通として引く手あまたで庇護《ひご》されていた。巨大政党の内紛で何年かは情報の需要が爆発的に増えて、アントネッラにはわが世の春。だけど時代は変わった……メディア帝国は崩壊、パトロンは失墜。今はかつかつ。ま、みんな似たようなもんだよね。彼女は安くない。たいがいの記者は情報と引き換えに一肌脱いでくれるけど、アントネッラは情報源は間に合ってて、現金を欲しがるんだ。アパルトマンにあるコンピュータ全部の中身を頼んでおいた。手下がそういうの得意でね。彼女にとって、あちこち嗅ぎ回れるのは悪い話じゃない。役立つ情報がどこに転がっていないともかぎらないし……」

「どうしてあっさり父親の家に入り込めたの？」

「芸術家は取材に目がないんだ」

彼女は派手なフクシアピンクの巨大なアフターブーツであらわれる。毎度度肝を抜かれる流行のひとつなのだろう。遅刻を詫《わ》びもせず、大きな封筒をハイエナのバッグに突っ込む。清純な見た目に似合わぬハスキーないい声をしている。

「あのクライアント、地獄の蒸し釜ね！　あの年の男は誰だってムラムラしてるものだけど」

「やめてよアントネッラ、あんたが悩殺してんでしょ」

「ああ……昔の話はよして。それより元気?」

わたしには挨拶も、一瞥すらない。屈辱的だが慣れてきた。自分がチビで、学校一の爆弾娘と出かけると、そのうち影でいるのに落ち着くようなもの。三人で出口へ向かい、ハイエナが訊く。

「ヴァランティーヌの父親って、どんなの書くの?」

「ブルジョワ劇。キリスト教系右派だけど古いタイプで、闘争的でも人種差別的でも反ユダヤ主義的でもない……。作品はほとんど誰の関心も惹かない。強制収容所がらみの大河小説にでも取り組めば、見直されて流れが変わるかもしれないけど……」

「ヒットは?」

「今は鳴かず飛ばず。でもかろうじて露出はある。マイナーなテレビ、国営ラジオ、書店のサイン会がちらほら……。出してくれるところに記事を書き散らして、あの年齢と経歴なら文学賞の選考委員になってもよさそうなのに、なぜああまで孤立しているのか摑めなかった。押しが強くないけど、そういうのは往々にして見くびられる。編集者からもほったらかしにされて、一作一万五千ユーロだとか。売り上げは五千部未満。量産するのもうなずける」

「記事が出なかったら、がっかりするだろうね」

「それが、記事はほんとに依頼されているの。フランスに往年の国際的威光がないと毎年確認してる『タイムズ』誌記者の新刊についての特集。大スクープ! インタヴューでソレルスとその影響について、彼が言ってた巧い意地悪なフレーズを採用するから大丈夫。甘い目で見つめて二時間もしゃべったのに、ちっちゃい決めぜりふ一個しか記事にしてないって怒るでしょうけど、本音では引用されてきっと満足よ。あなたがいなきゃ、彼にこんな幸運は起こらなかった……」

アントネッラはあけすけに色目を使う。この二人はすでに寝ているのだろうか。

「娘のことは話してた？」とハイエナが訊く。

「いいえ。父親のことは話して、母親のこともちょっと触れたけど、娘については何も」

「慎み？」

「あの年の男性はめったに子供の話をしないの。両親の子供ではあるけれど、誰の親でもない。悲劇があれば別だけど、子供は男にとって本のテーマにはならない。娘が死ねば、いい小説ができないこともない……としても、喪に服す父親のテーマは見込みないでしょ。しかも、帰って来て老害扱いされるなら、どうしろって言うの？　ほかのことを考えていたいのよ」

クレール

クレールがバスタブに身を伸ばし頭を湯に沈めると、階下のアパルトマンの音が聞こえてくる。例によって喧嘩《けんか》している。水中で増幅された音が変に模糊《もこ》とした重低音になる。夫はいつも乱暴だ。耳を澄ますと、妻がピーピーわめいて夫がうなり、ばたばたとアパルトマンを横切る音がしたところで夫が殴る。妻は抵抗して叫び、ときに走って逃げる。やがて断続的に聞こえる大きな衝撃音はなんの音か、必ずしも殴打の音ではない。そして静かになる。はじめクレールは、妻が殺されたのではないかと恐れたが、そのうち諍《いさか》いがおさまったのだと分かってきた。一見、とてもそんな夫婦には見えない。しょっちゅうエレベータで一緒になる夫は判事だ。酒呑《の》み特有のむくんだ赤ら顔に大鼻だが、つねにこざっぱりと香水をつけ礼儀正しい。おそらく若いころは美男だった。色男の物腰だけが残っている。子供が二人、二歳違いの息子と娘がいる。フランソワの家に越してきたころは、管理人夫婦の娘と一緒に前の歩道で遊んでいるのを目にしたものだ。今は成長し、三輪車やビー玉遊びなど自分の子供ができるまで無縁だろう。父親が母親に手を上げるとき、子供が割って入る気配はない。クレールは非当事者のつねで、エレベータで階下の家族の誰かとすれ違うたび、自分ならあの奥さんの境遇には耐えられない、と思う。二人の娘のためにも、どんな犠牲を払ってでも勇気をふるい荷物をまとめ、家を出て乱暴な父から守るだろう。いずれにせよ、前夫クリストフはクレールにも娘にも手を上げなかった。

前夫が出て行ったのは、上の娘が六歳になる直前のこと。クレールは十年も頑なに精一杯、彼を愛していた。出会ったのは二十二歳の大晦日《おおみそか》、友人宅のパーティだった。つねに目で追われ、話の輪を移動するたび大柄な体が数メートル離れてついてくるのを感じた。悪びれもせずゆるやかにつけ回された。求められていた。クレールの胸が騒いだ。期待した。その晩の彼はシンプルな黒いセーターに三日分の髭《ひげ》をたくわえ、それがよく似合っていた。彼女は若く、人生が自分のまわりを旋回し、ちやほやと素晴らしい贈り物をしてくれるのを意外とも感じなかった。彼の腕のなかでいく晩かすごしたあと、髭を剃《そ》ってと頼んだ。クレールの顔は火照り、繊細な肌はひりひりしていた。初めて真剣に交際したボーイフレンドだった。クリストフに出会った年は、母に連れて行かれた食餌療法が功を奏し、脂肪が落ちてワードローブを新調し、見違えるほど美しくなっていた。痩身を維持できたのは二年だけ、長女マチルドの出産で五キロ増え、その後どうしても落とせなかった。恐怖だったが、母親になる前なら陥っていたはずのどん底に突き落とされることはなかった。母になって変化が起こり、落ち着きと自信が生まれた。赤ん坊との生活で、ものの見方が大きく変わった。

マチルドが生まれる前はエジプト、ニューヨーク、アイルランド、スウェーデンに旅行し、友人たちと会い、ディナーや映画のレイトショーに出かけ、アパルトマンで初めての同棲《どうせい》生活をし、親戚のパーティに参加し、よく朝寝坊してすごした。それからおめでたが判明し、部屋の模様替え、超音波検査、名前はどうするか夫婦一緒に決断を下す。クレールの両親は吉報に態度を一変させた。それまでは三歳年下の妹が母のお気に入りだった。クレールはちょっと太めでおとなしく、両親の注意を惹《ひ》けないタイプの子だった。両親が離婚したときは十二歳で、そこでも母は妹につきっきりだった。クレールはバカな真似をして母をあきれさせることもなかった。妹より醜かった。何をしても完璧ではなかった。両親の離婚を受け入れられないのを察してくれる大人はいなかった。知ってもらうため、クレールがなんの行動も起こさなかったのもまた事実だ。単にゆっくりと太り、内向的になっていった。何年も、自室でひっそりとバカンス先の母から届いたはがきに、同じくバカンス先の父から届いたはがきを貼りつけ、ヴォージュの丘とペルーの山、地中海と太平洋を重ねていた。二枚の紙片を貼り合わせるセロハンテープ。当時は離婚家庭の子供はまだ珍しく、家が二つあることをほかの子供に説明しなければならなかった。妹のアリーヌは一年もしないうちに、クリスマスや誕生日の贈り物が倍になると級友に自慢し、外出許可、罪悪感につけ込んだおねだり、「ママはいいって言った」「パパが約束してくれた」を切り札にした駆け引きを得々と語った。クレールはしょっちゅう妹を絞め殺したくなった。だが、マチルドを妊娠し、すべてが変わった。両親は頻繁に電話をくれるようになり、父母が鉢合わせしないよう訪問のタイミングを調整しなければならないほどだった。出産当日、それぞれの配偶者抜きで病室に駆けつけた両親は、どちらも初孫の誕生に感動の面持ちだった。これが次女エリザベスの誕生まで続いた。そのあとすぐアリーヌが妊娠し、父親不詳でも生まれてくる子の魅力がそこなわれることはなかった。むしろ妹は、例によってまわりを振り回し、最大限の注意を惹きつけた。ある日は母親の家に来て、出産する勇気がないから妊娠六か月でも無理やり中絶すると宣言し、翌日は父親の家へ行って、一人で育てる自信がないから子供は孤児院に入れると告げた。その翌週、はちきれんばかりに膨らんだ妹は母の家の台所ですすり泣きながら五本目のビールを空け、立て続けにタバコを吸い、子供は死産の気がすると嘯《うそぶ》き、あくまで絶望に身を任せようとした。死んだかわいそうな子、と一晩中、母をおろおろさせた。自分のことしか考えていなかった。まわりは手を焼いた。両親は毎日連絡を取り、どんな修羅場を見たか報告し合っては、娘を狂気の淵《ふち》から遠ざけようと涙ぐましい努力をした。アリーヌはなんでもでたらめにやって、結局はいい目をみた。息子を出産した。もちろん息子。三か月間、母としての喜びに酔い痴れたあと、もとの体型に戻ってめかし込み、息子を母に預け、以前と同じアルコール過多で大赤字の波乱万丈な生活を再開した。

マチルドは五歳になったばかりだった。大人にとって奇跡みたいに愛くるしい天使であることをやめ、小型の人間になる年齢。母は相変わらず面倒を見てくれたが、男の初孫であるチボーしか眼中になかった。完璧で特別で無鉄砲でわがままで手に負えないチボー。クレールはもう割り切って自立し、両親の支えなしで前進できる気がしていた。夫、二人の娘、素敵なアパルトマン、望めるものはすべて手にしていた。暇さえあればインテリア雑誌を眺め、予算の許す範囲で自宅を何かに似せようとした。クリストフが毎晩喜んで帰宅するように、同僚を招待しても恥ずかしくないように。結婚していた九年間、女友達から夫の浮気や仕事での無能さ、あるいは不快な態度を聞かされるたび、自分の人生は恵まれていると考えていた。子供ができず、別のことで人生を謳歌《おうか》しようとする昔の友人を見るにつけ、自分はなんと恵まれているのだろうと考えていた。この愛を知らずして人生の真髄が分かるわけもないのに。その代わり、すべてきちんと果たそうと、けっして消化することのない長いリストを作った。子供を健康診断や予防接種に連れて行き、衣替えをし、バカンスの計画を立て、子供たちの宿題をチェックし、ためになる習い事を調べ、皿をテーブルクロスとコーディネートし、腕のいい歯科医の予約を取り、素敵な誕生パーティを開き、請求書を精算し、子供たちをプールに車で送迎し、夫のシャツがくたびれる前に買い替え、家政婦を募集し、お得な自動車保険を探し……。一家が享受する幸福、自分のような女が家にいる幸福を、クリストフが蔑《ないがし》ろにしようとはつゆ疑っていなかった。子供をすこやかに育て、あまり浪費せず、つねに明るく文句を言わず家事いっさいをこなす女が家にいる幸福。

ある金曜の夜、夫から仕事がたまって週末は帰れないと、二十時に連絡があった。マチルドはテレビドラマ「バフィー～恋する十字架～」を観て、妹はバービーたちとお風呂で遊んでいた。クレールの喉にしこりができた。それまで疑念がよぎることはなかったものの、最近よく帰宅が午前二時を過ぎたこと、地方での研修、週末のミーティングの長いリストが理性の死角にできていた。その晩、理解しようと思わないのにパズルのピースがぴたりとはまった。最近たび重なる不在。夫は週末電話をくれず、月曜の夕方帰宅すると顔つきが違っていた。クレールは無意識の戦略でしゃべり出した。しゃべり出したら止まらない、止まったら最後、夫から話を切り出されると感づいていたからだ。以前もこの手でうまくいったのは、無自覚のうちに知っていた。時間稼ぎをすれば夫はしまいに諦めて口を閉ざす。だが、娘たちが寝ついたばかりのその晩は、夫にさえぎられた。「好きな人がいる。家を出る」。バカげていた。言葉を消したかった。よくある話。うちは別。うちではありえない。夫に捨てられると悟る前に、こんな言葉を吐いた夫を恨んだ。夫婦の愛が穢《けが》された。夫が正直に胸のうちを明かしたと認められるようになるまで、何年もかかった。完璧な愛を捧《ささ》げ、捨てられた。それからあっという間にすべてを失った。

電話口の母の嘆かわしげな口調、自分以外はみな感づいていたらしい不快な印象。憐《あわ》れみをかけられる不名誉。この十年、会う人みんなが自分の幸せに感服していると思い込んでいた。知人の多くは愛に不遇か子供がいないか、いても一人で育てることを余儀なくされていたから、嫉妬されているかも、とすら思っていた。見せかけの理解、独善的な憐れみ、屈辱的な励ましを耐えること。すぐに立ち直ったと思われていた。二人の関係は清算可能なありきたりの愛だったかのように。クリストフが戻って彼らの間違いが明らかになり、二人の愛はできが違うと示せる日を、クレールはずっと待っていた。何があろうと打ち砕かれない原石の愛、引き裂かれない絆《きずな》。夫に怒りを燃やすことはなかった。待っていた。彼が出て行ったあと起きたことのすべてが不本意で、もとの生活が恋しく、気持ちを切り替えようとしなかった。夫が浮気者で、妻に飽きているのはとうの昔に察しておくべきで、夫はまともな決断を下したまで、というような友人らのひねくれた考え、わざとらしく親身な口ぶりでたれ流されるほのめかし。

友達と距離をおいた。「女手ひとつで娘二人を育てる母」とか「独身者」呼ばわりされたくなかったし、「人生をやり直そうとしている」と決めつけられるのはもっと迷惑だった。勘違いで仲間意識を持っている、自分とはなんの接点もないくだらない人たち。娘との関係にも影が射した。心の底では娘たちがクリストフを連れ戻すべきだと考えていた。努力が足りていなかった。病気になり、父親を拒絶し、新しい女たちに酷い態度をとり、父とのバカンスに不満たらたらでいてくれたっていいのに。母親に味方し、母の願望が叶《かな》えられるように、つまりみんなにとって善となる、もとの生活を取り戻せるよう頑張ってくれたっていいのに。そうする代わりに娘たちは成長し、学校生活中心となり、マチルドは外見に気を遣って九歳にもならないのにマニキュアやリップグロスを塗りたがり、ブランド物の服を欲しがった。ほかのことには無関心のようだった。エリザベスはピアノを弾き、体操好きになっていた。娘たちには、母娘三人が当然いとなむべき生活を剝奪《はくだつ》されているのが分かっていないようだった。

それに娘たちが成長した今、クレールは非難の目を感じていた。面と向かっては何も言われない。だがおそらく陰で、娘たちだけのとき。成長して陰険になった。軽蔑されているようだった。夫に捨てられたうえ、離婚では最大限むしり取れる豪腕の弁護士も雇えず、微々たる額の扶養手当でつましい暮らしを強いられた女。心理カウンセラーからは、娘たちが母に耳を貸さないのは成長したからで、非難しているわけではないと言われた。するとまた、自分が子供たちのアイドルで、世界の中心だったもとの生活に戻りたくなった。娘たちの小さく柔らかな体、抱きついてくる腕が恋しかった。つねに喜ばせ、何にでも答えてあげられた、娘の幼い時期に戻りたかった。

母とも距離をおいた。別離から四か月もしないうちに母から言い放たれた。「もういい加減、立ち直りなさい。そもそもあんたのダンナ、身内の評判はいまいちだったし、あの子たちの父親なのは分かるけど、ハッキリ言って無教養なエゴイストでしょ」。クレールには電話を一方的に切ることも、その言葉がどんなに傷つくか訴えることもできなかった。グサリときた。傍目には、この愛は盲目の愛でもなければ、自分の幸運は羨望の的でもなかったと呑み込むこと。平凡な夫婦の平凡な破局で、人生もまた平凡。傷心し過敏になり、カウンセラーからデロザットを処方され、体重が十五キロ減った。体重を気にするようになっていたから減量に慰められた。クレールは他人から好調だと思われたかった。所詮、自分の実感などどうでもよかった。他人の視線を窺《うかが》って、溌剌《はつらつ》として恵まれていると思われていると確認できれば、それでいいのだった。

高級スポーツジムのパートタイム事務職に就き、娘たちは学業優秀だったので、充足の証として自分が取った「よくできました」のようにひけらかした。若い女に迷った夫に、五十を過ぎてから捨てられた女たちはよく「もっと早く別れてくれれば、人生やり直せたのに」と嘯く。分かっていない。三十五になる前に捨てられることほど悲惨なものはない。自分ゆえに捨てられ、年のせいにはできないということ、子供からふた親そろった円満な生活を奪うということ、虫けら同然に放り出され、仰向けにひっくり返ったままバタバタしているということ。

今や一緒にいて耐えられるのは、同年代で子供のいない独身の友達だけだった。彼女らだけが自分より格下で、つき合っても劣等感をおぼえるおそれがなかった。だが、この種の女にすら心の平穏を乱されるようになった。二年来の親友エリーズは四十歳だった。子供はいなかったが、けなげにも寂しくないと嘯いていた。そんな嘘《うそ》をクレールは、相手のやせ我慢を察する母親の辛抱強さで聞いてやった。子供を産まず、生活の中心となる基盤を欠いた女の人生など想像もできないが、目くじら立てず寛大に、エリーズに言いたい放題言わせてあげた。だがエリーズも、思うほど寂しそうではなかった。最近、彼女は恋人の船で数か月の航海を計画しており、十歳年下のくだらないその男は、船にかかる費用のスポンサーとして老いた恋人を利用しているのだ。エリーズはこれを愛と思い込み、航海に出るため仕事を辞め、アパルトマンも引き払うことにした。クレールは思いとどまらせようと、友人のためを思っての反対意見を頭のなかでぐるぐると練った。ほとんど取り憑《つ》かれていたこと、心配の根っこに一抹の嫉妬があったことには、カウンセリングのカウチで気づいた。四十歳なんて妊娠するのに遅くもない。エリーズが苦しむことは望んでいなかった。ただ、自分より肩身の狭い立場にとどまっていてほしかったのだ。

　そのあと、とりあえずフランソワがあらわれた。出会ったのはＴＧＶ一等車の車内、エリザベスをリヨンの乗馬合宿に送り届けた帰りだった。クレールはポール・モランの本を読んでいて、つまらなかったがほかに読むものもなく、集中しようとしていた。隣の席の男が少しためらってから声を掛けてきた。まずは自分に興味を持ってくれたところに惹かれた。駅で別れる前に携帯電話の番号をせがまれ、翌日さっそく電話で夕食に誘われた。

　彼女の目にフランソワは、ぼってりと疲れた老け顔に見え、ずんぐり赤みのある手はどこかしら農民を思わせた。カリスマ的というより自意識過剰。列車で隣の女を口説くほどお手軽なこともなく、シチュエーションの情けなさは自覚していても、三時間おべっかを遣われて悪い気はしなかった。自称作家で留守電に自分の名を連呼していた。それをグーグル検索して気持ちが変わった。「褒めてる記事が三つ、これで会う気になるなんて……わたしったら、年甲斐もなく追っかけみたい」と自嘲した。次に読書家のネイリスト、ルセットに電話した。ルセットとは爪の施術後もお茶を飲んで世間話をする仲になっていた。娘と息子がいたが、どちらの父親も認知せず姿を消した。家族の食い扶持を稼ぐのがやっとで、金銭的に困窮していたから気楽につき合え、しかもユーモアがあって頭も冴《さ》えていた。ルセットは暇さえあれば本を読み、生活苦から逃避していた。新たな求愛者の名を出すと、即座に反応した。「『夢想のマタ・ハリ』……すごい本、読んでない？　貸す？　作家と会った？　まさか？」。この反応で、クレールはディナーの誘いを受けてみようと思った。

ディナーは退屈だったが、シーフードレストラン、高級感漂う店内、上等のワイン、目が飛び出るような勘定書、豪華なシチュエーションには気をよくしていた。「最初の夜はダメ」を遵守するのは簡単だった。帰りのタクシーで手に触れさせ、内心、この程度の火遊びで我慢してもらおうと高を括っていた。フランソワは自分の話をしないときはもっぱら悪口で、文学賞を貶《けな》し、まずい本を出しても同業者にもてはやされるジャーナリスト、その価値もないのに外国語に翻訳される作家、あるいは不当なヒットを腐した。だが彼はめげずに翌日も、友人の小説が舞台化されたのを一緒に観に行こうと誘ってきた。

土壇場でキャンセルするつもりで承諾した。ところが近所の書店で、さして煽情《せんじょう》的でもないボッティチェリの絵の一部が表紙になった『夢想のマタ・ハリ』の文庫版を見つけた。その日の昼下がり、服を着たままベッドに寝そべり恋に落ちた。ページを繰り描写が進むにつれて魔力の虜になっていた。疼《うず》くような欲望が湧き上がり、この文章を書いた男のものになりたい欲望、まなざしに身をさらし、明晰《めいせき》さに身を貫かれ、生皮を剝《は》がれ、あられもない姿を見られ書き記されたいという欲望に駆られた。書くことが権威となっていた。自分を欲した男の魔力、と彼女が思い込んだもののためにフレーズのことごとくが煽情的になった。実際に会ったことのある人が書いた小説を読むのは初めてだった。女性がかなり手荒に扱われるくだりに猛烈な性欲を掻《か》き立てられた。

午後中ベッドで本を読んですごした。実際に彼と寝るより官能的だった。夕方、帰宅した娘たちの相手もそこそこに、地下鉄で深夜まで開いているヴァージン・メガストアへ行き、彼の著書の文庫本二冊と単行本一冊を買って来た。メジャーな店で彼の名を冠した小説を目にし、すっかり淫奔《いんぽん》な妄想にとらわれた。眠る間も惜しんで本にのめり込み、躍動感をおぼえ、長いあいだ味を忘れていた何かがよみがえった。劣勢の主人公を美化するやや幼稚な書き方まで気に入った。フランソワは主人公がつねに優位になるよう、場面をその人物のレベルまで引き下げずにはいられなかった。だが、そんな子供っぽさは守ってあげたい脆《もろ》さでもあり、好ましかった。小説から魂に囁《ささや》きかけられ、愛せる男に出会ったと悟った。

実際、数日後に寝たときは本のようにはいかなかった。フランソワはクリストフよりも年寄りだった。

性的快楽にふけることに眉をひそめる向きがあるとしても、この年の男に、相手の顔を窺いもせずしゃにむにセックスをするものではないと教えたクレールは褒められてしかるべきだろう。

フランソワはセックスが下手というわけではないが旧時代の人間だった。彼女の体のことと思い込んだ部分をこすり、身を任されて堪能しているようだった。とはいえ、クレールは性的快感を求める女ではなかった。感じたことがないわけではないが、それは何かの間違いのようだった。とくに重要視していなかった。それでも、ささやかな官能性と最低限の儀礼に悪い気はしなかった。女はみな自分のようにしている、つまり女がオーガズムについて語るのは言葉のあやだと、昔から固く信じていた。病的な人はもちろん別。だが自分も含め、普通の女は相手が快感をおぼえ、それに自分が寄与しているセックスのひとときが好きなのだ。相手の肌、器官、快楽を察することが、オーガズムに代わるものだった。彼女にとって、それこそ真の女の喜び。おこぼれ。

つまりフランソワは彼女の上で二分間身をよじって果て、初めてにしてはすごくよかった、もっとよくなるだろうと満足げにのたまった。自分には若すぎる女に愛され求められていると思い込んでいた。そして鼾《いびき》をかいて眠り込んだ。クレールは屈辱を感じながら、クリストフとのセックス、結婚の絆で結ばれ深く満ち足りてゆだねた肉体、完璧で十全な化学反応を思い起こした。肉体で補完し合う体験。記憶にある元夫の手はクレールの腰を抱くのに完璧なサイズで、戯れつつ否応なく体を折りたたまれ伸ばされ、広がっていく下腹部をまさぐられ、自分は黒く熱した底なしの穴となって充塡《じゅうてん》された。だが、そんなセックスをして二日後に別れるなんて。クレールはけっして時系列順に回想せず、過去を脈絡なく渾沌《こんとん》と想起していた。彼女がイメージするクリストフとのセックスは、最初の数年で沙汰やみになった。マチルドを出産後、再開するやエリザベスを妊娠し、その後何か月もクリストフは妻に触れようともしなかった。

フランソワとの初めての夜は最悪だった。彼を起こさず、こっそり帰ろうと思った。娘たちは母の家に預けたから、朝はゆっくりできる。だが彼の住む界隈《かいわい》は不案内で、タクシーが拾えない場合を恐れた。それに、書き置きを残しても気を悪くさせるかもしれず、傷つけたくなかった。無作法に振る舞ったら小説にどう書かれるか、頭のなかで作文した。この習慣は最初のディナーに始まり、以降、クレールの彼に対する態度を制約することになる。彼女はつねに善きヒロインを演じようとした。そのうち、夫の小説に自分が登場することはまずないと悟ったはずだ。夫の名誉にかかわる小説世界には属していなかった。所詮、数ある落胆のひとつにすぎなかった。人生は流れ、それは妥協の連続だった。

彼女はとどまり、やがてフランソワの家に移り住み、はじめは穏やかに日が過ぎた。セックスに関しては驚きがあった。ベッドでは無粋の極みのフランソワが、別の冴えを見せたのは早くも一週間後のある日のこと、クレールは縛ってもいいか訊《き》かれた。嫌悪感はおくびにも出さず即座にオーケーした。趣向を変えるための老夫婦のゲーム、でなきゃ、なんでそんなことをするのか。そう考えたのは行為前。というのも、ひとたび猿轡《さるぐつわ》を咬《か》まされ下穿《したば》きを膝まで下ろし、両手首を本棚の一番上の取っ手に縛られて立つや、自分が太りすぎて醜くないか、相手が気持ちよくしているか、音を立てすぎていないか気にするのを忘れ、全神経は股間で荒れ狂うハンマーのように脈打つ自分の性器に集中していたからだ。懇願し、喘《あえ》ぎ、待望していた。性について根本的に考えが変わった。しばし恍惚《こうこつ》の時期が訪れた。傍目にも分かり、晴れやかな顔をしているとみんなに言われた。女友達からは色艶がよくなったと言われた。それは啓示であり夫婦の接着剤となった。いずれにせよ、土台は固まった。というのも、もちろんゲームは間遠になり忘れられたから。娘三人と同居の男女関係は難しい。なかなか二人きりになれない。友達からは警戒するよう言われた。母からもまっ先に「ヴァランティーヌはきっと、あの手この手であなたを父親から遠ざけようとする」と言われた。見当違いに思えた。二つの愛は別物なのに。思い起こせば父の女たちの年齢は、父が年を取ってもほぼ一定で、自分はその年齢に近づきつつあった。老人と寝る若い女には変なところがある。老父は自分の女がだんだん面白味がなく、着こなしが下手になっていっても満足していた。だいたい父はそのうち耄碌《もうろく》し、恋人が食卓の上に脱糞《だっぷん》しても「おまる」などと叫んで見とれていそうだった。父は残されたもので、できることをしていたまでのこと。そもそも満足そうだった。

父の女は次々と変わり、誰もが最初で最後、唯一の女のような顔をしていた。淫売ぞろい。クレールは何よりも、ヴァランティーヌからそういう女に見られたくなかった。敵対的でもおせっかいでもえこひいきでもなく。相手を尊重する偏見のない大人。そう見られたかった。だが蛇蝎《だかつ》のごとく嫌われた。善意で懐柔し、如才なさと愛と理解で包み込もうとした。ヴァランティーヌからは、いきなり薄バカ呼ばわりされた。取りつくしまもなかった。ふだんは単に話しかけてこなかった。一番頻繁に言われるのが「ほっといてちょうだい」だった。反対に、マチルドとエリザベスにはつねに適切に振る舞っていた。三人は暗黙のうちに不可侵協定を結んだようだった。

いずれ善意ですべてまるくおさまると自分に言いきかせた。ある日、ヴァランティーヌが書いた短篇小説を読ませてくれた。意見が聞きたいわけではないと疑うべきだった。「下劣なユダヤ女」の話で、プロテスタントのクレールは最初、自分のことではないとほっと胸をなでおろしたが、主人公は尻叩《たた》きをせがみ絶叫しながら家のなかを這《は》い回る淫乱女。尻を打擲《ちょうちゃく》されるたび震える贅肉《ぜいにく》の長い描写が続いた。夫婦関係の本質が、どうしてここまで詳細にヴァランティーヌに知られたのか？　謎。子供たちが家にいるときは何もしていなかった。継娘が書いた話のことは誰にも言えなかった。だがその異常な猥褻《わいせつ》さには気持ちが萎えた。ヴァランティーヌが怖かった。もうだいぶ前のことだ。薄情だが、彼女がいないほうがいい。

バスタブから出る。ラジエータの上に掛けておいた、灰色の厚いバスタオルのぬくもりが身に沁《し》みる。湯気に曇る鏡。浴室には娘たちがシャワーを浴びて使ったものが乱雑に置かれたままだ。娘の浴室は自室の隣にあるのに、こちらのほうがバスタブが大きく、棚には娘たちがわざと略奪する美容品が詰まっている。いくら当ててつけではないと分かって、そう自分に言いきかせても、「年寄りで醜いんだから、いい浴室もいい香りの美容品も、こっちによこしな、あんたの番はもう過ぎたよ」という嫌がらせにしか思えない。想像のなかで他人から向けられる攻撃性は、自分自身の攻撃性なのだとカウンセラーにはほのめかされる。

時間は解決してくれなかった。ヴァランティーヌは同じ食卓につくのを拒み、無理にすわらせようとすると手がつけられなくなった。フランソワはどう対処していいか分からなかった。じきにおさまると考えていた。本音では娘が継母を嫌うのは無理もないと思っていた。ジャクリーヌ・ガルタンは嫁に味方してくれた。孫は躾《しつけ》がなっていないと考えていた。ヴァランティーヌは暴力をふるうようになった。初めてクレールが叩かれたときは台所に二人きりだった。コカ・コーラを飲みながらアイスクリームを開けた彼女に、クレールはやんわりとカロリーの高さを指摘した。「心配しないで、大人になっても、あんたみたいな淫売にはならないから」。たちまちクレールの目に涙が込み上げた。下品な言葉遣いには慣れていなかった。珍しく強気に切り返した。「何考えてるの？　お金目当てで一緒になるほど、あなたのお父さんがお金持ちだと思ってるの？」。そこでヴァランティーヌに頬を張られた。「不潔なウジ虫、働かないでぶらぶらして、よけいな口出しすんな」。会話にならなかった。威嚇だった。クレールはこの一件をフランソワに話した。彼はそのあとジャクリーヌと長く話し込んだ。手を打つことに同意した。あとは施設を選ぶだけだった。ヴァランティーヌを寄宿学校に入れることにも、カウンセリングを受けさせることにすら反対した義父は、数か月前に死去していた。クレールはその死を悼んでいたし、円満に暮らせればいいのにと思っていた。だが、あの子をこのまま非行に走らせるわけにはいかなかった。そうこうするうちヴァランティーヌが失踪した。

探偵の訪問はまずかった。帰ったあとも、クレールは高価な物を壊したか、待ち合わせをすっぽかしたような、なじみのある居心地の悪さをおぼえる。どじを踏んだ感覚。

期待外れだった。ジャクリーヌから探偵を雇うと聞かされたときは名案に思えた。警察は面倒だ。警察にとっては日常茶飯事。血道を上げるわけがない。変な噂《うわさ》が立たないともかぎらない。フランソワには耐えられないだろう。

ヴァランティーヌの居場所は言わずと知れている。フランソワは自覚していないが、娘の失踪で変わりはてた。ここ数日で十歳老け込んだ。こう言うと物の譬《たと》えと思われる。だが文字どおり、十歳年を取っていた。熟年から老人の顔になった。娘を愛しているのだ。

フランソワの探偵への対応はまずかった。「別に話すことはない。ヴァランティーヌの生い立ちを語ってなんになる？　他人の不幸をダシに荒稼ぎできて結構なことだ……。どこを捜せばいいか、わたしに分からないのに、きみに見つけられるわけがない」。探偵は傷ついた様子もなくまわりを見ていた。目で探っていた。ソファの端で背中を丸め、質問を探すのも大儀そうだった。娘の部屋を一人で見てもいいか訊かれ、フランソワは断りそびれた。ソファで忌々しげにため息をついていた。早く帰ってもらいたがっていた。なぜそんなに激しているのか、クレールには解せなかった。口を出したくなくて、テレビの前にすわっていた。しばらくして近寄って来た彼は、腹に据えかねた調子で「おまけに不細工ときた。最悪じゃないか？　母がやりそうなことだ。迷惑なことは……ひとつ残らずやる」。探偵はヴァランティーヌの部屋に長居しなかった。部屋はもとどおりで、あちこち嗅ぎ回ったとしても——間違いなくそうしただろうが——何も動かさないよう配慮したのだろう。

フランソワは娘の暴力の話をしなかった。罵倒も。たぶん話すべきだった。ヴァランティーヌのせいで意欲も食欲も、笑う気力も言葉も失せた。それに、夫はヴァネッサについて黙っていた。最初の妻。クレールが知っているのはジャクリーヌから聞いたことと、別離後の数年にフランソワが書いた小説を読んで推測したことだけだった。彼の沈黙は理解できる。自分も最初の結婚の話はしたくない。聞き手の軽薄さに耐えられない。だが、ヴァネッサがバルセロナに住んでいると教えなかったのはバカげている。時間の節約になるだろうに。おそらく、ヴァランティーヌは母親に会いに行ったのだ。母親は娘のことなどどうでもよいのだと、いくらまわりの大人から聞かされても、やはり自分で確かめたいのではないか。無理もない。だがフランソワは、クレールがおせっかいにヴァネッサに電話したと知ったら激怒するだろう。しかも、前にも電話したことがあると白状しなければならなくなる。交際を始めたころ。彼女に会おうとして。どんな女性か知りたくて。ヴァネッサはいい人ではなく、ジャクリーヌの話どおりネガティヴで毒があった。けれど、ヴァネッサは前もって知らされてしかるべきだとクレールは思ったのだ。

ラフィックは画面から目を離さず、右手だけ、マウスと熱いコーヒーの入った銀色のサーモスのあいだを行き来させる。不正取得したデータをわたしにも理解できる情報に変換してくれている。時間がかかりすぎだと文句も言えず、わたしは隣にすわっている。

ラフィックがR社に入ったのは九〇年代半ば、最初は五階の奥の小部屋に、巨大なタワー式のコンピュータとともに腰を据えた。ジャン＝マルクの話では、電話回線でインターネット接続する野蛮な音が規則的に鳴っていた。二年後、一階に空いた狭い物件に移り、マシンを設置し、アシスタントを雇い入れ、やがて用済みになった管理人の詰め所も併合した。彼の部署はいつも薄暗く、機器がひっきりなしに発光点滅し、送風機が休みなく立てる音で頭がおかしくなりそうで、スタッフはほぼ全員ヘッドフォンをつけている。よろい戸を閉め切っていても平気らしく、防犯になると嘯《うそぶ》いているが、窓にはまった堅固な鉄格子を見れば、やる気満々のチェチェン人窃盗団だって素通りするだろう。だいたいラフィックのチームにいる者たちは、家に寝に帰るタイプではなく、一階はめったに無人にならない。熾烈《しれつ》な競争のもと、あまり長く権力中枢を離れては落伍《らくご》すると思っているのだ。ラフィックの部署は会社の心臓、肺、脳と目になっている。

ラフィックが入社したときは、銀行口座や電話料金の明細、身分証記載事項から前科にいたるまで、簡単にアクセスできる彼にみな開いた口が塞がらなかった。それからラフィックはネット上の情報管理に特化した法律事務所と業務提携すべきだとボスに進言した。そんなことはエゴサーチするごく少数のとち狂った有名人にしか関係がなく、古株社員からは図に乗りすぎだと見なされていた。だがラフィックの主張は聞き入れられ、業務態勢が整備されて一年後、ネット掲示板、ブログ、その他のコメント記事が爆発的に増え、彼の部署は会社の稼ぎ頭になった。彼らはネットを走査する。提携弁護士の高圧的なメールに歯向かうホスティング会社はない。たまに非協力的なときは、問題のサイトをぶっつぶすまでのこと。ラフィックのチームの仕事を見れば、検閲に関する倫理規定は、ヴァーチャルコンテンツが修正、抹消、操作可能であるという現代精神を踏まえていないのがすぐ分かる。R社の評判は口コミで広がった。ライバルの評価を落としてほしいという依頼が増えている。

中高生の監視は将来的に莫大《ばくだい》な収益が見込めるから、他社に先駆けて開拓すべきだと前社長に進言したのもラフィックだった。初めて位置情報追跡電話を導入したのも、浮気調査以外の用途を見越していたのも彼だった。その後、離婚に関する法改正で、浮気現場の証拠は無効になり、会社の業務の一部は用なしになった。ラフィックはテクノロジー好きで、応用には先見の明があった。携帯電話が子供に不可欠なアイテムとなり、そうなれば当然、親は子供がどこで何をし、何を送受信しているかをリアルタイムで知る手段にできると正しく見通していた。需要は飛躍的に増大した。なかでもR社は先陣を切っていた。ある意味、わたしが仕事にありつけたのもラフィックの嗅覚のおかげだった。

その朝、三キロのハードディスクを手提げバッグに入れて出社したときは、一階に頼み事をするときのつねで、椅子もあてがわれず三十分は待たされるものと覚悟していた。ラフィックのチームでは、人を愛想よくもてなすことは弱みを見せることになる。この部署が会社を回している。上階の者は大目に見てもらっている足手まといの恐竜集団にすぎない。だがこの日、ラフィックはわたしを見るなり腰を上げた。それまでわざわざ挨拶された憶えもなく、顔を知られていたのが意外だった。昔からの親友みたいなそぶりをされた。チーム全員からいっせいに注目され、羨望と敵意が不快に入りまじった冷たい視線で上から下まで値踏みされた。

ラフィックに右手のオープンスペースの奥へ案内される。ハイエナから話は聞いていて、彼女の言葉どおりかなり近い関係と察せられた。優遇されるのは嬉《うれ》しいが、そのせいでいきなり悪意を向けられ、わたしは戸惑っている。猜疑《さいぎ》と敵意のこもった目が背中に突き刺さる。

前からこのチームはいけ好かなかった。ややとんがった口調、ちんぷんかんぷんな専門用語、内気さというより優越感からくる控えめさ。服の色がわざとらしく陽気なのもメガネフレームの選択もいけ好かない。ユーモアも気に食わない。人種差別主義者で、黒人、中国人、インド人、アラブ人を見たら反射的に人種に結びつけずにいられない思考は、裏の裏を読まなければ政治的に正しくなくなる。ラフィックのチームの面々はたいがい新自由主義を信奉し、おめでたいほど親米で、近々親中になることにもやぶさかではなく、孤立を恐れぬいっぱしの論客ぶって御託を並べる。つねに権力の側につき、体制転覆の危機に直面した気になっている。集団社会主義（専制的社会主義と対置される）とボリシェヴィズムが元凶であるかのように彼らが語るフランスなど想像しにくい。仮借なき菜食主義国、誰もが隣人と「サンディニスタ」の旗を掲げて肛門《こうもん》性交する異人種間乱交の国フランス。誰もがはばかることを声を大にして言う度胸はあれ、一階で三日連続徹夜して「超過勤務」のひと言も口に出せず、どやされて目の奥にともる恨みの光は、放火が必修科目にならないかぎり大火となる見込みもない。ストライキ決行者、暴徒を敵視し、アーティスト、外国人、老人、公務員、そして――自分たちも機会があれば住宅手当や失業手当を遠慮なくもらうのに――補助金受給者を敵視する。ラフィックは彼らに邪険な口をきき、安賃金を払い、けっして礼を言わず、褒めもしない。彼らはそんな待遇をこそ嬉しがり、ラフィックを尊敬し、完璧な仕事で返礼する。わたしたち上階の社員は、彼らに軽蔑されるあまり過去の遺物だと自覚するようになっている。

ラフィックはロケットでも発射させるかのようにしゃかりきにキーを叩《たた》く。「ちょっと待って、五分で終わる」とのつぶやきは「一日、隣で待ちぼうけしてもらう」という通常言語に翻訳される。外に出たい。家でネットで遊んでいたい。映画館でいい映画の一本も観たい。よく知らない人、しかも訪問時にけんもほろろに応対してきた人のコンピュータの中身なんて知りたくもない。

アパルトマンには、入った瞬間から反感をおぼえた。大きすぎ、清潔すぎ、高価すぎ。質問はひととおり用意していた。交友関係、外出先、母親。何を訊《き》いてもフランソワ・ガルタンはこちらを見もせず冷たく一蹴し、自宅にわたしが五分いるのも我慢ならず、「出て行け、おまえに娘を捜し出せるか」と叫ぶような取りつくしまもない態度。継母はそう不快ではなかったが、愛想のよさの裏に、もっと侮辱的な下層階級への軽蔑が読みとれた。ようやく継娘との関係がぎくしゃくしていたのを認めると、フランソワ・ガルタンは「きみは継母だ、いったい、いつから最初の結婚の子が継母と仲よくすることになったんだ?」と天を仰いだ。産みの母とは十年以上、音信不通だと言われ、何も摑《つか》めなかった。明らかに嘘《うそ》だったが、追及する気力も起きなかった。一刻も早く、そこを出たかった。

ラフィックが顔を上げ、ケーブルを隣の機械に接続し、わたしの前のモニタの電源を入れて、同じものを見せてくれる。説明の声は低く、催眠術みたいな、二つのことを同時にする人特有の口調だ。

「母親の探索は外部の人間にやらせている。うちのチームは全員手が空いていなかったし、このほうが早い、それに内密に進められる。今日中に報告が来るんじゃないかな」

動じない女を装ってうなずく。なるほど、上層部の人間とはあぐらをかいて人を顎でこき使うのか。ラフィックが解説しながらインターネット閲覧履歴を二つの画面に表示し、わたしは長いリストに意識を向ける。フランソワ・ガルタンのコンピュータから始める。父親のハードディスクの中身なんてどうだっていいが、黙っている。彼はバカだが自分の子を地下室に監禁するとも思えないし、そういうタイプではあってもそれをネットで披瀝などしないだろう。　表示されているるのは父親のインターネット閲覧履歴だとラフィックが説明する。

どの欄にも「A」に黄色いコンマがついたロゴが並び、クリックしてみると彼の最新刊の小説『パリの大ピラミッド』を販売しているページだ。

「なんでアマゾンで、自分の本を一日三十回見てんの？」

背後に気配を感じていたアシスタントが、立ち聞きを悪びれもせず解説してくれる。

「売り上げランキングを見てるんだ。一時間ごとに更新される」

「ファイアウォール」とか「ルータ」なしで意味の分かることを言ったのに驚き、振り返る。

「友達がエッセイを出版してさ。ランキングで頭がおかしくなって。自分で注文するようになっちゃってね。一日一冊注文して、やめようとするんだけど、ランキングが落ちてくるとたまらなくて。五十冊以上注文したところで、母親が無理やりサント＝ドミンゴの、ネット接続なしのバンガローにバカンスに連れて行った」

「ガルタンはそんなに注文してないでしょ。七万七千位。いいんじゃない？　だめ？　何冊か買ってあげるべきかな？　それでなくとも娘がいなくなって気の毒だから」

毒舌でもふるったかのようにラフィックと若造が吹き出す。アシスタントが笑うのはわたしがラフィックの隣にいるからで、ラフィックが笑うのはわたしの後ろにハイエナがついているからだ。「好循環」とはこのことか。父親はほかに「ル・フィガロ」「レゼコー」「ビブリオプス」の読書欄や「レクスプレス」の週間ランキングをチェックし、「リーヴル・エブド」や文学とは何かをご苦労にも真剣に論じるブログを閲覧している。ガルタンは様々な名義で下劣なコメントを大量に投稿している。たとえば同業女性に「糞《くそ》まみれのでかいケツを掘られるがいい」とかコメントしているのが簡単に追跡できる。苦悩とは無縁の晴れやかな人物像が垣間見える。コメントは娘の失踪後にも投稿されている。簡単には集中を乱されないというわけだ。

メールボックスに目を通す。アドレスは三つ。一つは作家としての仕事用、連絡先はもっぱら広報担当の女で、わざとらしく軟派なメールの集中砲火を浴びせている。「なぜ『大書店』のゲスト出演を依頼されないのだろうか、あれはいちおう文学番組でわたしは本を書いているのに……あなたにお似合いの赤いワンピースを着ているのでしょうか」とか、自制したいのだろうが、一日に十通送信している。広報担当者のリストに穴があいたらいつでも彼をあてにできる。媒体を問わず小説に関する情報をありったけ提供してくれるだろう。二つ目のアドレスは私用で家族や知人との連絡に使われている。娘の失踪について直接の言及は見あたらない。ただ、しょっちゅう「最悪の状態にある」と書き、会合やパーティ、誕生会に参加できないことを詫《わ》びている。三つ目は秘密のアドレスで愛人用。律儀にメールをすべて保存している。過去二年間の無様で味気ない愛人交代劇を破局の順序どおりに再現できる。卑怯《ひきょう》な男だ。女と別れるとき――必ず後釜ができた上で、二つの情事のあいだに空白期間はない――単に連絡を絶ち、捨てた女からのメッセージを開けもしないがファイルに分類しておく。ラフィックが見ているのはワード文書、背表紙に載せるプロフィールの下書き、女性についてのエッセイの書き出し、解約したつもりがされていなかった電話会社への通信文、前世紀のパリの娼館《しょうかん》についてのメモ。画面を高速で流れる情報に吐き気がしてくる。ひと休みしたい。

「唯一興味深いのは、娘にまったく触れてないことね」

「当然だ。男は泣きごとを言いたくないものだ」

まるでわたしが男の生態、この知られざる人種が、尊厳ある誠実な道を黙々と力強く前進するさまを実地に観察する機会がなかったかのように説明される。ラフィックが継母のハードディスクを開き、罰を食らった気分になる。継母が強い関心を持っているのは鴨《かも》肉、牛肉、レモンタルトの多様な調理法だ。母親たちのネット掲示板に娘の読書について頭の悪いコメントを投稿している。メールを見るころには、わたしはもう自動運転状態だ。おそろしく大量のメールを送信している。すぐにヴァランティーヌの話題になる。「空っぽのあの子の部屋を見るとたまらない」。「娘たちたしかに、さっそくドレッシングルームにリフォームするつもり、などとは言えまい。「娘たちを抱きしめて、居場所も分からないような恐ろしい状況に、わたしたちは陥りませんように、と祈っています」。集中して三十秒、早くも深い倦怠《けんたい》の警報《サイレン》が聞こえてくるが、失踪前にさかのぼると面白味が出てくる。「またです。今回も台所でシンクに押しつけられて怒鳴られて、食べ物に注意しなさいってアドヴァイスしたら、わめかれた。もうあの子が帰ってくる音がするだけでおびえてる。黙って部屋に直行するけれど、うちにいるかぎり、いつ出て来て叩かれるか分からない。寝る前も、夜中に包丁で首を切られるんじゃないかと不安です。フランソワは、心配ない、じきおさまるって言うけれど、娘が爆発したところを見たことがないから。豹変《ひょうへん》して怪物になるのに」。ラフィックは硬い表情で黙って機械的にメールを開け、わたしは背筋を伸ばして画面に見入る。複雑な心境、何かにぶち当たった喜びだけでなく、午前中に自宅のリビングでベージュ色のカーディガンをはおり、わたしを見下したあのバカ女が、シンクに押さえつけられ恐怖に身をよじるのを想像する喜び。「今朝は登校前のヴァランティーヌに平手打ちされました。フランソワに話すべきだと言われそうだけど、もうあの子と同じ屋根の下では暮らせない。この状況に立ちすくんでいます。今日は一日泣いていました」。ラフィックが読みながらわたしに訊く。

「どう思った、この継母？」

「ブチのめされるべきだね」

一瞬キーボードから指を離し、こちらを振り向く。

「殴っていたのが夫なら大騒ぎするくせに、継娘なら面白いってか？」

「いや、夫がやったとしても素晴らしいと思うよ」

ラフィックは何か言いかけてから、分かったような顔で微笑む。心証をよくしたようだ。

「あの人と組むだけあるか……」

わたしも継母と暮らしたから、継母に当たるようなドラ娘に親近感をおぼえるとは言わないでおく。ラフィックが見つけたクレールとガルタン母のやりとりには、私立の精神医療施設のリンクが複数貼られている。スイス、イギリス、カナダ、アメリカ合衆国。幅広くリサーチしたものだ。娘を施設に入れるのに難色を示しているらしい夫のそばで懸命に支える、とクレールは義母に請け合っている。フランソワが現実を受け入れられないのは無理もないけれど、幸い、女二人がすべてを一手に引き受けている。ラフィックはわたしが手柄でも立てたかのように、こちらに手を上げる。最後に残ったハードディスクを開けながら、相変わらずの低い声で囁《ささや》かれる。

「この分析は一人でやってもらうけど、いくらか見通しがつきそうだ」

「ヴァランティーヌが何か感づいていたら、家出したのもうなずける」

「それに、あんたが雇われたのも納得いく……。この手の施設には調査書がいるんだ、名門校みたいに」

「調査書なら、たっぷり入手させてやった」

「やばそうな内容？」

「あの子はお色気ではやらない。そこが彼女の限界でもあるんだけど」


会社にほど近い金のしずく《グット・ドール》通りの小さなバーで落ち合ったころには、もう日が暮れている。ラマダン（日の出前から日没まで断食するイスラム教の斎戒月）で店内はごった返している。男性客ばかり。コーヒーやミントティー、スパイシーな料理の香りが厨房《ちゅうぼう》から漂ってくる。カウンター左手の一角に席をとる。店の老主人《シバニ》はハイエナをよく知っていて、この人も彼女に一目置いているようだ。ラフィックは呆然《ぼうぜん》として言う。

「通話とか携帯メールとか、普通に電話を使った形跡が、二か月以上さかのぼらないと見つからない。ほぼ三か月。こんなの見たことない……。十五歳でインターネットも携帯もやめるって……ありえないよね？　鬱、しかも深刻な……としても、たまにメールチェックくらいするだろ。ドラッグ？　それはない……。むしろ夜昼なくエゴサーチすると思うよ。恋愛？　携帯なしで？

携帯メールなしのラヴストーリーなんて想像できる?」

　ハイエナはさほど動じていない。

「まだ世間に知られてない新興宗教に入ったのかも。電子機器をラマダンする宗教とか?」

「三か月、携帯電話もメールもツイッターも、何もなし。ブログへのコメントもいっさいなし。ずいぶん落ち着いてるみたいだけど、何か知ってて独り占めか」

　二人の前にいるわたしは意見を求められない。自尊心《エゴ》が路上の吸い殻《メゴ》より踏みつけにされている。慣れてきた。このシチュエーションには気楽な側面もある。たとえば失言のリスクがない。何も期待されていない。飲み物代すら。一日コンピュータに向かっていて軽い頭痛がする。ラフィックは謎解きに知恵を絞る。

「ひょっとして、ハードコアな猥褻《わいせつ》画像でもネットに流して、父親が圧力かけて全部消させ、報復としてどんな情報もアップできなくなってるとか……」

「メールも送らない理由にはならない」

「おい、確実なのか? 本当にネットカフェで見たことない? 友達の携帯も使ってない? 全然?」

　質問はわたしに向けられていたが、覚醒するあいだに別の話題に移っている。ハイエナは相変わらず同じことにこだわっている。

「母親の情報だけど、ラフィック、いつ入る?」

「明日の昼には来るだろう。今のところ、母親名義のものは健康保険も申告も銀行口座も何も出てこない。だがじきに浮上する、心配ない。明日もルーシーとリサーチして夜には……」

「いや、明日はわたしたち用があるんだ。ブールジュ（パリの南約二百五十キロメートルの地方都市）で『あんたのケツでパニック』のコンサートがあってね。飛び跳ねに行ってくるよ。ラフィックは聴かない？　リアーナとレディ・ガガだけ？」

今度ばかりは、わたしも会話に割って入る。

「明日出張すると分かって恐悦です」

「どうかした？　デリック警部（ドイツ制作同名刑事ドラマの主人公）、明日は先約があった？」

上機嫌でラフィックに言いつける。

「これだけ動こうとしない人も珍しいよ」

「前もって知らせてほしいというのは無理なお願い？」

「問題ない、デリック警部、今度からはファックスで通達する」

わたしは天を仰いで音高くため息をつき、デリック警部と呼ばないで、ほっといて、と態度で示す。ハイエナがラフィックにまた言いつける。

「ほら、見た？　わたしにぞっこん。みんなこうなるんだ。しまいには手が焼ける。いつも言ってるけど、ラフィック、テスト（男性ホルモンのテストステロンのこと）の場合、大事なのは量より質。わたしのは、かたっぱしから盛りのついた牝犬《めすいぬ》みたいにしちゃって、本人も何が起こったのか分かってない。ひたすら愛される」

翌日、ハイエナがアパルトマンの下に迎えに来る。今回はメタリック・グレーの四輪駆動車、どこからこんな怪物を出してくるのか。のろのろとパリ市内を抜けながら、馬車に乗っているみたいなすごい車高で、教皇か英国女王よろしく歩行者にゆらゆら手を振りたくなる。ラジオでフランス・ギャルが「嘘よ、ママン、嘘、嘘」と歌っている。聴くのは久しぶり。日曜の朝、両親の車のバックシートで「ストップ・ウ・アンコール？」（ラジオ番組）を聴きながら祖父母の家へ向かうときの、忘れていた光景がやけに鮮やかにオーバーラップする。続いてミシェル・ベルジェが「いつか僕を愛すると思えたら」と歌い出すが、ふと気づくとラジオではない。ハイエナは腕を伸ばしてハンドルから離れ、物思いにふけって無言で運転している。

「コンサートが目的にしては、到着が早いんじゃない？」とわたしは訊いてみる。

「運営方に知り合いがいて、いつ始まるのか電話で訊いた。不慣れな地方都市でステージに上がる前に捕まえたら、ガードが低くなるんじゃないかと思って」

「メンバーに何を訊くか考えてあるの？」

「何を話すかって？　イスラエル情勢？　炭素税？」とハイエナ。

「そうやって、バカ扱いするのやめてくれる？」

「質問の種類を変えな、なんとかなるかも」

「ハイエナって名前はクロマグがつけたって本当？」

「いや。仕事を始める前からこの名前だった。クリトが特大だからね」

わたしは天を仰ぐ。こういうユーモアは好きじゃない。鼻先に性器を押しつけられたような気がする。少し手間どって高速に入ってから、今後の予定に話を向ける。

「バンドについては情報あった？」

「フェイスブックで見た。親が金持ちのガキで、とんがってて、かわいいホワイト・パワーって感じ」

「かわいいいホワイト・パワー？」

「ちょっと調べたら、裏で色々バカやってる……どっちかって言うとただの腰抜けじゃないかな。親が金持ちだけど労働者《プロロ》の息子気取りみたいな。パパの会社に入ったら、たちまち忘れるだろうけど」

「人種差別とか気にしないタイプ？」

「わたしは古い人間なんだ。白人のガキが『アイム・ホワイト・アンド・アイム・プラウド』なんて叫ばずにいられないなんてね、昔は白人で誇らしいとかわざわざ口にするまでもなかった……考えるとしたら、そうじゃない者を憐《あわ》れむときだけで」

「特定の政治グループとつながりがなくても、政治活動してないとはかぎらないんじゃない？」

「政治家と接触もなく、バンドも無名で、仲間と地下室でやってる……むしろ詩人みたいなもんだ。詩を作りたいからって責められないだろ？」

「まともに評価してないようね」

「おい、やつら十七かそこらだよ……サイトで極右を標榜しといて、どこで演《や》ると思う？　ビアンたちのホールだ。運営方に知り合いがいるって言っただろ。要するに、どのみちやつらにマナーを教えてやる気はないってこと」

もう、口を開けばこればっかり。ビアン、ビアン、ここ数日で何度聞かされたか。勝手にしてほしい。レズビアンでも男根狂でも禁欲家でも、我慢してつき合うまでのこと、解放されたあと、この人が下半身で何をしようが知ったことじゃない。ハイエナが話を続ける。

「極右と言ってもひとところとは違う……さくっと『くだを巻くゲスの会』とでも改名したら実態が分かりやすいんだけど。ヴァランティーヌはもちろん排外主義《faf》とか宗教とか、なんであれ政治活動には関わってなかったんでしょ？」

「パレスティナ支援のチャリティー縁日で、射撃の屋台とか出してたら、話してるよ」

「もしかして、目ざとくあんたを見つけて隠れてたのかも」

「たしかに……見失ったことはありますけど……。あの子がジャンヌ・ダルクの扮装《ふんそう》で、ジークハイルやるために家出したって言うの？　消える必要ある？　今さらバカな真似して、恥じることないんじゃ……」

「父親には問題かもよ。まともな作家なら、娘が額に鉤《かぎ》十字のタトゥーしたら嫌でしょ、一発でディナーの話題にされる」

高速道路は流れている。郊外の産業地帯。倉庫の上に巨大な看板、その前には駐車場、まるで長大なショッピングモール。そういえば、ドライブしてパリを出て、フロントガラスの下に延々続くアスファルトを眺めるのが好きだった。道路の両側はすぐ畑と森になる。

早くもブールジュに到着。なじみのある冬の冷気と光。木々が葉を落とし風景は平坦《へいたん》、四角い畑は茶色と黄色、空は低く輪郭がくっきりしている。フランスの田舎の厳しさ。またも子供時代の背中の通学バッグ、スクールバス、なくした手袋、空き地での自転車乗りを思い出す。

落書きのある四角い広場に駐車する。サーカス学校の入口の上に、巨大なピエロの顔が描かれている。時刻は五時で、すでに暗い。ハイエナのあとについてがらんとしたコンサートホールに入ると、技術スタッフは見向きもしない。ステージ右手の階段を通って廊下を歩いていると、ハイエナが足をとめて振り返り、用意はいいか尋ねられ、囁《ささや》き声で指示される。

「わたしの後ろにいるんだ。何があっても笑うんじゃない、目はやつらの頭の上を見ていること、話さない、動かない、行こうか?」

うなずいたが、用意できているわけじゃない。だが、準備の時間が欲しいと言うには間が悪そうだ。三時間の移動中に説明してくれればよかったのに。ハイエナはノックせずに楽屋に入る。窓のない四角い部屋は壁が黄色で、丸い電球に縁取られた鏡、横手にはシャワー室。タバコの煙が立ちこめているが、若い野獣の臭気を掻き消すほどではない。わたしはドアに寄りかかり、両手をポケットに入れてしばらく佇《たたず》んでいる。指示に反し、唇に薄笑いを浮かべているのは不安をごまかすため。

狭い場所に男ばかりたくさんいて、こちらをホール関係者と思ってか、すぐに反応してこない。身の危険を感じる。ひそかに観察し、みんな子供だと自分に言いきかす。だが子供とはいえ大柄でタトゥーだらけ、ピアスだらけ、裸同然でそうとう壊れている。仲間同士の気安さで騒々しい。わたしは意識を集中し、呼吸をコントロールしようとする。心拍さえ一定に保てば、目の前の獣《けだもの》に恐怖を気取られることはない。七人いる、とようやく数えたとき、中央に立つハイエナがひと声吠《ほ》える。場違いだが効果的。スポーツチームの監督が騒然とした更衣室で一喝するみたいだ。萎縮しているわたしとは反対に、見るからに伸び伸びしている。ふだんは痩せこけ華奢《きゃしゃ》なのが、今は角ばって水泳選手の肩をしているのに気づく。調子に乗っている。妙に板についている。今にもターザンよろしく胸を連打し「食ってやる」と叫び出しそう。そうする代わりにハイエナは、一人ひとりの顔を凝視し、ひっそりすると、また騒ぐ前に小柄な褐色の髪の少年に目をつける。グループ一の美少年といえる。選り好みしたようだ。

「きみたちの一人と話がしたい。ヴァランティーヌ失踪の件で調査をしている者だ」

物腰から最年長らしい、浮かれ顔の金髪少年が即答する。

「あんた誰？　警察《サツ》？　身分証あんの？」

歯が汚く労働者階級《プロロ》的なのは、ほかの少年にはない雰囲気だ。まだないのか、全然ないのか。みな石鹸《せっけん》の香りがし、そこに若い牡《オス》の臭気をまとっている。ハイエナは両手をポケットに突っ込んで微笑する。

「いいや、坊や。警察は女の子がバラバラになって発見されたら来るだろう。今日は、穏やかに話し合おうと思って来たんだ」

最初に目をつけられた褐色の髪のチビが、尊大にハイエナを見るが、相手として認めたらしく返事をする。

「なんで俺たちが、そのヴァランティーヌとかいうやつを知ってんだよ？」

繊細な顔立ち。将来美男になるか知らないが、現時点では絶世の美少年。ピアスだらけで悪ぶっているのに天使のよう。人生いつだってうまく立ち回ってきたのに、明らかに気づいてもいないのが魅力になっている。動じない男を演じようとすると鼻が軽く上向きになる。わたしはハイエナがもたらした静寂に驚いている。猛獣使い。部屋の真ん中に立ち、それぞれをまっすぐ見据える佇《たたず》まい、微笑と落ち着きすらどこか不穏だ。威嚇こそしていないが、目が輝きすぎて上機嫌が薄気味悪い。コンビを組んでの外回りを語り草にしていたクロマグを思い出す。たしかに、ドアにへばりついて腕組みし、ハイエナを目のあたりにしている今、何がそれほど魅惑的で病的だったのか、わたしにも分かりかけている。楽しんでいるようなのが不気味だ。やばいことになりそうで、それこそが望みだとにおわせる才能がある。髪が褐色のチビに、ハイエナは純粋な狂気を隠そうともせず優しく答える。

「だって、きみらのことはよく話に聞いてるから。よおく聞いている」

笑いとどら声がどっと起こり、小鳥の群れがいっせいに方向転換するように、少年たちは見えない合図で息を吹き返す。怒鳴り合い、ふざけ合い、動き出す。ハイエナはチビを見据えて一歩踏み出し、今度は口調を変えて威嚇的に言う。

「友達と五分離れるのは怖い？　みんなの手を離したらおしっこしちゃうか？　あんたに野暮な質問がある。無理なこと頼んでるか？」

「全然。でも話すことはないよ。その子は知らないし」

「いやいや知ってる、むしろ深く知ってるだろ。事情も知らずにパリからはるばる来ると思うか？」

蛇のようにシュウシュウ言葉を吐いて絡みつく。少年は仲間を目で探し、まわりはしゅんとなって、にやけているが気もそぞろ。どうなっているのか。どうしてガタイのでかい子がハイエナの襟首を掴んで放り出さないのか。チビだって、単に断ればいいのに幼すぎて分かっていない。虚勢を張って立ち上がる。すでにハイエナの前では校長先生に対するように振る舞っているし、どうせしょっちゅう放校されてもいないのだろう。一緒にドアまで行き、仲間の前で格好をつけて勇ましく言う。

「オバサンがそこまでサシで話したいなら……頼みを聞いてやろうじゃないの。おい、みんな、十五分たっても戻らなかったら、警察に通報してくれよな？」

ハイエナは少年を先に立たせ、歩くあいだケツを見て、百メートルも行かないところでぼそっと言う。

「チクショー、簡単に丸め込まれすぎだろ……。そんなにあっさり群れと別れんのか？」

少年は口ぶりに驚いて振り返る。思うに、はじめからこのオバサンはやばいと本能的に感じても、つい理性に耳を傾け、子供に会いに来た年配の女など恐れるに足りないと思っているのだ。ハイエナはまた歩かせるため「すぐすむから心配すんな」と手のひらで少年の背中を軽く押す。

ホールそばの小さな空き地。人目につかない。もう暗くなっている。金網の向こうで早くも開場を待つ子供が数人いて、十四歳くらいの子は仔熊《こぐま》のように両手で瓶を持ってウオッカを飲んでいる。コンサートを楽しめることだろう。ハイエナが縁石に腰掛け両肘を膝におき、手のひらで隣を叩いて少年にすわるよううながす。

「ヴァランティーヌが失踪したのは知ってた？」

「噂《うわさ》で聞いた。もう、ずっと会ってない。連絡もない」と少年が答える。

「家に帰っていないって聞いて、どう思った？」

「別に。やばいかもって、かわいそうに思った。でも……別に。何も考えてない。何を聞かされたか知らないけど、はっきり言って、最後に会ったのは……最後に会ったのは四か月以上も前だ」

「で、どうだった、最後に会ったとき？」とハイエナ。

「コンサートで。いつものように酔っ払ってた。どうせ、俺たちの道は別々になったんだ。変なやつらとつるみ出して……なんていうか、親戚がらみの臭いやつ……」

「臭いやつ？」

「情けないアラブ野郎っていうか」

「ああ、それで別々の道を行くことになった？」

「薄汚くなって。何やってたか知らない。話してないし。変なんだ、もとから変だけど。しまいにはお手上げ、わけ分かんなくってうんざり。だいたい向こうも愛想つかしてたよ。つきまとわれなくなって、みんなホッとしてた。でもその前だって、なんで俺に話を聞きたいのか、全然分かんないよ。コンサートに来てた。でも、つき合ってたわけじゃない。まったく興味なし。友達としてもカノジョとしても、全然。正直、早くどっか行ってもらいたかった」

「リハーサルにも来てたんじゃない？」

「呼んでない。つきまとわれてたんだ。ヴァランティーヌはケツに火がついてる。変わったと言われても信じないね。性懲りもないヤリマン……。でも、知ったことじゃないだろ？」

「そうだね。で、そのあとは？」

「そのあとは何も。追っかけをやめさせることはできなかった。でも、ああいう女は興味ない。俺たち誰も、そんな趣味はない」

　ハイエナはどっと疲れたように額をこすり、不満げなため息をついてから囁きかける。

「五分でいいって言ったね。五分で終わらせたいんだ。わたしの耳には、坊やが嘘ついてるのが聞こえる。気に入らない。こそこそしてるのとかさ。マジで気に入らない。コンサートをすっぽかさせたくないんだ。彼女と何があったか話してよ。いなくなる直前、どんな心境だったか理解したいんだ……責めたりしないから。何があったか話して」

「何も。何もないって。ずっと会ってないし、ここに来たのは見当違いだって言ってんだろ」

　少年はキレたように語調を強めた。パキッ。ありきたりな手のひらのビンタではなく、粗暴な手刀《チョップ》、拳闘環《リング》が少年の頬にピンクの線を引く。手が出るところは見なかった。少年も同様らしい。ふらついて首根っこを摑まれている。映画だったら獣人変身の特殊効果《モーフィング》が速すぎ極端すぎだ。ハイエナはまるで別人になっていて声も違う、瞳も変化し、顔はまだ抑えられている不気味な怒りに歪《ゆが》んでいる。やつれた顔。もう全然美人じゃない。変貌していた。しかも見るからにまだ余裕がある、最悪までの序章にすぎない。

少年は赤い痕のついた頰に手を当てる。痛みより驚きで口をあけ抗議しかけるも、相手の顔を見て、もう恐怖を隠そうともしない。こっちを頼って振り返る。わたしも立ちつくしている。彼がママのスカートに駆け込んで告げ口したら、両親に何をされるか分かったものじゃなく、できれば介入したい。だが動けず、足が言うことを聞かず、頭もまっ白。

ハイエナは立ち上がって少年の襟を摑んで立たせると、痩せぎすな体からは想像もつかない怪力で放り投げる。しばし少年が空《くう》を飛ぶ。落ちて仰向けになった胸に膝をつき、少年は身を庇《かば》うように腕を動かすが、受け身に徹するのが残された最善策、ちょっとでも抵抗すると怒りを煽《あお》り、よけいボコボコ殴られおもちゃにされて、今度は引っくり返されうつぶせに、両手を背後で押さえられる。顔は地面に押しつけられ叫べない。ハイエナはその上に身を伸ばして耳もとで囁く。

「分かったかい、ひよっこ、言ったろ、一晩中やってられないんだ。あんたはコンサートがあるし、こっちは帰りがあるから、さっさとしな。ぐずぐずしてると、肛門に拳固をぶち込んでやる。肘まで入れたら超痛いよ？　やってほしいか？」

度を超しているようにみえる。この子は本当に言うことがないのかもしれないし、白状すべきことがあるとしても、別のやり方があるだろう。助けを呼びに行かなければ。だが、こっちまで何をされるか分からない。ハイエナは脚で、少年の脚を開かせ、後頭部を荒っぽく殴る。

「ズボン下げろ、ひよっこ、ケツを裂いてやるからさ。力抜きな、気持ちよくて癖になるぞ」

唇を地面にすりつけた少年が何か言おうとし、首の後ろをもたげさせられると口は土で一杯、目は涙で一杯。怒りか恐怖で震えている。

「何か月もつきまとわれて、酔っ払いのデブが目障りで追い払いたかった。俺に惚《ほ》れてて、ある晩、会ってくれなきゃダメだってメール攻撃。俺たちみんなデキ上がってて、来いって言ったら、家を脱け出してパリス・ヒルトンばりの裸同然で駆けつけて来た。俺たちは車だった。みんなでヤった、全員で、街の駐車場で、だけど同意の上でだよ、やめてとは言われなかった。あいつ、立て続けにビール飲んで、なんでもしてくれた。それから置いてきた。でも立ち去る前にションベン掛けた、気づきもしないで素っ裸で仰向けになってた。で、次の日も相変わらず仲よしみたいな顔でリハーサルに来た。だから追い出した。それから姿を見てないし、仲間を変えたのか、どうなったか知らない。気にもしてなかった。本当なんだ」

「ああ、本当なら分かるから気にすんな。それで、彼女がつるんでた親戚ってのは何？」

「それは駐車場の一件の前。つき合いがなかった親戚を捜し出したとか言って、アラブ野郎《クルイユ》だけど親切で、今度会いに行くって。知ってるのはそれだけ、そんなに話してないし、本当だ、それしか知らないんだ」

「嘘つかなきゃ信じるって。いちいちビビるな」

話が進むにつれて押さえる力もゆるめられ、やがて少年は頭を起こし、しばし腹這《はらば》いでいてから起きてすわった。まわりで聞く者はなかった。いずれにせよ誰も介入してこなかった。遠くからコンサート会場に入りはじめる客の声が聞こえてくる。

少年は地面にすわり、つとめて挑戦的な目をしてみせるが、むしろ憐《あわ》れを誘う。彼の前に立つハイエナは丹念に膝の埃《ほこり》を払ってから、手を差し出し少年を立たせる。

「脱線については悪かった。頼みに応じるのがのろいんだよ。そんな顔すんな、仲間のところに戻るんだろ。ちょっと揺さぶったが、あとはこの胸にしまっておく……だって警察《サツ》か親のところにバラしに行ったらどうなる……あんたらをドツボにはまらせちゃうものな？　コンサートホールの裏で軽く焼きを入れるのとはわけが違う。さ、もう行け……」

少年がちょっとあとずさりし、彼女は指を鳴らして言う。

「わたしたちは黙ってるが、あんたもだ、いいか？　穏やかに話し合ったよね？　便所に寄って水でそれ全部きれいに流すんだ、嘘をつこうとしたことは忘れてあげる。分かったか？　でなきゃ、この次締めてやるときはな、洟《はな》ったれ、口先だけじゃなく、上から下までぶっ裂いてやる。いいな？」

最後の言葉で少年は、脱兎《だっと》のごとく逃げて行く。ハイエナがデニムのジャケットからタバコの包みを取り出すとひしゃげていて、タバコもぽっきり折れている。すっかり平静を取り戻したかのように振る舞い、その実、まだ手が震え、顔は錯乱の気配に歪み、もとどおりになっていない。最悪なのは恍惚《こうこつ》感、少年の上に乗っているあいだ見るからに恍惚としていた。ジャケットのファスナーを閉め、両手をポケットに突っ込むと、駐車場に足を向ける。

「あの世代はまっすぐ進ませるのも難しくない。骨なしの張りぼてだ」

帰路はわたしが運転を任される。黙って発進する。気分が悪い。広場を出るのに足どめを食う。出口の金網前で子供四人が一人に蹴りを入れていて、人だかりができている。四輪駆動車で蹂躙《じゅうりん》でもしないと出られない。空を見ると満月。泣きたくなる。サイレンを鳴らして暴走してきた警察車両から、制服男がわらわら出てきて武器を手に、殺気立ってガキより大声で怒鳴っている。はじめ、わたしたちに向かって来たのかと思い、全身の血の気が足もとまで引き、心拍は中断、まっ青になるがそうではなく、警官は子供の喧嘩《けんか》に介入する。酔っ払った子たちよりよほど乱暴で、道路の真ん中で両手を頭におかせ、ひざまずかせている。運営方の男がハイエナに気づき、にこにこしながら車窓に近づいて来る。

「ここにいたの？　騒ぎは見た？　今、警察をなだめようとしてるところだ。そのあとキッズの始末を考えよう。コンサート見ていかないの？　こっちはじきにおさまる……」

「バンドの子にちょっと話があって来たんだ、時間がない。悪いね」

ハイエナは男に差し出されたマリファナタバコを二服してから返し、わたしは男に目で尋ねられ、しぐさで断る。数メートル先の通りが、警察車両の回転灯に照らし出され、ガキたちが抗議している。乗り込んで来た警官に激怒する者、出るのを阻まれ怒り狂う者、立ったまま失禁し、よたよたするのがやっとのはぐれ者。運営の男はそれを忌々しげに眺める。

「クソガキのコンサートはうんざり。畜生、こんなことのためにやってんじゃないよ……」

ハイエナはすっかり平静を取り戻して笑う。

「キッズはもうさほど団結《ユナイテッド》してないようだね……。どうするの？　ジャズクラブでもやる？」

「まさか、でもだんだんカントリーの夕べとか好きになって。ヴィエール（古楽器の一種）とかも」

男はちょっと寂しげに笑う。ハイエナが訊く。

「だけど、『あんたのケツでパニック』の客がとりわけバカなの？」

「いや、ここでレゲエ・サウンド・システムやってみな、同じだから。田舎なんだ、ブールジュは。パリのようにはいかない。今じゃ子供は来るけど、頭のなかは酒飲むことだけ。バンドなんて……見ちゃいない、コンサートが始まるころはもうべろべろでホールにも入らない。チケットは買っていて、金は問題じゃない。どうだっていいんだ。べろべろになってゲロ吐いてオシッコして……」

今度は自分で言っていることにあきれ、腹から笑っている。ハイエナが賢《さか》しらに断言する。

「警察は乱暴すぎる。あんな仕事のやり方はない」

「着いたときなんか、声も掛けられないし、近づけもしない。ビビってるの見た？　ろくに街灯もないカーブ直後の車道の真ん中に子供をひざまずかせるなんて……どうかしてるよ。ほんとにコンサート見ていかない？　みんなでビール飲まない？　なんなら食い物もあるよ……バンドの連中は全然手をつけなくて。直前に喧嘩があると腹一杯になるのかな」

「時間がない。パリに着くのが遅くなっちゃうよ」

男は、行かなくちゃ、と告げ、わたしたちが裏口から出られるよう手配する。ハンドルを握るわたしの手はこわばり、吐き気がして喉はカラカラ。沈黙したまま長いこと走る。それからハイエナは、運転が巧い、と言うと、シートをいじって背もたれを倒す。さっき彼女が演じた場面にこんなに影響されてはいけない。知ってはいた。欲しいものを力ずくで手に入れることで有名なのだ。あのガキが白状した話で穢《けが》された気もする。

ハイエナに動揺を見すかされ、非難されているようだ。怖い。わたしが貸した携帯電話でラフィックと三十分近く、こっちも見ずに話している。それから電話を切って、iPodで曲を探し、「Fever Ray」（スウェーデンのシンガーソングライター、カリン・ドライヤーのソロアルバム）を選んで両足をダッシュボードに乗せ、道路を見据える。

「そうやって、いつまで怒ってるつもり？」

「怒ってない。運転に集中してる」

「どうしたんだよ？」

泣きたい。口調がイラついている。また憑依《ひょうい》したハイエナにビンタされるかもしれない。コンサートホールの裏で見たあの怪物に、いつ豹変してもおかしくない。四輪駆動車のなかが息苦しい。ハイエナが長いため息をつく。

「まったく、いい加減……あんた、この仕事で何やってきたんだ」

答えない。ハイエナは激して身を起こす。

「ああ！　ビンタしたさ！　ちっちゃいビンタ！　マイクロビンタのひとつやふたつ、食らったっていいガキじゃないの？　痛くも痒《かゆ》くもないってば。まるでわたしが……生皮を剝《は》いだり宙吊《づ》りにしたみたいな目で見るなよ。しょうがないだろ？　いたいけない坊やだってのか？　仲間と一緒に女の子におしっこ掛けて、この先よく眠れるか、気遣ってあげてたとでも思ってんの？　しょうがないだろ……。人生調子よかったり、ガツンとやられたり……」

「この仕事に向いてないのは分かってる。もう嫌。本格的な調査なんて全然やりたくなかった。

校門で気楽に張り込みしてたのに、ドゥスネのせいで、こんな……」

涙で言葉が続かない。隣のハイエナは息を詰めてこちらを見つめ、わたしがしゃくり上げはじめると笑い出す。

「ハイ、路肩に止めて。運転代わる。どうしろってんだよ。ただのビンタじゃないか、真相を話してもらうために、かわいいビンタを張っただけ。きっと今ごろ、あんたほどトラウマかかえてないよ……あのタコ、きっとコンサートで弾けてる。軌道修正《チャクラ》になっただろう。さ、ウィンカー出して車止めて。ぴいぴい泣きながら運転するなんて穏やかじゃないね。危なっかしくて見てられない」

緊急停止車線に止める。ハイエナは車を降りて運転席に向かい、わたしは助手席へ身を滑らせる。彼女が引き返してドアを開ける。気が昂《たかぶ》って泣きやめられない。そっと車の外へ引き出される。

「悪かったよ。こんな……反応されると思わなかった。ほんとにごめんな。だから、もう落ち着いて」

抱きしめられて押し返したくなる。だって嫌いだし、レズビアンだし、ころっと落ちる女か何かだと見くびられたくない。でも大きく温かい体で、回された腕は全然いやらしくなく、堂々とした頼もしい銅像に抱かれたみたい。ハイエナの肩に頭をもたせかけ、髪を撫《な》でられながら泣く。

「いったい、どうしたらそんなに感じやすくなれるんだ……。今日一緒に連れて来るべきじゃなかったのか……。暴力に何かあるの？　過去に何かあった？　親に殴られた？　レイプされた？　じゃ、いったい何？　もうすぐ生理？　ねえルーシー、どうしようもないじゃないか。人に話してもらうにはこうするんだ。でなきゃ、しらばっくれる。いいコミュニケーションをはかるのに、暴力ほど効くものはないんだよ」


運転は交代してもらう。目が腫れて急に眠くなる。ハイエナはスピード出しすぎで一人で話す。

「世のなかこんなもの。わたしのせいじゃない。尊厳も優しさもあったもんじゃない。誠実な者、高潔な者、穏健な者、そういうのは絶滅した。いまに始まったことじゃない。残っているのはわたしのような者。ならず者。あんたみたいなのは、どう言ったらいいか……生きていけないよ。分かってる？　幼稚園の先生だって、あんたよりタフじゃないと」

知り合って以来初めて真剣に向き合ってくれる。嬉しい。ときには泣くのも手だと心にとめる。ハイエナが横目で、わたしの機嫌が直ったか窺《うかが》ってから言う。

「聞いてた？　ラフィックの調査が進んだ。母親が住んでいるのはバルセロナだ。あそこは好きだから、ちょうどいい。名前を変えて、建築家と結婚しているそうだ。うなるほど金がある。いとこの話が引っかかる。パリを発つ前に調べておこう。バルセロナにはこの車で行くけど、いい？」

「どうして飛行機で行かないの？」

「空港が我慢ならないんだ。持ち物検査、金属探知ゲート、目の前をキャリーケース引きずって歩くバカ、制服のバカ、家族連れのバカ、スリのバカ……。タバコが吸えない、チェックインしたら出られない、パスポートを四十回取り出して見せなきゃならない、腐ったちっぽけなサテライトにいつ解放されるか分からないまま足どめされる、五百メートルおきに靴を脱ぐ……。忘れな。飛行機の窓にちっちゃい雲が当たるのは捨てがたいけどね」

車で行くのは武器を持って国境を越えるためだろうか。それには触れず話題を変える。

「ヴァランティーヌは駐車場の一件のせいで家出したと思う？」

「思わないね。もうつき合ってない。それは本当じゃないかな。別に何かあったんだ」

「でもレイプされたのよ」

「あのろくでなしの集団見ただろ？　あれとビール飲むために、夜のこのこ会いに行くか？」

「行かない。ただ、ほんとは前は優しくされてて、何されるか分かってなかったのかも」

「まあね、可能性はある。だけど、そうだとしても家出の理由にはならない、レイプされた子がみんな蒸発したら、家に子供がいなくなるじゃないか……。わたしが若いころはレズビアンほど生きにくいものはないと思っていたけど、実際、あんたらヘテロのメスたちもクソ食らってるね。美味しいだろって刷り込まれたあげく、美味しそうな顔するようになって、だけど食ってる、まったく、よく食ってるよ」

「それで、ヴァランティーヌの保護者には何も伝えないの？」とわたしは訊く。

「うん。なんの関係がある？」

ヘッドライトを煌々《こうこう》とつけ無人の高速道路を突っ走る。ときどきレーダーがフラッシュする。

風景は闇に沈んで何も見えない。わたしは窓に肩をもたせかけ、流れる闇を眺める。

「はっきりさせておきたいんだけど、本当の母親のところへ行って、ヴァランティーヌに話すのを拒まれたら、また飛びかかるつもり？」

ハイエナは吹き出しただけで答えない。

自宅の下で降ろしてもらったあと、わたしはどうしても眠れない。メモしておいたヴァランティーヌの母親の旧姓をインターネットで検索する。出てきたのはアルジェリアのサッカーチーム、ドイツの歌の歌詞、ナントにある警備会社、災害があった村についての「エル・ワタン」紙（アルジェリアの仏語日刊紙）の記事……。一族の誰も実名でホームページを作っていないようだ。落胆に疲労と焦燥が入りまじる。まっ暗な狭いリビングで、画面の青い光に照らされスクロールするうちに軽く酔う。情報の海の船酔い。集中しつつも上の空で機械的にリサーチする。昔の友達。ヴァランティーヌの伯母かもしれない人の情報。オルネイ・ス・ボワ（パリ北東近郊）の高校、そして法学部、年代からすぐ中退したことが窺える。年は四十代と絞り込める。リンクから入ったフェイスブックに生年月日が載っている。苗字の綴《つづ》りがまちまち、だから最初に誰もヒットしなかったのだ。子供たちの名前をメモする。マイスペースに息子の一人テジュ名義のページがある。ページは開設後すぐ飽きたとみえ、ほとんど中身がなく放置されている。友達が三十四人。全員を一人ひとり当たり、リンクからリンクへ飛ぶうち、いとこのフェイスブックのページに行き当たる。また別のいとこ、ヴァーチャル家族が広がっていく。糸口を摑んだ。彼らはお互いの掲示板にたくさんのメッセージを残している。ナジャという娘は大量の写真をアップし、家族の資料を提供してくれる。ページごと機械的に「ヴァランティーヌ」をショートカットキー検索する。ほとんど無意識に進めるうち、ビンゴ、三件ヒット。クリックする。アドレナリンが噴出し、神経が爆発。テーブルを囲む家族写真の中央にヴァランティーヌが写っている。失踪の二か月前だ。一緒に写っている面々を見る。笑いこけるメガネ君、デブの文句たれ、ヴェールをかぶった女の子二人、ラコステを着たきざ男、おとなしそうな娘にすれた娘。二時間前からさんざん写真で見ていた、いとこのナジャも写っている。美人だが気が強そう。怒らせたら面倒なタイプ。そして弟のヤシヌ。写真嫌いでも姉には歯向かえない。ヴァランティーヌは同じ場面にしか写っていない。

ラフィックに電話する。午前四時の電話に彼が出てもさほど驚かない。

「フェイスブックの情報から住所を割り出せる?」

「割り出せなかったら、俺の仕事は何?」

ヤシヌ

同じ団地の野郎に軽くうなずく。通ると沈黙。いいだろう、息抜きになる。陰口叩いて面と向かえばへらずロを閉じるのは分かっている。ここでは有名。ナイフ。銃《はじき》は人を魅了するが、三度に二度は的を外す。精鋭の撃《う》ち手でなければ、わざわざ持ち出すまでもない。ナイフは心得があれば外さない。あとは血を流す覚悟さえあれば。そして身の丈以上の哲学による動機。因縁をつけてくる者はいないのか。歯向かいたくても手強いとみて、誰も手を出してこない。大麻でイキがりしゃんと立てない腰抜けども。誰も声を掛けてこない。不足はない。ここで生まれたからといって団結するいわれはない。ぼんくらども。あの安っぽいヒップホップにも興味はない。聴くのはもっぱら父親が聴いていた音楽。ファンク、ソウル。本物の音楽。黒人がテレビカメラの前でへいこらし、白人のケツから直接糞《くそ》を食うようになる前の音楽だ。階段で子供が犬と遊んでいる。どけ、と合図する。ガキはそそくさ場所をあける。恐れられている。あいつら何やってんだ？　狂犬に咬《か》まれてまた新聞の見出しになろうってのか？　というのも死人が出なきゃ、団地《タワー》が取り沙汰されることはない。いったい母親たちは何をしている。満足に化粧もできないくせに顔を塗りたくっているんだろう。淫売なら淫売らしく、少しはマシな見てくれを学べばいいものを。だが、まっとうな売女らしくあれ、と言うのも無理な相談らしい。ガキのケツを拭いてやれと言っても無駄、美しくあれと言っても無駄。何ひとつ満足にできやしない。ヴェールをかぶる女たちがマシというわけではない。学校に子供を迎えに行くのに目一杯めかし込むダース・ベイダー集団、善き信者のわけがない。家に帰れば牝犬《めすいぬ》、ぐうたら、無知蒙昧《むちもうまい》。子供が大きくなって、ここらでいつもたむろしているようなごろつきになるのも当然だ。彼の母親はけっして子供たちを、階段で一日ぶらぶらさせてはおかなかった。うちはよそと違う。大の男がいなくても、母がベルトを出せばみな黙った。今では彼が大の男、ベルトを出す者がいれば、それは彼。

建物の入口で息をとめる。クミンとしけもくと尿の臭気。動物の醜態。四六時中、口を開けば神様《アラー》とほざき、このざまだ。やっているのはみんな大人。酔っ払いだけではない。全員。便所まで小便を我慢できない。犬以下。自分一人なら叩《たた》き込んでやるのだが。一人残らず。どう振る舞うべきかを。エレベータ内で小便するやつは、かたっぱしから玉をちょん切る。一発でしゃんとするだろう。

学校は時間の無駄。母親が家族手当をとめられたり福祉課のバカに来られたりするのはごめんだから行けと言う。兄が一度、学校で羽目を外し、母が担任と校長に呼び出された。帰宅した母は兄をしばき、自分の肩を痛めるくらい焼きを入れた。兄はリビングに伸びていた。母は下の息子と二人の娘を見た――この次、おまえらがまじめにやらず、あの間抜けどもから十分間侮辱された日には、必ずこいつを殺す、おまえら全員を殺し、わたしは口に一発ぶち込む、分かったか？　子供たちは従う。母を敬《うやま》っている。ヤシヌは母の言い分はもっともだと思う。学校に呼びつけられ間抜けどもに説教されたくないのだ。勉強しろとは言われない。成績表も見ない。落第しても何も言わない。ただ、十六までは黙って学校へ行けと言う。問題を起こすな。面倒はごめんだ。母は正しい。だが彼は学校で話を聞き流す。その教養は自分たち向けではない。詰め込もうたって無理なこと。生粋のフランス人向けの教育だ。関係ない。学のある叔母は大学教員になり、博士論文を書いていると鼻に掛ける。好きなだけ自慢すりゃいい。何考えてんだ？　やつらの教養を猿真似できればアラブ野郎扱いされないと思っているのか？　そうとも、ライラ叔母さん、同僚から対等に扱われる。夢見てろってんだ、くたばりそこない。この辺のセックスワーカーやクラックの売人より性質《たち》が悪い。しかも稼げない。ルノーのクリオに乗って、彼らと大差ない暮らしぶり。買い物カートに好きなものも入れられず、バカンスに街を脱出する金もない。

学校で話は聞き流し、教育は自力でやる。聞き流しても、教室中がどよめく喧騒のなか、声は聞こえる。黒板前で女が、暴力のもとは他者への恐怖、とへどもど言っている。アホか。やつらは何も恐れちゃいない、そこが問題なんだ。教室では騒がない。ただ教師を見据え、相手の視線がときおり彼のそれにぶつかる。女教師は彼を目に掛け、気を惹《ひ》きたがっている。授業にもっと参加してくれたらいいのに、彼に何かをもたらせるかもしれないのにと考えている。物乞い女。とりわけ、見つめられ、にこりともせず見返すとき、セックスしてほしがっているのが分かる。授業のあと、私的に文学の話をしに来てほしがっている。嬉しがるだろう。彼は手当たりしだいに女とやるタイプではない。この点でも他人とは違う。筋の通った男。誰にも曲げられない。誇り高い。

帰宅するやふだんと違う物音に気づく。母はこの時刻にいつもいるはずの台所にいない。姉はテレビを見ている自室から「タバコ吸ったでしょ」とわめかない。この点、姉はいつもうるさい。善きムスリムなら喫煙しない、と。どこからそんな話をでっち上げたのか。ナジャによれば正道を歩むには努力を怠ってはならない。たるみは後退。小さいころからいつも一緒だ。もう一人の姉は結婚して家を出た。いなくなったらアパルトマンが広くなった。ラウダは料理上手で家事もよくやり、母親を助けていた。だが出しゃばりだった。のべつしゃべって、ラジオでたわごとを聴いていた。

帰宅すると彼の表情は変わる。なごむ。仮面を外す。今日はいつもと違う何かを察し、リビングに入る前に顔を戻す。

褐色の髪をショートカットにした女がソファにすわっている。脚を開き、男のよう。ごろつきではなく大の男のようだ。年のわりに美人。光をとらえて輝く肌のせい。それと繊細な鼻のせい。大きく真剣な目をしている。入って行くと、にこりともせずまっすぐに、自分に非はないと分からせるのに必要な時間だけ見据えられる。母がコーヒーを出したらしく、空になったカップがローテーブルに置いてある。母が説明する。

「あんたのいとこのヴァランティーヌを捜しているんだって。家出したって知ってたかい?」

「いや」

ナジャが立ち上がり、そばを通りがてら肩に手をおく。似ているとよく言われる。同じ身長。自分が女でも美人だったろう。姉は美人だ。重々しく荘厳な美しさ。流行を追い、バスに乗る羽目になるや男に色目を遣う、今どきのすれたヴェール女とはわけが違う。現代的イスラム女性などフランスのアラブ人特有のたわごと。彼の髭《ひげ》が生える前から、姉はヴェールをかぶっている。二年間、一緒にいると頰をつねられ言われたものだ。「いつ生えてくるの、それともずっと赤ちゃんなの？」。姉は「コーヒー淹《い》れる？」と訊《き》いて台所へ行く。女二人の様子からして、よそ者は適切に振る舞ったようだ。でなければ、彼の帰りを待つまでもなく追い出されていただろう。肉体派ではあるけれど。厚みはないが鉄アレイを上げ下げしそうなタイプ。肩幅が広く背筋がまっすぐだ。私服刑事かもしれない。話しかける前にわざわざ微笑まない。落ち着く。フランス人は猫かぶり。商売人。まず媚《こ》びへつらってから寝首を掻《か》く。

「ヴァランティーヌを捜しているんです。調査会社の者です。二週間前に失踪しました。彼女が最近、母方の親戚と再会したとインターネット上で知ったので……こちらにお邪魔して、何か……手がかりになることを話していなかったか、伺いたいと思いまして」

さすがに丁重に話そうという努力が感じられ、侮辱されている気はしない。それがよけいに、侮辱的だ。どうせこっちは手玉に取られるだけで、やつらと穏当にやって行く道はない。理解し合えるなどと歯が浮くようなことを言えるのは、嘘《うそ》つきフランス人ぐらいなもの。どぶ鼠《ねずみ》を見たこともない者たち。やつらの住まいと暮らしぶり。相互理解の余地などない。赦《ゆる》しもない。話し合いの余地もない。こっちを嫌う者に理があるのだ。ヤシヌが何か言うときは、ナイフを携えているだろう。今のところは冷戦だ。血が流れるときは彼もそこにいる。戦いとはサッカーと同じ、世界チャンピオンはこっちのもの。ヤシヌは姉からコーヒーカップを受け取り、椅子を出して女の前にすわる。母が愛想よくも悪くもない口ぶりで、これまでのやり取りが呑《の》み込めるように説明する。

「クリスマスに会ったのが最後です。おまえもだろう？　そうお話ししたんだよ。ルイーザの居場所も知りたいそうだ。わたしたちにも分かるといいんだけど」

母は妹のルイーザが好きだ。幼いころから仲よしだったのも、恋しがっているのも知っている。ほかに姉妹がいても、会わなくなって久しいルイーザがやはりお気に入りだということも。だからヴァランティーヌが訪ねて来て、母は素直に喜んでいた。ルイーザの娘。母親似ではなかったが、それでもちょっとルイーザがよみがえって、目の前にあらわれたような気がしたのだ。ルイーザはヴァネッサと名を変え、家族全員を見下している。今は御殿に住んでいるとか。バルセロナ。優雅な暮らし。悪徳は往々にして報われる。叔母はつねに、その面《つら》を利用して富裕階級にもぐり込み、汚い貧民に押しかけられないよう親戚全部を遠ざける。いつか悪魔《シェイタン》から直々に褒められるだろうが、それまでは、そんな生き方をしている叔母に理がある。親戚なんて奉仕するほど恨まれる。だが親は別。ヴァネッサは親と絶縁している。曲がったことが嫌いで一徹で誇り高い母が、親が元気か気にもかけない妹を、そこまで恋しがるのはヤシヌには意外だ。何も。電話一本も。何もなし。娘さえ捨てたのだ。結構な身分に捨てたとはいえ、捨てたことに変わりはない。本当に母親から連絡がないのか、ヴァランティーヌに訊くと、その話はいっさいなし。彼の家ではルイーザの写真はすべて燃やすか、家族写真から念入りに切り抜かれている。疫病神。子供が風邪を引いたり、誰かが失業したりすると、長いあいだルイーザの呪いとされていた。ナジャと二人だけのときはバカにして笑っていた——もちろんルイーザは中心街に住み、プリンセス待遇で、ユダヤ人のハマムへ行き、陶磁器の皿で高級なものを食べているが、夜はベッドで家族を恋しがっている。このしみったれの集団を。あたりまえ、決まっている、当然の帰結。とはいえ、一度も会ったことはない。母ですら、写真一枚持っていない。焼却するため写真を家族に差し出したことを悔やんでいるのが彼には分かる。それでもごまかさず差し出した。母はそういう人間、まっすぐで裏表がない。裏でこそこそせず、何事も正面きって行う人間。善行が報われることはなく、おそらく親戚中で、母が一番バカを見ている。それに他人の尻をぬぐう汚れ仕事をかぶり、夫はもうおらず、正しく振る舞えば汚い仕打ちを受ける。やつらより正しく。というのも、やつらは尊厳ある態度に恐れをなすから。だが少なくとも、子供たちはどこに出しても恥ずかしくない。「ああ、俺が大麻を売るのは社会のせいだ、ああ、フランス社会が無理やり俺にワインを飲ませるんだ、ああ、俺が団地の階段に干涸《ひから》びてる糞より下劣になったのは社会のせいだ」などとほざくへなちょこは一人もいない。裏表のない人間。自分の行動に責任を持つ。ルイーザの居場所は知っている。住所は知らないがバルセロナだ。教えてくれたのはいとこ、ラディアの息子の阿呆なデブだ。どうやって知ったのか……。ヴァランティーヌに興味津々で、彼女がヤシヌしか眼中にないのを見て腐っていた。

日曜にヴァランティーヌが訪ねて来たとき、このいとこはレトロなアニメの狼《おおかみ》よろしく、舌をだらんとたらし目はドルマークがぐるぐる回るスロットマシンと化していた。大金持ち。彼女の前ではみな黙っていたが、若い者たちが考えていたことは一目瞭然——うなるほどの金《ユーロ》。ヴァランティーヌが椅子に尻をのせるしぐさにすら金がかかっていた。ヤシヌはすぐ気に入られた。群がって騒ぐ猿のなかで目をとめられた。家まで送って行った。痛々しかった。金持ち臭いハンドバッグに髪型、足もとはナイキの最新モデル……でも、このプリンセスが実は憐《あわ》れな娘だと、ヤシヌはすぐに見てとった。あまりに脆《もろ》く、すぐに警戒を解いた。彼女はイカれて限度を知らず、自分を大事にしなかった。何かしてあげたかったが、かけ離れていた。中心街にある二百平米のアパルトマンに住み、自室だけでも彼の自宅リビングより広く、小遣いも湧くほどあった。いつ会っても札を持っていた。だがヴァランティーヌには、足をつけるべき地面がなかった。あてもなく成層圏をさまよっていた。父親からは洟《はな》も引っかけられず、継母からは疎まれ、祖母からは愛想をつかされ、薄情な母親からは誕生日すら忘れられていた。ヤシヌは当初、なじみのあるものとは似ても似つかぬ彼女を注視していた。ほだされた。ヴァランティーヌはしょっちゅう笑い転げていた。能天気にいちいち揚げ足取りをされた。一見、軽い雰囲気。だが、注意すればそう単純ではなかった。生まれて初めて金持ちと接し、みじめな金持ちもいると分かった。彼女の不運を一緒に嘆きはしないが、悲しみを察するようになった。ヴァランティーヌには何もなかった。世界のドアは大きく開かれ、社会的にはもちろん自分らよりうまくやっていける。努力せずバカをやっても。富とは分厚いマットレス、墜落の衝撃をやわらげ再起をたやすくしてくれる。彼の世界でそうはいかない。四方の壁は月ごとに狭まり、督促状が来て、毎度おなじみの宣告が下される——おまえには無理、一生無理だ。引っ込め。黙っていろ。欲を出すな。

不況。何が不況だ。生まれてこのかた、それしか知らない。怖くもない。持てる者たちの取り分が減るからといって、どうやってこれ以上、こっちの分け前を減らせるってんだ？　温水を断つ？　やってみろ、なしですませる、ほかのこともなしですませてきたように。とはいえ。ヴァランティーヌはよほど寄る辺なかった。いくら欲しい物を買っても、心を蝕《むしば》む虚無が満たされることはない。ナジャとヴァランティーヌを並べたら、女王と廃人。会いに来るときヴァランティーヌはおしゃれはしても、言いたいことも言えないのが見てとれた。すべてがズレて打ち消された。そしてあの闇、彼女の内奥で、今にも爆発せんばかりの闇。それにヤシヌは間近で触れた。

ヴァランティーヌと寝た。知り合ってすぐ。ナジャには言っていない。ズボンを穿《は》く前に後悔していた。だが、また寝た。頻繁に。彼の内にある獣に引きずられた。惹きつけられた。肌の隅々が彼女のもとへ行きたがって叫んでいた。誰とでも寝る女だとは知っていた。嫌気がさしてもおかしくなかった。だが、ほかの男とも同じだとは思えなかった。初めてのときはヤリマン娘の芸当を披露された。騒々しく卑猥《ひわい》なポーズを繰り出し、さばけた女を演じるみじめなあばずれ。だが事態は急転した。彼女にとっても予期せぬことだった。二人は汗だくで抱き合い身じろぎもせず崖っぷちで、何が起きたのかと目を見合わせ驚愕《きょうがく》していた。自分たちが開いたものの荒々しさに虚を衝かれていた。ビンタとか手荒な肛門《こうもん》性交とかの凡庸な荒々しさではない。別物。音もなく判読もできない。否応なく吸い寄せられる道。その瞬間、目の前の彼女が黒い聖母に変貌した。彼女の内奥の核が赤く熱して拡大し、そこに呑み込まれた。驚異的な不可視のパンチでざわめく闇へ突き落とされた。二人はじっとり湿り鬱蒼としたジャングルでうごめいていた。肉体がこすれるたび別次元の感覚に達した。ヴァランティーヌは神々しくも恐ろしい破壊の女神に変身していた。ヤシヌもまた変容した。そして畏怖をおぼえた。

ヴァランティーヌは違う。直後にしばし黙って、再び凡庸さに身を任せただけだった。翼はとれた。たいして気にもとめていなかった。聖なるものを感知できない彼には、二人が解き放ったものの威力が見極められなかった。彼女はふざけて気にもしなかった。ただの少女に戻っていた。面白おかしなたわごとを言う少女。目の奥に脆さ、揺らめく何かをたたえながら、些細なことで笑い転げる。ただの少女。魅力的だがむかつく少女。平凡な。彼には垣間見えたパワーが不気味だった。ぞっとさせられた。無性に惹きつけられ、怖くもなった。彼にだけ呼び出せた桁外れの力。腹をナイフで刺されそうで、彼女の隣では眠り込まなかった。

二人のあいだにまともなことは起こりようもなかった。ヴァランティーヌは、自分が自由だと思い込むフランス女のバカげた考えに染まっていた。自由とは、服を着たら追い払われるような男に商売女のようにセックスされることだとでもいうように。ヤシヌは女に慣れていて、よく話すし、びくつかない。フリーセックスや、女が犯され穢《けが》されたと感じずにセックスを楽しむ自由とかなんとかについて講釈されたのは、ヴァランティーヌが最初ではなかった。それが本当なら結構だし、うまくやっている女にお目にかかれたらいいと思う。くどくど言い訳する女でなく、ケツを掘られてすわれなくなれば立ってやるほうが感じると嘯《うそぶ》く女でもなく。そんなことが信じられればいいと思う。だが壁は壁のまま。鼠が顔を出して猫と仲よしのふりをしても、首にかぶりつかれたが最期、鼠は死に、猫は満腹になる。それは彼のまわりのアスファルト同様、厳然として動かしようもなく、気に入ろうが気に入るまいが誰も問題にしない。秩序というもの。

ヴァランティーヌと会うのをやめた。誰に見られてもおかしくない路地で、背後から商売女みたいにやったのが最後だった。いくら汚いやり方をしても彼女のイメージは振り払えなかった。またもすごかった。振り向いて見つめられると打つ手はなく、境界を越えたことを二人とも自覚していた。彼女は崇高だった。惹かれた。汚穢《おわい》のなかの恍惚《こうこつ》。触れるだけで熱くなった。ヤシヌは彼女に触れると顕現する、未知の自分を知りたくなかった。

尻に射精すると、彼女は壁に額をつけ寄りかかったままだった。ヤシヌは黙って立ち去った。彼女から電話があったとき、かまうな、忘れろ、やめろと言った。近寄るな。もう二度と。ヴァランティーヌは言い返してこなかった。黙って身を引いた。

会えないのは寂しかった。彼女のたわごとすら恋しかった。焦れると激した仔猫のようだった。だが、会わないと楽に息ができた。危険は去った。

母とナジャは探偵と話し込んでいる。驚くほど愛想がいい。探偵が巧いのだ。二人ともおしゃべりなタイプではない。しかも、ヴァランティーヌをろくに知りもしないのに。つき合いのなかった親戚、祖父母に対面できた彼女の喜び、見せかけの内気さについて語っている。ヤシヌは黙っている。立ち上がり、コーヒーを淹れに台所へ向かい、女性にお代わりが欲しいか訊くと、もらうと言われ、長居するつもりだろうかと自問する。探偵が話をうまく運び、絶妙に「なるほど」とか「本当ですか」の相槌を打って会話を調子づけ、一言一句を頭にメモしているのが見てとれる。

台所で湯を沸かす。カップにインスタントコーヒーを匙一杯ずつ入れる。探偵が台所の戸口に来て「五分だけ、差しで話せる？」と訊く。ヤシヌは台所にある椅子を顎で示す。女性はクリント・イーストウッド的な刑事の物腰。若いころ、彼が出ている映画を全部見てお手本にしたのだろう。こういう人と一緒になるのはどんないい男か。鋼鉄の玉をした男に違いない。美人。だが、男っぽすぎる。興奮させられるくらいだが、夕方、家に帰って、夕飯に何を作ったか訊くような感じじゃない。ビンタされそうだ。ヤシヌは床を見つめ、組んだ手を膝のあいだに入れてじっとしている。探偵は黙っている。彼が口を開く。

「リビングで何も言わなかったのは、話すことがないからです」

「ヴァランティーヌはあんたに惚《ほ》れてた、だから二人でこっそり会っていたと思う。で、どんなことがあったか、ささっと話してほしいんだ」

どうして知られたのか。探偵は隣の部屋に聞こえないよう声を落としていた。言われたことが気に入らない。表情を変えずに言い返す。

「どこの地下に監禁したか、何回彼女を回したかって言うんですか？　すみませんが、訊く相手が違いますよ。でも、向かいに住んでるアフリカ人のとこに行ってみれば、食ったかもしれないし？」

探偵は凍りつく目でこっちを見据え、それから態度を変えてぷっと吹き出す。動じていない。ふだん、女たちはヤシヌに親しみを示さずにはいられない。ツンと澄まして女王気取りでも、しつこい目つきや微笑みを抑えられない。本心を隠せない。この人は違う。状況をコントロールしている。近づきがたい。それが魅力になっている。笑わせられて、さすがに嬉《うれ》しい。

「どこでそんな話を聞いたか知りませんが、母たちが言ったこと以外、何も知りません。本当です」

「うん、だけどインターネットに二人の写真があってね……。きわどい写真というわけじゃないが、彼女の目つきからして、あんたが言うより、よほど深い仲だろうと思うわけだ」

彼は黙っている。ナジャとあの糞ったれコンピュータ。ナジャの写真狂い。姉がネットに何をアップしているか把握していない。写真のことを忘れていた。探偵にさっきまでの感じよさはなくなり、ありきたりの刑事になっている。丸腰の刑事。情に訴えようとする。

「危ない目に遭っているかもしれないし、早く見つけたほうがいいと思わない？」

ここで一閃《いっせん》この汚い面に刃《やいば》をお見舞いしてケリをつけたい。歯噛《はが》みする。憎悪している。いきさつを語ったりなどするものか。相手は小声で続ける。

「なんなら一緒に外で話そう。他人に聞かせることはない。取り引きしてもいい」

「協力しないと面倒なことになるっていう脅しですか、それ？」

探偵は身を寄せ無表情でこちらを見据え、唇をほとんど動かさずに声をひそめて言う。

「いとこのカリムだけど、間違いで嫌疑を掛けられたと証明するために、再調査させるのは難しいことじゃない。二日以内に出所させられる。いい取り引きかな？」

クズ以下の阿呆。いとこのカリム。ごろつきたちが警官を襲撃したときスクーターの曲乗りで悪目立ちしていた。警官の一人が後頭部をボルトで一撃され倒れた。動脈破裂。以来、麻痺《まひ》状態だ。もちろん不幸なことだが、仕方ない、それも仕事のうち、ヘルメットをかぶっておくべきだったのだ。暴徒のなかを無帽で歩く警官がいるか？　プロ失格ですらある。警察はそこらにいた連中をしょっ引いた。カリムの愚図は何もしていないのに慌てて隠れることはないと高を括っていたのか、もたもたしていた。上げられた。絞られた。こいつだ、と警官らは証言した——まわりを走る五十人のごろつきのうち、一人だけ目に焼きつけていたかのように。警官の頭にボルトを見舞ったかどではない、それは行きあたりばったりに別の阿呆二人が食らった。噂《うわさ》では、この二人は騒ぎのとき、外にも出ていなかった。自宅に検挙しに来たらしい。だが現実に起きたことと噂を仕分けしたって始まらない。カリムには公共財損壊の嫌疑が掛けられている。暴動のときゴミ箱に放火したとか。ほかにやることがないのかってんだ。罰は重くなりうる。見せしめとして。ヤシヌは昔からこのいとこが好きじゃない。ケチで卑怯《ひきょう》でデブで、サッカーとポルノと車しか頭にない。なんの取り柄もない。だが、いとこであることに変わりはない。この牝犬。そんな細かいところまで調べ上げ、何食わぬ顔で訪ねて来たのか。ヤシヌは鼻を鳴らす。だが、もう逃げられないと分かっている。

「あっさり出てきたら怪しまれるじゃないか」

「あんた次第だ。腹を割って話してくれたら、週末前に出てくる。約束だ」

探偵は首をのけぞらせ、コーヒーの最後の一滴をあおる。いい男っぷりだ。

「街を一人でふらつく女の子たちがどうなるかは分かるだろ。あんたが汚いことをしたと言うんじゃない。あの子を見つけ出さなきゃならない。いなくなる前の数週間の行動を知っておきたい。あんたはあの子とつき合っていたと思う。何を話してたか、何に興味を持っていたか知りたいんだ。それに、わたしがこの調査に片をつけなきゃ、いずれ警察が訪ねて来る。あんたのことはインターネットで見つけたんだ、同じ写真にたどり着くだろう。やつらにとって大事なのは、ボスに『俺、頑張ったでしょ』って言えるように、あんたの名前をどこかに出すこと。真実が出世のたしになるわけじゃない」

超イラついて虫の居所が悪そうな感じが、女のくせに極まっている。鏡の前で何時間も練習したのだろうか。探偵が腰を上げ、ヤシヌは言う。

「駅《RER》まで送ります」

「車なんだ」

「じゃ、車まで送ります」

この人が正しいのは分かっている。話したって失うものはない。すごいことを打ち明けるわけでもない。警察が相手ならバカを見るだけだ。

バルセロナ

ハイエナはラフィックより先に、ヴァランティーヌの母親の実家を突きとめていた。一晩アスファルトを疾走しても、いまだに面白くない――珍しく、わたしが手がかりを摑《つか》んだのに。早朝のバルセロナに入る前、すでに強烈な太陽に輝く原子力発電所の巨大で異様な白い雲のそばを通りすぎる。高速道路の錯綜《さくそう》した分岐線を通過し、街に滑り込む。雲ひとつない目の覚めるような青空が、下のすべてを壮麗に照らし出す。ろくに眠れず奇妙な覚醒状態で、レッドブルの甘味料《グルコース》とカフェインの相乗効果か、げんなり落ち着いているのに神経過敏。ぴりぴり張りつめている。光が目に沁《し》みる。気分は上々だが、胸を騒がす奇妙な虚無の淵《ふち》にいる。椰子《やし》の木が見え、細かく丸い無意味な装飾のついた建物、色鮮やかなベランダが目に入ると、バカみたいに嬉《うれ》しくなる。最初の赤信号で、ハイエナは自動ロックを作動させる。

「気をつけな、ここの泥棒はハイレベルだから」

「パリより上？」

「あたりまえだ。この辺は軽犯罪の最前線。車上荒らしは光速で、実に巧妙、効率的なんだ」

ハイエナはコーヒーが欲しくて、スペースを見つけると車を入れる。疲労でやつれているが、見たことがないほど浮かれて顔を輝かせている。有頂天で言う。

「ここ、よくない？　バーに入って一服しよう、心があったまるよ」

走り出して最初の数時間、ハイエナはヤシヌと姉のナジャについて詳しく語り、母親を褒め、時間があれば「ヘテロ中心主義の苦難」から救ってやるのにと話した。ヴァランティーヌの人物像は明確にならずとも、徐々に輪郭が浮かび上がる。ハイエナは少女に興味を持ち、めげずに居場所を求め、跳ね回っていた様子に惹《ひ》かれているようだ。けなげなピンボール。

首都を出ると、パリがいかに灰色で騒々しく、気の滅入る不健康なところかが分かる。テラスにそよぐ風は肌触りが違う。ゆっくりホテルへ向かう。

客室は窮屈で法外な値段。水道水で顔を洗うと嫌な臭気がする。テレビが映るか確認し、ベッドに倒れ込む。三十分もしないうちに地鳴りがし、壁が震え、頭痛をおぼえつつ目覚めて窓を見ると、上半身裸の男たちが集団でファサードにハンマーを打ち込んでいて驚愕《きょうがく》する。ベッドに入ったまま動けず、脳が働かない。ドアをノックする音が聞こえ、激昂《げっこう》したハイエナが躍り込んでくる。とっさに、ハイエナが気の毒な作業員からハンマーを奪って襲いかかるところを想像する。彼らはどんな危険を冒しているか分かっていない。

「ズラかるよ。バカにしやがって、もっと静かな部屋はないだとさ。受付は客からの苦情はないとか、誰もバルセロナに来て昼間客室ですごさないとか言って。出て行く。眠りたいんだ。友達のとこへ行く。一緒に来る？　それとも残る？」

わたしは機械的に荷物をまとめ、あとに従う。移動中、ハイエナは憂さを晴らす。

「ホテルの領収書は偽造する、どっこいどっこいだ」

「で、誰の家に行くの？」

「ここに住んでるフランス人。居心地いいよ」

スクーターが通りに溢《あふ》れる。ブルブルうなる虫がそこらじゅうから湧いて出る。ヘルメットにビーチサンダル、薄着でシリンダーにまたがるきゃしゃな体。街全体が強烈な騒音と化している。ひっきりなしにクラクションが鳴り、重機が大音響で地面をうがち、街のはらわたをさらけ出す。これが土地の風習らしい。


宿主の金髪女は森から出て来た樵《きこり》の体軀《たいく》。ずんぐりしてどこか荒くれた雰囲気だ。肌はきめが粗く額が後退し、髪が細く大鼻で、飛び出した目は灰色がかった青。出されたコーヒーは出し滓《かす》を飲んでいるのかと思うほど濃い。ハイエナは腰を下ろしてから、マリファナタバコを独占して吸っている。

「ここがあって助かったよ……あいつらがホテルの壁を壊しはじめたときは、思わずぶっ殺すところだった」

「バルセロナの建設作業員に手をかけるって？　よしな。ここの宗教みたいなものだ。バルセロナはヨーロッパ一うるさい街。いつでもなんでも壊してる。土曜の深夜まで工事中。やめられないんだ。クレーンはカタルーニャの民のアヘン。下に何があるか見たくて舗道を掘る。何をしでかすか分かりゃしない。ビルを一個建てるためなら親でも殺す……」

仲がいいみたいだ。わたしは横になりたいと言いそびれる。ソファで眠り込む。外の物音で無理やり眠りから引き出されると、リビングはうだるような暑さで、強烈な光がカーテン越しに入ってくる。家のなかががやがやしていて、わたしはよく憶えていない疲れる夢から覚めきらず、ぼんやりしている。かすれ声。きょろきょろとハイエナを探す。女の子が十人くらいあちこちの部屋に散らばっている。金髪女がくわえタバコで黒い洗濯物を干している。

「よく眠れた？　何か欲しい？　コーヒーは？　部屋に案内しようか？」

「コーヒーいただきます。ハイエナはどこですか？」

「テラスで電話中」

金髪女はこう言って、干しかけの洗濯物を半分足もとにほったらかしにする。コーヒーを淹《い》れに台所へ立つが、途中でわたしのことは忘れ、光るスカートを穿《は》いた都会のティンカーベルさながらの、小柄な金髪パンク娘に差し出されたマリファナタバコを吸っている。ホテルに残ればよかった。テラスに向かうと、上半身裸にタトゥーがあって革スカートに巨大なブーツの赤いトサカ女が、スピーカーの上で一本極めている。ここはマッドマックスのリビングか。

ハイエナはへこんだ籐《とう》椅子にあぐらをかいている。ショートパンツに着替えている。スキンヘッドの両性具有的な女とスペイン語で話している。別の言語だと微妙に声が違う。やけに愛想がよく、こちらに気づくと、

「部屋に案内してもらった？」

その瞬間、叫びながらハイエナの胸に飛び込んできた金髪女は、すり切れたイヴニングドレス姿で、背中が安全ピンの列で留められている。身の置き場がない。みんなレズビアンなのか。性的指向の同じ者同士で集まるとはどういうことか？

ワークパンツに白いタンクトップの女が、やはり目立たず壁に寄りかかり、微笑みながらこちらを見ていて、話しかけてくる。

「スペイン語、話せないの？」

「話せない」とわたし。

「ここの誰も知らない？」

「知らない」

「おいで、部屋を見せてあげる」

アパルトマンの中央は長い廊下だ。窓のない四角い小部屋に通される。ベッドとクローゼットを置く場所しかない。わたしはすぐに眠り込む。

目覚めたとき、何時なのか分からないが、空腹だから遅いはず。部屋を出ると夜になっている。アパルトマンはがやがやして、男女混合のようだ。わたしが忌み嫌うパーティの雰囲気。飲んで大声で話している。何をわめいているのか分からなくても気にならない。リビングでは薄暗がりでグループが踊っている。ハイエナもいる。ダンスが好きなんて想像もしなかった。目を閉じ、ゆっくりと体を揺らしている。優雅だ。らしくない。今は若く見える。邪魔するのは気が引ける。

台所へ行ってみると、ワークパンツにタンクトップの女が薄切りにしたパンをグリルし、たっぷりとオリーヴオイル、レモン汁、粗塩を掛けている。

「食べる？」と訊かれる。

わたしは皿を受け取り、シンクに寄りかかる。

「バルセロナには何しに来たの？」

「仕事なんだ。フランス語上手だね」とわたしは言う。

「パリに五年住んでた。向こうの人？」

「うん」

「パリの人ってすごく鼻に掛けてるよね。なんでか知らないけど。この二十年にパリで何か面白いことあった？　でもパリジェンヌは好き。華やかだし。コカ・コーラにする、それともビール？」

彼女は自分の家にいるみたいに冷蔵庫を開ける。太くて黒い革のブレスレットで手首の細さが際立っている。笑うとすきっ歯がのぞく。唇の両側には左右対称の皺《しわ》。肌はきめ細かそう。忍耐強さと脆《もろ》さの入りまじった雰囲気。

「それで、お友達のハイエナと泊まっていくの？」

「恋人じゃないよ。組んで仕事してるだけ」

彼女は微笑み、頭をのけぞらせてビールを飲み干す。

「大丈夫、ここのハーレムの仲間じゃないのは一目で分かるから」

「そうなの？　どこで分かるのかな？」

女を好む女に、それが「一目で分かる」なんて唐突に言うなど考えたこともない、とは言わないでおく。気を悪くするかもしれないし、それも分かる。隣の部屋で誰かが音量を上げ、喧騒《けんそう》は一段と激しくなる。女はゾスカと名のってから姿を消す。音のなかで一人、冷蔵庫の隣にすわって、よく眠る助けになればと思いながら、ゾスカにもらったマリファナタバコを吸っている。腰を上げ、気にかけてくれているとも思えないが、寝に行くと伝えるためハイエナを捜しに行く。

リビングに入って、まず幻覚かと思う。裸体の集団が部屋のあちこちで重なり合っている。床に、ソファの上に、テーブルの下に。異様な光景で、とっさに構成要素が判別できない。革ブーツと赤いレンズの小さな丸メガネしか身につけていない女が、四つん這《ば》いになって背中を覆う斧《おの》のタトゥーを露にし、ショートカットで筋肉質の女にセックスされている。筋肉女は相手のうなじを床に押しつけ激しく攻め立てる。手も前腕の一部も相手の下腹部に隠れている。

ソファにもたれた青いイヴニングドレスの女が裾を腰までたくし上げ、そこに破壊的《デストロイ》なティンカーベルがのしかかっている。唇から唾液の糸が相手の顔にたれている。手は相手の股間でせわしなく動いている。イヴニングドレスの女がひと声叫んで腰を持ち上げると、毛を剃《そ》ったまんこから透明な液体が噴き出すが、尿にはみえない。それから二人は絡まり合って上になり下になり、何か言って笑いながらキスしている。傍らでは着衣の女二人が語らい、そのうち一人が話しながらティンカーベルの尻をひっぱたく。

わたしの横に立っていた女が白いラテックスの手袋をはめ、それに透明なジェルを塗り込んでいる。髪が褐色の瘦せぎす女の肩を片手で摑み、自分の膝で脚を開かせる。貧弱女は背後から、もう一人の褐色の髪の女に髪の毛を摑まれ頭をのけぞらされている。リビングの向こうにゾスカの背中が見え、その向かいには上半身裸で肩も腹も筋肉隆々の男。腕には色鮮やかなチカーノのタトゥー。胸には雲雀《ひばり》。アーモンド型の大きな目に反り返った唇をしている。ゾスカは男の肩の上部にゆっくりと線を引く。赤く太い長方形の傷ができる。男が彼女に恍惚《こうこつ》の目を向ける。口を突き出され、彼女は悩ましげにキスし、それから身を起こして最初の線の下にもう一本線を引く。別の青年がグラス片手にそれを見ている。ゾスカは動きを止め、振り向いてその青年を引き寄せる。アパルトマンの主の金髪女がやって来る。手をつないでいた茶色い髪で色白の女に深々と舌を入れてキスしたあと、身を引いて頰をぴしゃりと叩《たた》き、もう片方の頰も叩く。

気づくと隣にハイエナがいる。まだ服を着ていることにホッとしてから、片手にはめたラテックスの手袋に目がとまる。

「部屋にいたほうが落ち着くんじゃないの、ルーシー」

「子供じゃあるまいし、心配しないで。初めてじゃないし」

ハイエナは一瞬こっちの顔を覗《のぞ》き込んでから、肩をすくめて中央へ進み出る。オレンジ色の髪のモヒカン女に引き止められ、何か言われて隣にひざまずかされている。

わたしは回れ右してその場をあとにする。部屋に入ると、念入りにドアを閉め、映画みたいに椅子でブロックしようかと思う。気の昂りは怒りか嫌悪か恐怖か、よく分からない。片手には火の消えたマリファナタバコ。火をつけ直し、ベッドに身を伸ばす。なんの関係もないものを見せつけられたような気がして憤っている。だが魅了されたと認めないほど混乱はしていない。何があろうとこの部屋に立てこもっているつもりだが、さっき目に焼きつけた光景をゆっくり反芻《はんすう》できないこともない。

ヴァネッサ

ヴァネッサは真夜中に目が覚める。枕の上にひとかたまりの羽根、鉤《かぎ》つきの小さな脚、嘴《くちばし》と丸くて白い臓器。しばし見つめて猫のベラミ（フランス語で盟友の意）が嘔吐《おうと》したのだと理解する。耐えがたい臭気にヴァネッサは窓を開け、枕カバーを外して洗濯機に放り込む。それを椅子にすわったベラミが訝《いぶか》しげに見ている。猫を膝にかかえ、イチコロになると分かっている喉を撫《な》でる。すっかり目が冴《さ》えて、もう簡単には寝つけないだろう。頭が一杯で引っ掻《か》き回され、日の出前に寝入りたいと思いながら横になる。

レイアール広場に太陽が照りつける。ヴァネッサはテラス席にいる。白いテーブルクロスにウェイターらは黒いエプロンをつけている。二人の若いルーマニア人がテーブルのあいだを縫うように歩き、五分後には観光客の一人が財布がないのに気づいて叫び、あたふたするだろうが、あとの祭り。レストランの従業員が同情を装って教えてくれる最寄りの警察署では、観光客が盗難届けを出そうと行列していることだろう。サングラスを掛けたヴァネッサは頬杖《ほおづえ》をつき、同席の男の顔を見ずにフランスの若い有名女優の話をする。

「彼女、あたしの元彼に手をつけるの。かたっぱしから。なかには自分でもどうかしてたんじゃないかという相手もいるのに。平気みたい。不思議」

椅子にはまった相手の男は、平静を装いながら目を見開く。ひとたびヴァネッサと寝たら、それを女優に教えてやるだけで猛然と胸に飛び込まれてしまうのだろうかとひそかに算段している。ダブルパンチの展望にクラクラしている。

ヴァネッサは男を盗み見る。なんの因果でここまで来たのか。こちらは思わせぶりをしているだけのつもりなのに、男は心を決め、勇気をふるって手を握ろうとしているらしい状況。片手は用心のためテーブルの下に隠し、タバコを持つもう片方の手は触れさせない。なぜ、うかうかとこんな男とのランチを承諾したのか？　そうとう退屈してるのだ……。女の魅力が求愛者の格ではかれるなら、身の心配をしたほうがいい。男はときおり不快な甲高い笑い声を上げながらしゃべりまくる。来てから、しゃべりっぱなし。自分のこと。うっかり妻子の話を出すのを恐れてか、個人的なことはいっさい話さない。最近ちょっとヒットしたフランスのミュージシャンで、ママに隠れて浮気する機会もなかったのだろう。ご親切にこちらを無知と決めつけ、モダンアートとコンテンポラリーアートの違いを説明してくれる。公演ツアーの話をし、自分に起きたことに驚いていないと五分おきに主張するが、それしか話さない。有名人とのつき合いなんて興味ないと嘯《うそぶ》きながら、さっきから口にするのは有名人の名前ばかり。

知り合ったのはフランス人の友人宅のディナー、彼はフラメンコの楽士と仕事をするためバルセロナに数日滞在中だった。ヴァネッサはパーティのあいだつきまとわれながら、ほかの人と会話を始めるのも億劫《おっくう》で、適当に流していた。後日、彼はアルモドバルの新作プレミア上映とその後のハビエル・バルデムとのディナーに誘いたいという口実で、家の女主人からヴァネッサのメールアドレスを強奪した。ディナーの嘘《うそ》がなければ、一発で断っていただろう。座席が硬くて酷い目をみた。ディナーがないと分かり、翌朝のフライトを理由にエンディングクレジットで置き去りにした。

諦めてくれなかった。何を血迷って、こんな男につき合ってやる気になったのか？　はじめ、ドタ靴のお上りさん的なところにほろりとさせられた。有名人の仲間入りを果たした自分の幸運に驚き有頂天で、やった、これからは万事うまくいくぞと思い込んだ者。腹黒い猛禽《もうきん》の飛び交う空の下、海めがけて砂浜をいそいそ無様に歩く赤ちゃん海亀のおめでたい恍惚《こうこつ》感。買ったばかりのパリ東駅を見おろす三十平米のアパルトマンのことを、自慢げに語る口ぶりの悲壮感。それを僕の独身部屋と呼んでいた。

なぜすぐ撒かなかったのか？　この点にさいなまれていた。欲情されてぼうっとなるのはブスかデブか年寄りだけ。自分の女らしさを大事にするなら、けっして格下の者と寝てはいけない。

男は稼いだ金の話ばかりして、金に執着はないと繰り返す。消費社会に反対で質素に暮らしている。ちょっと話して貧乏人気取りのぼんぼんだと見破った。高級住宅街のお屋敷育ちで名門校にかよったあげく、一族の輝かしい伝統を継承する気骨は自分にないと悟った。ラディカルなアーティストぶって、すねかじりに甘んじるのを恐れつつ父親の仕送りで暮らし、汚濁にまみれた界隈《かいわい》を愛するのは、優越感にひたれるし、嫌になればいつでも引っ越せると分かっているからだ。アパルトマンの外で子供たちがセックスワーカーと出くわすのに嫌気がさしたら、考えが変わったと言って、一族が所有する別のアパルトマンの鍵をもらえばいいだけのこと。それまでは、惰弱を反抗のスタンスに見せかけている。

彼女はアーティストとのつき合いなんて喜んでパスする。スポーツ選手や政治家ならまだ箔《はく》もつこう。だがアーティストなど……きまってイカサマだ。頭のなかの最悪リストの筆頭には躊躇《ちゅうちょ》なく作家をあげるだろう。実際、つくしたこともある。優しく差し出したものは、強欲でいやらしく臆面もない手で百倍むしり取られる。書く手、裏切る手、捕らえ磔《はりつけ》にする手。さらし者にする手。小説家と三年間、結婚していた。それ以来、どの小説にも自分のことが書かれている。彼の仕打ちに文句を言おうものなら被害者面をされるだろう。

近ごろあまりに退屈で……このくだらない男がちょっといいところを見せたら、一丁試してみようかと踏ん切りがついてしまいそう。ファーストネームがいい、アレクサンドル、シックで、口に出して呼ぶのはいい感じかもしれない。めかし込んでいる。なで肩で早くも腹の出た無様で貧相な体に、服はオーダーメイド、でなきゃこんなに見ばえはしない。声はいいが、満足に人を褒めることもできない。パエリヤをむさぼり唇を脂ぎらせ、発見に得意げな少年の笑みを浮かべている——きみって信じられないくらい美人。ね？　そうじゃない？　だけど、彼の前には誰も気づかなかったとでも思っているのか。コーヒーを注文し、席でそわそわし、ホテルの部屋を思い浮かべ、どう演出しようかと考えているのだろう。ずんぐりした指で食後酒のグラスを握り、相手の不快感にも気づかずホラを吹いている。彼女は当たり障りなく言い訳をこしらえようかとも考えた。だが邪険な手をとる。太陽が照りつけ影が移動し、パラソルはもう暑さをさえぎってくれない。朦朧《もうろう》としている。こんな男を振るのに手加減はいらない、だって夢を見させてくれないし、その自覚もなく、相手を笑わせることもできないくせに、寝るつもりで昨夜から欲情しているのだから。焦れているのが察せられる。彼女はジャケットとバッグを手にする。男はわれに返って顔を上げ、お楽しみの時間だ、さ、行こうか、と一緒に立ち上がるつもりでいたから、ややぎょっとしている。

「ちょっと歩きたい？」と男が訊く。

彼女は目もくれず、すでに立ち上がっている。

「ランチをごちそうさま。あたし、帰らなきゃ」

「いま？」

くるりと背を向けられた彼は、まんまと餌に食いついて、あと一歩のところだったのに、とわけが分からず腕をばたつかせ、ウェイターを呼び、毒づきながらポケットを探っているだろう。なんという痛手。

ヴァネッサは広場から路地に入る。高い建物に挟まれた細い路地の涼気、下水の臭気と工事の騒音、組まれた足場、最近閉店した商店のシャッター。その隣は鮮やかに塗装された陰気なバー。狭く日陰になった石畳の路地に入る。また出くわして騒がれないともかぎらず足を速める。ふだんなら、街をぶらつくところだが、今はそんな気分じゃない。ライエタナ通りに出て最初に来たタクシーを止める。運転手に自宅の住所を三回言って、やっと聞きとってもらう。

住まいは街の北部の高台にある。そこそこ手入れのされた古い瀟洒《しょうしゃ》な家が建ち並ぶ界隈。点在する白いモダンな建築が、カリフォルニアもどきの雰囲気をかもし出す。通りは無人で、すれ違うのはキューバ人や南米人の家政婦ばかり、黒いワンピースに白いエプロンでゴミを出し、買い物や子供の送り迎えをしている。近辺には英語かフランス語のバイリンガル教育の私立校が多い。五時近くになると、子供を迎えに来る親たちの、ピカピカ光る高級車の車列で交通が寸断される。

ヴァネッサが自宅の何本か手前の通りで降ろしてほしいと頼むと、運転手はホッとして了解する。この時刻に彼女の住む袋小路まで行けば、三十分はよけいにかかる。ヴァネッサは上を向いて木々にとまる鳥を観察しながら、急な坂を上る。近隣には緑色のオウムが繁殖し、鳩《はと》と仲よく共生している。オウムも鳩も昔から好きだが、今は鳥しかかまうことがなく、もっと小さい鳥にも目がいく。鮮やかな青い腹をした黒い鳥に、首がオレンジ色の茶色い鳥がいる。おそらく、ベラミはあれにかぶりつこうと、一日中辛抱強く繁みにひそんでいるのだろう。伯爵夫人《コンデサ》通りにあるレストランの駐車係に挨拶する。ふだん、言葉を交わす人もなく、近所の住民ともめったに会わず、会ってもいけ好かない人ばかり。フランスにいたら、自分の外見のせいだと思い込んでいただろう。だがここでは、といっても、それがここに来たかった理由のひとつでもあるのだが、地元民となんら変わらない。いい服を着ているくらいのものだ。ここでは彼女はパリジェンヌ。ヴァネッサと名のって、誰からも訳知り顔をされない。

カミーユとバルセロナに移り住んでよかったことは枚挙にいとまがない。二年で考えは変わったが、カミーユはあと一年は動けない、不況がおさまったらヨーロッパを離れる、と言っている。上海へ移住したくて向こうで長期の契約を取りつけようとしている。六〇年代にニューヨークへ移るようなもの、上海は最先端、フランス人街も食べ物も、都市も大好きになるだろうと言う。上海の話が出たころのヴァネッサは、どこへでも旅立つ用意があって乗り気だった。今は分からない。パリに戻れたらと思う。バルセロナに来てはじめの数か月は、夢見心地でデザインショップを回り、広大な自宅に置く家具を買い、スカウトした家政婦はスペイン語の先生になってくれた――のべつ幕なしにしゃべり、質問攻めにされ、うまくやっていくためヴァネッサは、急速なスペイン語習得を迫られた。この街の独特の光を求めて、毎日カメラを携え地下鉄に乗っては、ふらりと下車した。バルセロナは魅力的な一角、人目につかない広場や中庭、秘密の路地の街。毎晩、何時間もコンピュータに向かって写真を分類、修整して楽しんでいた。はじめの数か月はそれで満足だった。

カミーユはいつも出張中で、努力はしても毎週末帰れるわけではなく、海辺にあるオフィスに十日連続でいることも稀だった。関与するプロジェクトは中止にならなかったものの、建築事務所の社員半数が解雇され、残った者は順応せざるを得なかった。つまり、野心的プロジェクトは断念し、太陽光エネルギーで暖房する丸太小屋にもまじめに取り組むということ。だから彼女はいつも孤独で、おのずとフランスでの過去に思いをはせる。

カタルーニャ地方で暮らすには向いていていない。いいネイリストがいない。来たばかりのころは、クセ毛矯正のなんたるかを知る美容師に熱狂した。だが、やはり満足にカットもできる美容師にめぐり合いたい。腰まわりの筋トレ講座が老年向けに開かれている。ピラティスと呼ばれるそれは、八〇年代にフランスで実践されていたゴムを使う体操だ。来たばかりのとき、スペインで一、二を争う高級スポーツクラブだと太鼓判を押されてヴァネッサが入会したクラブは、会員が百歳かと見紛う女ばかり。長らく重度の栄養失調にあえぎ、美容クリームの入手もままならなかったとみえる。それなのに美容整形手術には抵抗がない。しかしここまで崩壊が進んだらブルカ（目の部分が網状になった全身を覆うヴェール）で対処するしかないだろう。ヨーロッパでもっともカリフォルニア的な都市に移り住んだつもりが、満足に化粧もできず下手に若作りし、携帯電話でがなり立てる、優雅さとは相容れない百姓女に囲まれている。若いロシア人女性の会員までがぱっとしない。だがなんといってもこの地方で滅入るのは、やはり男だ。ずんぐりむっくりはまあいい。ちびで魅力ある、というか身長を補ってあまりある魅力をそなえた男はいる。派手なメガネフレームでとっぴな趣味をひけらかすのもよしとしよう。慣れないこともない。二十歳を過ぎると髪が薄くなるのもよし。だが積み重なってくる。おまけに女の気もそそれず、口達者でも口説き上手でもなく、四十を前に腹が出はじめるときては……しまいにはうんざり。幸い、南米人、バスク人、アンダルシア人がいるからいいようなものの、さもなくば退屈で死んでいるところだ。

最初のころは、地元民の流儀を面白がるパリジェンヌの役回りに気をよくしていた。生まれてこのかた、人種差別ができる幸せを味わったことがなかった。ここと違って教育レベルが高く、恵まれた場所で生まれた幸せ。他人を憐《あわ》れむ喜び。生粋のフランス人のような人種差別主義者。

正統な者。エッフェル塔近辺で生まれた女の目には、カタルーニャ随一の財産家も最古の旧家も田吾作《たごさく》だった。そんな上流階級を観察しては、洗練や贅沢《ぜいたく》なたしなみ、趣味の欠如をいちいちあげつらって悦に入っていられた。でもやっぱりフランスにいるほうがいい。愛するか愛されるかというおなじみの問題。ここで優越感にひたるより、パリでフランス語の間違いやセンスの悪さを白い目で見られないかびくついているほうがマシ。

　カミーユには大袈裟《おおげさ》に騒ぎすぎだと言われる。彼にとって、ここは言うまでもなく素晴らしい地方――何しろほとんどここにいないのだから。週の感想をまとめると彼は身をよじって笑った。「カタルーニャ人の自治問題を考えると、ちょっとこんな感じ、郊外《ノワズィ＝ル＝グラン》（パリに隣接するセーヌ＝サン＝ドゥニ県）で育ったあたしたちは、祖父母がフランスに来たときから国家に虐げられたから、郊外語は補助金で保護してもらわなきゃならないってことにする。最高。四人で文法書を書いてアラビア語とでたらめフランス語のちゃんぽんに、逆さ言葉もしこたま入れた郊外語を話して、全部郊外語に翻訳しなきゃいけないことにする。そしたら標準語普及の名目で補助金をもらって暮らしていける。だけど、もちろん子供はまともなフランス語を習得できるように私立校に入れる……」。その意見は胸にしまっておいたほうがいい、反カタルーニャ主義は極右の領分、この家のリビングを出たら笑い話ではすまされない、とカミーユに言われる。四十年にわたるフランコ派の圧政のせいだと諭される。だったらなんで、フランコはコミュニストを処刑させたのに、頑として赤を自任する者がここにいないのか。観光立国をめざし不動産開発に力を入れたフランコの方針を、政権交代後、誰も転換しようと言わないのか。独裁者の味方だったアメリカ人の言語を、みんな節操もなく学ぶのか。ヴァネッサはこんな僻地《へきち》はうんざりで引っ越したい。

サン＝セバスティアン（スペイン・バスク地方の海辺の都市）なら住んでもいい。歯に衣着せぬその性癖のせいで下手したら自宅を爆破される、とカミーユ。だけどバスク人も一筋縄じゃいかないよ（「バスク祖国と自由（ETA）」は民族解放武装闘争を展開していた）。こう言うと、カミーユは目を見開き、ぎょっとしてみせるが、妻の過激さを愛している。「だてにフランス人じゃないね、大義には血が流れないと納得しない」。ヴァネッサはフランス人扱いされるのが好きで、夫も賢くそれを心得ている。生粋のフランス人は、メロヴィング朝とかまで楽に家系をさかのぼれる彼のほうだ。あまりに由緒ある家系で、誰も知らない時代にまで祖先がいる。城主の息子の彼が、母親や同僚に耳を貸さずヴァネッサに求婚した。結婚し、子供は欲しがらず、妻を愛し、女王扱い。彼女が美しいように、彼は優秀だ。二人とも劣等感とは無縁の自信に溢《あふ》れている。自己弁護せず、はじめからある程度恵まれているのも自覚している。彼は高等教育が自明の環境に生まれ、彼女はこの顔と体で生まれた。それに二人とも、与えられた条件に安住せず、多大な努力を払ってきた。ヴァネッサの生まれた界隈に美人はいた。だが大人になって、美貌のおかげでまともに暮らせているのは彼女だけ。おまけに、城で親族のパーティに参加する。四十間近で二十歳のころより完璧な肉体と、注射器やメスをよせつけず、染みも皺《しわ》もたるみもない顔をしているのも、おそらく彼女だけだ。カミーユは進歩向上するため刻苦勉励、徹夜もいとわず、どんな言語も怠けず習得、どんな危険にもひるまず立ち向かった。懸命に努力し、成功の上にあぐらをかかない。ヴァネッサは学ぶ機会はいっさい逃さず、自分が生きたい世界ではどう装うべきか、幼少からバレエをやった者はどんな立ち居振る舞いをするか、本物のプリンセスはどのようにすわるか、裕福な女を演じるにはどんなバッグを持つべきかを学ぶ。本性を偽り別人になりすます術《すべ》を身につける。眉ひとつ動かさず大量の辛酸をなめる。

母からはいつも、愛なんて存在しない、女をモノにするための作り話だ、と言われていた。男とつき合うときは、どちらが愛し、愛されているか把握していた。後者になるよう心がけていた。心躍る地位ではないが割はいい。ヴァネッサはほとんど浮気をしていなかった。それがすべてではないとはいえ。それにカミーユはこちらの顔を見るたび、いとしそうな表情をする。どちらが愛し、愛されているか、二人の場合、これまでのように偏っていない。だが最近、気が滅入って以前の感興をおぼえない。それまでは、妻であることが彼への最高の贈り物だと確信していた。今、わが身を振り返るまなざしは揺らぎ、昔のような自信がない。疑念が忍び寄る。母が正しかったのか。自分は単に器量よしのアラブ娘で包装がいいだけの負け犬にすぎなかったのか。どう頑張ってもイミテーションにすぎないのか。苦労を知らず、やすやすと人生を謳歌《おうか》し、幸福という名のボンネットに傷がつく心配とは無縁の人間を演じているだけで、正統でもなければ、真の贅沢も身についていないのではないか。金持ちとは自信があること。たとえ勘違いでも。守られていると感じていること。肉体。けっして危険にさらされない。家に、名前に、経歴に、警察に守られている。アクセサリーならいくらでも買って身につけ、人目を欺ける。だが記憶は変わらない。ヴァネッサが自分について知っていることを頭から引き剝《は》がすことはできない。

建築事務所に問題が起きて、カミーユは脆《もろ》くなった。不況になって正確にどれだけ損失が出たか、はぐらかして言おうとしない。もう終わった、峠は越した、とメディアは言うが、カミーユはもう以前と同じではない。二人ともかつての輝きを失った。ここ数か月、お互い多くのことを言いそびれている。

一年前、隣の家で工事が始まった。筆舌につくしがたい騒音が、一時間の中断もなく一日中響いていた。ハンマーですべて解体していた。永遠に続くかのようだった。人生にわめき立てられていた。それまでは、新居のすべてがしっくりして快適だった。広々とした間取り、自分で選んだ家具、フローリング、大きなテラス。それも隣の工事が始まるまでのこと。終わりのない破壊音。カミーユが消音ヘッドフォンをプレゼントしてくれた。ましになったのは五分だけ、あとは水槽のなかにいるようだった。工事の騒音によって違和感に気づいた。過去ばかり振り返っていた。ヴァネッサにはいつも目的があり、意識はこれから起こることだけに向けられていた。しばらく前からは逆に、一見すべすべの肌の下に消えたと思っていた古傷がうごめき出し、不快な怒りに襲われる。過去の出来事のマグマにさいなまれ、振り払おうにも搦《から》め取られていた。

自宅から、遠くのほうに二人が見え、はじめはグラフィックデザイン事務所の社員が、日向で一服しているのかと思う。よくやっているのだ。そして事務所は閉鎖したのを思い出す。まだ空き物件で、「貸事務所」の看板が数か月前からベランダに斜めに掛かっている。よく見えるところに移動して観察する——凶悪なアルバニア人に押し入られ、女性が何時間も拷問された話がディナーで囁《ささや》かれていたのを思い出し、警戒する。背の高いほうは幅広のジーンズを、見事に細い腰の低い位置で穿いている。ごついブーツは履き古され、ミラーレンズのサングラスは二シーズン前のモデルだが、よく似合っている。もう一人はずんぐりして平凡だ。ヴァネッサは驚いた目で見つめられるのにも、注目されるのにも、目を釘《くぎ》づけにされるのにも慣れている。目の覚めるような美貌なのだ。だが、背の高いほうが立ち上がって近づいて来たとき、互角の相手だと悟った。

　ソファに仰向けに寝そべったベラミは、周囲で起きていることを逆さまに観察している。探偵がまっすぐ近づいて来ても人見知りの猫が逃げない。探偵は傍らにしゃがみ、驚くほど優しいしぐさで喉を掻いてゴロゴロ言わせる。

「きれいですね。名前は？」

「ベラミ。八月の炎天下で拾ったの。焦げた子鼠《こねずみ》だったのが、こんなに……見違えるほど立派になって」

　探偵は立ち上がり、コーヒーを勧められると、もらうと言う。文句なしの美女だが、飾りけがない。すっぴんに無造作な髪で、美しさを引き立たせない動きやすい服を着ている。背が低いルーシーという女は不器量だ。こちらも身なりにかまっていない。いいことだ。ヴァネッサが暇さえあれば興じるランキングでは、外見をごまかそうとしないブスは、美人であるかのように化粧し着飾るブスよりまだ救いようがある。女性誌や化粧品産業が批判されても、それらが醜怪民《ブーダン》に少しの努力で別人になれると信じ込ませたがゆえの惨状が指摘されることはめったにない。ところが、派手なドレスを着た不細工な女や、体型を武器にしようとするデブほど悲惨なものはない。この点、男の見方はヴァネッサのそれと一致しない。男には彼らなりの基準があり、それはセンスのよさとは関係ない。男は十人並のすっぴん女より、しどけない脂肪のかたまりを好む。幸い、モードは女になびかない男によって作られている。背の高いほうは一見レスラーみたいだが本物の美女で、ネコ科の力強さを秘め、動きを眺めていたくなる。

ヴァネッサはコーヒーをテーブルに置くと、テラスに面したドアを大きく開き、断りを入れてから携帯で留守電メッセージの番号を押す――誰からもメッセージはないが、考える時間が欲しい。このときが来たらどうすべきか、前もって考えようとしなかった。実は考えるのを周到に避けていた。男が訪ねて来ると思っていた。「男」と考えて長身の探偵を見る――そうか、言うまでもなくレズビアンだ。爪の短い満足げな整備工っぽさ。レズビアン。ラジオで聴いたベルギー人歌手アルノの歌を思い出す。「あたしゃレズビアン、ブスだけど楽しんでる」。レズビアンはよく知っているが、醜いと思ったことはない。変態なだけである。ヴァネッサは立ち上がり、男を惑乱し圧倒するように、身体を伸ばし空間を移動する。長身のほうを刺激したい。男と違って女は当惑をうまく隠す。ずっとスリルがある。探偵に指摘される。

「わたしたちが来たのが、意外じゃないようですね？」

「クレール・ガルタンから電話がありました」

「お知り合いですか？」

「知らないも同然」

クレールに乞われて一度だけ会っていた。フランソワはヴァネッサを忘れられず、新妻は会えば不在のライバルの威力が消えるとでも思ったらしい。もう昔のことだ。気の毒な女。貧弱な脚に膨らんだ胸がまるでひよこ。ショートブーツに乗ったぶよぶよのおっぱい。肌はきめ細かく、早くもたるんだ卵型の顔。近眼のまなざしが優しげな牛を思わせた。ヴァネッサはフランソワを軽く憐れんだ。何が悲しくてこんなのと結婚したのか。立ち直れていないというのもうなずける。あの見えっぱりが……正妻同伴ではあまり外出もできないだろう。

ヴァランティーヌが本当の母親の居場所を知りたがっていると、このときクレールに言われた。かけがえのない娘二人の母親として、あの子が本当の母親と再会したがっているのは容易に想像がつくから、考え直してはどうかとうながされた。

「考え直す？」

「フランソワからいきさつは聞いているけど……もう昔のことなのだし……」とクレール。

冬のバーゲン期間で二人は「アンジェリーナ」にいた。ホットチョコレートを飲むため。ヴァネッサは相手を制止して言った。

「あたしと会ってるのを、フランソワは知ってるの？」

「いいえ。彼には、あなたの意見を聞いたうえで……」

「知ったら激怒すると思わない？　あたしが起こったことを包み隠さず話したと知ったらどうなるか。あなただって、以前と同じ目で彼を見られなくなると思わない？」

ヴァネッサにはクレールに何も話す気はなく、むしろ勝手にしてほしかった。自分がどんな男と結婚したのか。どんな情けない卑怯者《ひきょう》を夫にしたのか、勝手に知るがいい。

ヴァネッサの直近の結婚の公示を、フランソワが丁寧に切り抜いて保存していたのを発見し、消息が分かったのだとクレールは白状した。「わたしに見つけられたのだから、いつヴァランティーヌが発見してもおかしくない。あとは簡単で、ご主人のオフィスに電話してメッセージを残したら……ちゃんと伝えてもらえたみたいだし」と言われた。

フランソワからまだ関心を持たれていると知っても、ヴァネッサは全然嬉《うれ》しくなかった。嫌悪感をおぼえるだけ。その思いはクレールに向けられた。だって目の前にいるし、何も言わないし、そういうタイプの女、ぶん殴ってやりたくなる女だから。

あれ以来、クレールとは連絡を取っていなかった。それが二週間前、涙声でヴァランティーヌの失踪を知らせてきた。「なんのつもり？　自分の子でもないのに、泣きながらあたしの娘の話をして恥ずかしくない？」と電話を切った。にもかかわらず、マゾヒストのクレールはおとといもまた電話を掛けてきて、「パリ随一の事務所」の探偵を雇った、せめて金のある者は下々の者より上手に金を遣って安心したいものだし、ガルタン家からは住所を教えていないにしても、探偵がヴァネッサを訪ねて行くだろう、と告げた。「いい？　もう警察《サツ》は来て、知っていることは話した。探偵が来たって同じこと。ただ、あんたの愚劣なダンナとあの因業ババアが、まともに世話してくれてたら、あたしの娘は今ごろ外をほっつかず、家のベッドでおとなしくしてるって伝えてくれる？」。郊外《93》語（93はセーヌ＝サン＝ドゥニ県の番号）をぶちかます。矯正には長い年月と困難を要したが、必要とあらばそっくり出てくる。パリ十六区の住民はこんな口をきかれるのに慣れていない。お気に召さない。だから大枚をはたいてロシア、ルーマニア、タイへバカンスに行くのだが、それは周知のようにお忍びで未成年の可憐なケツを掘るためだけではない。フランス人は貧乏人を見たいが罵倒されたくないのだ。都市郊外の貧民の生態をうっとり眺めるため装甲バスで繰り出せば、バスごと放火されると分かっている。途方に暮れる。というのも貧困は人をほろりとさせ、財布の紐《ひも》をゆるめ、小銭を手放し、古着を贈りたくさせる。だが貧乏人は性悪だ。カトリック的慈善の支障となる。

小さい調査員はコーヒーカップに集中している。大きいほうの探偵——つまりパリ随一の、とヴァネッサは面白がる——はあたりを見まわしてから口を開く。

「ヴァランティーヌが来ましたね？」

「警察からも事情聴取されました」とヴァネッサは言う。

「警察に言ったことを話してくれませんか？」

「ええ。でも真実を話してもいいんです。ヴァランティーヌはバルセロナに来ました。だけど、もういないと思います。コーヒーのお代わりは？」

「いただきます」

「砂糖なしのブラック？」

「できればダブルでもらえますか……待ちながら何杯か飲もうと思ったんだけど、このあたりはバーがなくて」

「テラスで話しましょうか？　今日は工事の音がうるさくないみたい」

「いや、ベランダが正面に落ちたんです。見てました。外に二時間いたんです。巨大なベランダが道具だの足場だのの上に落ちて、瓦礫《がれき》の片づけに日暮れまでかかるんじゃないかな」

台所で一人になったヴァネッサは、時間をかけてコーヒーを淹《い》れる。話すことを考えておかなかった。責められることも隠すこともない、と自分に言いきかせる。娘の居場所も知らないし、性格だってよく知らない。故意に知ろうとしなかったわけではないし、言い訳する必要もない。探偵はきっとフランソワの家族から、彼らの言い分を聞かされているだろう。怯《おび》えた仔鹿《こじか》の風情でろくすっぽ話さない実家からも。探偵はみんなと同様、すでに白黒つけている。本人の話を聞くまでもなく、ヴァネッサが悪者に決まっているのだ。


コーヒーを持ってリビングに戻ると、探偵はテラスに出て、石造りの手すりに肘をついて正面の丘にそびえる巨大なアンテナを見上げている。

「これは強力な送信機だ。電波が怖くありませんか？」

「いいえ。来たばかりのころは眺めが台なしだと思ったけど、今は気に入ってる。街のどこからでも自宅が分かって便利。それに前は海だし」

「そういうことなら……」

「ごめんなさい、お名前をど忘れしちゃって」

時間を稼ぐ。もっと。何を話し、何を黙秘し、何を相手の耳に入れ、何を隠すか、決定を先のばしできるならどんな話題だっていい。

「ハイエナって呼ばれてます」

「ハイエナ？　あなたが残酷ですばしこくて、血も涙もない獣《けだもの》だから？」

大きい女は一瞬黙ってから、ここに来て初めてにこりとする。これもまた男のやり口、冷淡で控えめだから、ちょっとでも隙、たとえば微笑を見せられると、にわかに特別な意味をおび、もっと繰り出させたくなる。

「いや。たまたまです。仕事を始めたころ、あるバカにこう呼ばれて、そのままなんです。ガーフィールドとかだって……それらしくないが、やっぱり名前になったんじゃないかな」

ハイエナはまわりを見る。眼下の庭にはピンク色の花をつけた木々、白い花の植え込み、新品の太いアルミ製配管が家のファサードに設置され、石造りの古めかしい家はこれが継ぎ足される前は美しかっただろう。バラの鉢植えがいくつか、冬中この地方に吹き荒れる強風で倒れないよう手すりに沿って置かれている。亀裂の走った壁に這《は》っている枯死したようなつる植物の枝には、ここ数日で大きな蕾《つぼみ》が吹き出している。

「パリを離れられて満足でしょう」と探偵が言う。

「植物はこちらのほうがずっと元気ね。とくに園芸好きではないんだけど」

ヴァネッサは緑色のサーモスに用意した一リットルのコーヒーを、客のカップになみなみと注ぐ。小さいルーシーは別の片隅にはまり込んでいる。いるのをすぐに忘れてしまう。

「ヴァランティーヌはバルセロナのあなたに会いに来ましたね？」と探偵が訊く。

「ええ、来ました」

「で、今どこにいるかご存じない？」

「さっぱり。いなくなったんです」

「その前は、会っていなかった？」

「会っていません。ガルタン家の人たちから話を聞いたんじゃないですか？」

「いや。あなたの話はしないんです。娘さんが一歳のとき家を出たとは言われましたが。話してくださいますか。われわれはそのために来たようなものですから」

たしかにヴァネッサは話したい。口を開くと、どれほど話したいかに気づき自分でも驚く。

「フランソワと出会ったときは十八でした。彼は十三歳年上の有名な小説家で、あたしに夢中になって、悪い気はしなかった……。彼の母親はいい顔をしませんでした。フランソワの友人はまだ理解があったけど、クスクスとかオリエントとかベリーダンスの話題を振られました。九〇年代のはじめで、あたしのような娘にとっては幻滅の始まり。そのうちよくなる、フランスも今に変わる、都会に出れば出自についてとやかく言われなくなる、と思いながら成長しましたから。すでに、ヴァネッサ・ドゥムイ（フランスのモデル・女優）にちなんで名前を変え、レバノン出身だと言っていたけど、見抜かれていました。ディナーのたびタジン（マグレブ地方の蒸し煮料理）だのガゼルの角（モロッコの菓子）だのの会話にどれだけつき合わされたか……。左翼はもっと酷くて、ルーツを忘れるのを心配されました。あたしとしては同年代の女の子みんなと同じく、お願いだから親がどこの出身かは忘れてって感じでした。すぐ妊娠して、家で主婦するのは合ってると思ったし、彼は書いてればいいし、満足してました……。フランソワのことは好きでした。でも、彼があたしと寝ても目くじら立てなかったオープンな精神の友人たちすら、結婚後は警戒しろとフランソワに言っていました。子供を連れて故郷《くに》に帰るかもしれないって。故郷？　あんなところで何をしろって言うの？　向こうにカリタの美容サロンがある？　ま、いいけど……。妊婦でいるのは嫌でした。太っているのが嫌で。早く終わってほしかった。ヴァランティーヌと名づけたがったのは、彼の母親です。あたしと手を切らせられると思ってたうちは、息子をぎゃあぎゃあ責めてたけど、出産した日に赤ちゃんを見に来て、勘当されるのを恐れていたフランソワはホッとしてました。義母は一日で赤ちゃんに夢中になりました。赤ちゃんのお世話はうまくやっていたほうだと思います。だけど、お婆《ばあ》さんが家に入り浸り。嫁があれをしない、これを知らないって。フランソワは卑怯にも諍《いさか》いから逃げていました。家を避け、ジャクリーヌと二人っきりにされ、彼女は鍵を持っていました。あたしは一日中公園ですごしたり、何時間もプールですごしたり、姉の家に行ったり。義母に会わずにすむならどこでもよかったんです」

ヴァネッサはひと息つく。もちろん多少潤色している。ガルタン家の者たちが根も葉もないことを吹聴してきたのだから、これくらい許されるだろう。すぐに妊娠したのはわざとだった、と言い落とす。フランソワは結婚を渋っていた。母親に気兼ねして。速攻で彼の子を孕《はら》んだ。若く世間知らずで、ガルタンはいい玉の輿《こし》にみえた。それに、公園やプールでの暇つぶしは作り話だった。ヴァランティーヌを出産後、すぐ鬱になった。子供が生まれて人生がまっ暗になった。赤ん坊は婆《ばば》あに預けた。徐々に頻繁に。警戒していなかった。ジャクリーヌは赤ん坊と一緒で喜んでいた。ヴァネッサは事実をわずかに修正しているだけ、自分の役柄を美化して身の上を語り直すのは心地いい。

「そうこうするうち、ある人と出会いました。まったく予期してなかったのに、人生っておかしなものです。金持ちのどら息子の不良で、同い年で、天使みたいな甘い顔して、ハーレーダビッドソンの手入れとレッド・ツェッペリンを聴くことしか能がなかった。天使の顔した極道者。よくある話です」

そんなふうに男の虜になったのは初めてだった。それまでは、つねに優位にいた。そもそも益がなければ寝なかったし、母親からはセックスにふけるのは獣《けだもの》だけ、女にとっていいことなど何もないと言われていた。この点、母は間違っていた。ギヨームは現金ばかり湯水のように遣った。二人は『グッドフェローズ』（マーティン・スコセッシ監督、一九九〇年公開）の無法者のように暮らし、彼が稼ぎに行くときいくら欲しいか訊《き》かれると、札の厚みを指で示した。触れられると感電した。一夜にしてフランソワを見かぎった。なんの迷いもなく。彼を傷つけるどころか、殺していた。あの朝、身のまわり品を取りに行ったのは、家を出て五日目だった。夜明けにコークでラリって帰宅した。彼は青い顔で起きていた。指をパチンと鳴らしてやれば、歓迎されすべて水に流してよりを戻してくれただろう。フランソワから生涯を捧《ささ》げ愛されていると、このとき悟った。それを切り捨てる感覚。だが、もうあと戻りできなかった。愛するか、愛されるか。そのときの彼女は愛していた。それが最善の道にみえた。ショック状態のフランソワから、いつヴァランティーヌに会いに来るのか訊かれ、あとで電話すると答えた。申し開きもしないのを信じられない顔で見つめられた。荷物をまとめ、夫が卒倒する前に、とにかく外に出たかった。性悪女。筋金入りの性悪女。だが、あとで痛い目をみた。自分がしたことのつけは払った。

「ヴァランティーヌを連れて行ければよかったけど、とてもそんな生活ではありませんでした。赤ん坊の面倒なんて頭になかった。二十歳にもなっていなかったんです。この恋に生きて当然と思っていました。ただ、ヴァランティーヌに会おうとしたとき、不可能でした。鍵が交換され、アパルトマンの管理人は義母からあたしを入れないよう命じられていたんです。警察に届け出たほうがいいとも言われたけれど……。当時、コークと盗品で一杯のワンルームに住んでいたあたしが、のこのこ警察に出向けますか？」

ギヨームは愛してくれたが、一途に、というのは無理な相談だった。浮気せずにはいられない男だった。気が狂いそうだった。よく泣かされ、彼は泣かれたときだけ愛されていると実感できた。とびきりうまく慰めてくれた。彼女を踏みつけ、浮気してから帰って、すべてを水に流すのが習慣になった。コカインとペニス、よく合う二つの嗜癖《アディクション》。別れようなどとは夢にも思わず、修羅場が二人の日常だった。苦しみが愛のバロメーター。どれほど彼女が苦しみ、彼がすっきりするか。男に殴られても別れない女を理解できない人は、女というものが分かっていない。膝のくぼみで起き、下腹部で許される。死んだっていい。だがある日、彼は帰って来なかった。銀行強盗。既婚で子持ちだと裁判で知った。寝耳に水だった。彼の妻は負けん気が強かった。面会の権利は二人分なかった。

「娘に心底会いたかった。あたしはギヨームと別れ、女友達の家に居候していました。フランソワはよりを戻してと泣きつかれるのを待っていました。だけどギヨームとのあれを知ったあとでは、フランソワに触れられるのも耐えられなかった。向こうは恨んで娘と会わせてくれなかった。

あたしのもので唯一手もとにいたのが、あの子だったから……。どうせ母親に任せればいいし。義母は昔から赤ん坊を独り占めしたがっていたんです。あたしはバカみたいに、共通の友人を訪ねて回りました。というか、友人だと思っていた人たち。力になってくれる、あたしがちゃんと生活できて子供を託しても大丈夫だと口添えしてくれる、と思ったんです。だけど、そっぽを向かれました。一人残らず。あたしが頭がおかしくて、危険で有害で薬物依存症の泥棒だと書くのを、誰ひとり拒みませんでした。義母のでっち上げだけど、みんな眉ひとつ動かさずサインしたんです」

娘を三か月手放してこんな事態に陥るとは考えていなかった。ヴァランティーヌはまだ赤ちゃんで、人の区別もつかず、どのみち母乳はあげていなかった。ヴァネッサは重大な過失を犯したつもりはなかった。だが、フランソワと一緒に交際していた人たちと再会すると、一様に気まずい顔をされ避けられた。当時、ガルタンはちょっと力があった。日刊紙にコラム一本。彼の側になびかせるにはそれで十分。強い側。右へならえ。ヴァネッサは不行状の烙印《らくいん》を押された。彼らは証言を書き、サインし、身分証のコピーを添えた。彼らは自分の出自を忘れていなかったし、風向きにも敏感だった。信頼していた人たちですら。ヴァネッサの国選弁護人には勝ち目のないことがはっきりしていた。案の定、敗訴した。せめてもの救いは、彼女の年齢ならこぶつきでないほうが魅力的だということ。

「二週に一度、あの子の祖母の家で面会する権利はありました。まるで保護観察中みたいに。お婆さんから恩着せがましく、パリから遠い地方にあるアパルトマンをあたし名義で——売買契約書に義母の名前が出ないようにして――買ってあげるから、面会の権利と控訴を断念するように持ちかけられました。すぐには承諾しませんでした。ヴァランティーヌに会いに行くたび圧力をかけられました。会いに行くと不在で、連絡し忘れたと言われたり、ヴァランティーヌに昼寝させずに面会中ぐずるように仕向けたり。あたしは考え直しました。モンペリエ（南仏の都市）の中心街に八十平米のアパルトマンを手に入れました。十分遠ざけたつもりだったんでしょう。法的にはなんの効力もない念書を書かされました。ただし、いつか再審理を要求したら、アパルトマンと引き換えに娘の人生から消えますと書いた紙を突きつけられるわけ。再審を請求できたのは知っています。考えが変わった、洗脳されていたんだと訴え出る。けれど、そうはしませんでした。これがヴァランティーヌにとって最善だと説得されて納得したんです」

婆あは赤ん坊をかわいがり手放そうとしなかった。面会に行くと、ヴァネッサは唾棄された。最初はマルセイユのワンルームで手を打たせようとしたから、いいアパルトマンをせしめるには闘わなければならなかった。ヴァネッサに楯《たて》突かれ、義母は気を悪くしているようだった。ヴァネッサは人生からガルタン家を消し、アパルトマンの所有者になる。住む街を変え、人生を変える。子供なら欲しくなったときまた作ればいい。まだ若く、姉たちが年に一度はひり出しているのを見ていたから、子供を作ることなど、ちっともすごいと思わなかった。赤ん坊が量り売りできれば、親類の女たちが「フォション」から追い払われることもなくなるだろうに。

探偵はなんの反応も示さず、コーヒーを飲みながら耳を傾けている。ヴァネッサは体あたりしたい。反応してほしい。

「それでも立ち直りました。はじめは子連れの女を見るたび、落ち込むと思っていました。でも全然。学校へのお迎え、プール、誕生会、風邪や風疹《ふうしん》、宿題、洗濯に追われて……子供が欲しくてたまらない女は、欲しいものが男から得られない女なんです」

探偵は無表情。ふつうなら険悪になるところだ。女を尻軽だ、男たらしだ、と貶《けな》しても文句は出ない。これが母親を叩《たた》くと、椅子に立ち上がり身を震わせて憤慨される。レズビアンは貞節ぶらないからいい。逆に、小さいほうは遺憾の面持ちで見上げている。ヴァネッサはしゃべりすぎだと自覚している。最近、聞き手がいるとこうなってしまう。言葉の失禁症のようだ。

「半年とパリを離れていませんでした。地方は初めてでしたが、向いてないとすぐ分かったんです。南仏のアパルトマンは売りました。すべて投資しました。二〇〇一年九月十三日まで。例のタワーが崩壊して二日以内に銀行へ行って、株は全部売却しました。銀行員は喪中だった。でも、あたしは無一文になるわけにはいきませんでした」

当時はちょっとした財産家になった気がした。だが今思えば、靴下のへそくり程度。その後、うまく立ち回った。別のアパルトマンを手に入れた。二度目の結婚。男の甲斐《かい》性とはそれにつきるのに、なぜ隠そうとするのか分からない。ジョワンヴィル（パリ東近郊）のペントハウス。この売却で得た金で暮らした。出費は多く、働く気はさらさらなかった。二番目の夫は最悪ではなく、ほかの男でバカを見た分を埋め合わせてくれた。手が早かった。話し合いはすぐにこじれ、目がけて右パンチが飛んで来た。ヴァネッサは押せば夫が怒り狂うボタンをすべて心得ていた。すぐに自分が何をしているか分かった。インターネットが普及し出したころで、夫からのメールはすべて保存しておいた。殴ったときの弁解メール。離婚のときは大当たり。失敗の教訓を活かしたといえる。

二回の結婚のあとクロードがあらわれた。ヴァネッサは再びコークにふけるようになっていた。タダで入手するため社交生活を続けていた。広告、金融……新しいつき合い。こうしてクロードにめぐり合った。というか、こうしてクロードがヴァネッサとめぐり合った……彼は七十歳を超えていた。すでに引退していた。カルティエ財団のパーティに居合わせ、彼が恋に落ちた。口説かれていると察したときは、この年の男が娘ほどの女をどういうつもりで……と気分を害した。だがクロードはそつがなかった。つき合い出すとみんなから商売女扱いされた。たしかにプレゼント攻めにされて落ちた。その何が卑しい？　関係が終わったら、ほかに何が残るというのだ？　彼のような人に出会うのは初めてだった。ガルタン家などたかが成金、こざかしい田舎者が山を当てて儲《もう》けた金を、しかるべく投資したまでのこと。婆さんは好きなだけお高くとまるがいいが、所詮お里はトラクター。クロードは全然違っていた。彼女を落とすために費やした金額をにおわせたりしなかった。一流ぶりに目を眩《くら》まされた。初めて彼の家に足を踏み入れたとき、自分はここにとどまると悟った。何もかもが美しかったから。クロードから崇められ、けっして貶《おとし》められなかった。彼が見るものすべてが興味深いものになった。たとえ醜いものでも。彼に固く結びつけられた。彼はヴァネッサがそばにいるだけで幸福だった。鼻高々なのではない。幸福。

クロードは彼女に対して辛抱強かった。すべてお見通しだった。彼女もありのままに振る舞った。何げなく振り返って、その老けようにショックとしばしの嫌悪感をおぼえることもあった。

だがよそへ行きたくなかった。うら若い女が老人と一緒にいれば下心は明白、白い目で見られた。これだけ高齢の人間の肌に触れるのは奇妙だった。すでに死が作用しはじめていた。とはいえ、ときどきはやらねばならず、何時間にもおよんだのは満足に勃たないからで、事はむしろ、彼の頭のなかで起きていた。慣れた。この年で「男」と言っても実は別物だった。女でも男でもない。第三の性。目の前で服を脱いでほしがった。明らかに父親代わりにしていたが、ヴァネッサがそれを必要とし、彼がその役を果たしてくれるのだから何が悪い。クロードから多くを教わった。彼は他人を軽蔑していた。人の意見は聞かなかった。彼女はヴァランティーヌのことを打ち明けた。娘が訪ねて来てから頻繁にクロードのことを思い出す。そばにいてくれたら相談できたのに。彼のおかげで情熱を離れた愛、神経症的に結ばれる関係より強い絆《きずな》があると悟った。穏やかな相互理解。クロードは彼女のヴァランティーヌへの思い、というかむしろ思いの欠如を分かってくれた。気に病むことはないと言われた。子供を産みっぱなしで世話をしない女が昔からどれほどいるか。くよくよ悩むのは浅はかな女だけ。きみは運がいい、子供ほど頭をおかしくさせられるものはない、と言われた。ある朝目覚めると、彼がまだ隣にいた。ふだん、クロードはほとんど眠らなかった。朝は隣にいたためしがなかった。いつも書斎にいた。ぞっとしてベッドから跳ね起きた。分かっていた。その日のうちに彼の子供たちが駆けつけた。父親がこっそり結婚も遺贈もしていないと知って、初めて人心地ついたようだった。一日中、荷造りをしていた。娘二人に息子が一人、太った愚かなウジ虫三匹がその日、家中を引っ掻き回し、私物を段ボール箱に詰め込むさまは見物だった。一つひとつの物について議論になっていた。ヴァネッサは三時間は外に追い出された。躍起になっている彼らを見て、クロードが子供について語っていたことを思った。故人の棚やクローゼットをさっそく漁る無定見な貪欲さ。彼は正しかったと悟った。これが家族。大騒ぎの元凶。

こんな境遇に遺されたのが、ついに理解できなかった。考えていたはずだろうに。もっと抜け目ない女と買いかぶられていたのかもしれない。贈り物もお気に入りのオブジェもすべて、医師を呼ぶ前に隠しておくべきだった。クレジットカードも行くあてもなく、路頭に迷っていた。手もとにあったのは段ボール三箱とスーツケース一個、それに子供たちから奪った上等のコート。幸せに暮らしていても所詮は仮住まい。つねに立ち退きの危険にさらされている。

話の核心。ヴァネッサはお盆を手に取り、コーヒーのお代わりはいかが、と尋ね、少しでも時間を稼ごうとする。探偵は立て続けにタバコを吸いながら訊く。

「ヴァランティーヌとはどうでしたか？」

「実は、ひと目であの子と分からなくて、あの年ごろの子が近所に多くて気づきませんでした。ただ、雨なのにフードをかぶって門の下に立っているから、変に思って。それで注意して見たんです。ずぶ濡《ぬ》れの猫みたいだった。最初に顔を合わせたときは声を掛けてきませんでした。四つ折りにした置き手紙が郵便受けにありました。郵便物を取りに行ったのがあたしで幸いでした」

「なんて書いてありました？」

「『わたしはあなたの娘、ヴァランティーヌです。声を掛けそびれました。あしたの同じ時刻、同じ場所にいます。話がしたければ来てください』」

「その紙はとってありますか？」

「いいえ。破りました。カミーユのことを考えたんです。娘がいると話してません。嘘をついて尻尾を摑《つか》まれたくなければ、証拠を残してはいけない。手紙は破棄し、夜になってから外の集積場の大きなゴミ箱に自分で捨てに行きました。いつもは家政婦がします」

「それで翌日、会った？」と探偵。

「夜は眠れませんでした。どうしていいか分からなくて……」

「会いたくなかった？」

「はい。娘がいない生活に慣れていました。カミーユもいるし。子供を欲しがっていません。好都合でした。なのに、ある朝いきなり呼び鈴が鳴って十五歳の少女があらわれて、あら忘れてた、なんて切り出せないでしょう？」

「何も話してないんですか？　パリは狭いのに。誰もカミーユに教えなかったと……」

「はい。彼は建築家でフランス人とめったにつき合わないし、会うのも同じ業界の人。もちろん耳に入っていてもおかしくなかったけれど、切り抜けてきました」

「それで翌日、話した？」

もう思うように芝居を打たせてもらえなかった。ヴァネッサは首に掛けられた縄がぐいと引っぱられ、前を向かされるのを感じた。

「たしかに、家の外に出ました。海に連れて行きました。車で。最初は車がいいんじゃないか、運転中ってことで、どんな態度をとるか考えなくていいと思ったんです。着くまで三十分話して、ビーチで一時間歩く。そのあと行きたいところまで車で送ればいい……。話すことは用意していました。まずは『どうして捨てたの』とか『今まで何してたの』と訊かれると思っていました。でも全然。たくさん話してくれました。学校のことや好きな音楽のこと。ビーチではアイスクリームを買ってあげて、なぜもう少し体重に気をつけないのって訊いたら、遺伝だからと言われました。彼女の父親は痩せてるし、あたしも痩せてるから、反応に困りました。あたしのきょうだいに会ったって実家の近況も話してくれて……。数が多いから、けっこう間がもちました。でも、そのあとお互い何を話していいか分からなくて。バルセロナは天気がいいでしょって言うと、あの子はウィンドサーフィンによくブルターニュに行くと話し、あたしはブルターニュは雨が多いけどクレープとシードルは好き、とか話して……。それから、もう帰らなきゃって言ったんです。すると家でシャワーを使わせてもらえないかと訊かれました。それで行くあてがないと分かったんです。クレジットカードを持っていたから、利用明細でホテルの支払いがカミーユにばれないように、現金五百ユーロを下ろして、ホテルに連れて行きました。港のそばの中心街寄りのホテルです。二泊分払って残りは彼女に渡し、一緒にいられないけど、また来るからと言いました」

「それで、また会いに行ったとき、姿を消していたんですか？」

「すぐにではありません。一週間滞在していました。お昼前に迎えに行って。一緒にランチしてました。万一、カミーユか誰かに会ったら、姪《めい》ということにしてとヴァランティーヌに頼んで……」

「すんなり聞き入れましたか？」

「何も言われませんでした。それが普通みたいにしていました。実は初めて会った日より、口数が少なくなっていました。内向的なんです。それに酷い服装でした。一緒に買い物に行こうかって誘うと断られました。ホテルに迎えに行って、適当なテラスを見つけ、ランチしていました。だんだんあの子に慣れてきていました。カミーユに話さなくてはと思っていました」

「ほかの時間は何をしていたか、聞いてますか？」と探偵。

「友達ができたって、スペイン人の。楽しんでいると言ってました。みんなで港のそばのバルセロネータに行ったとか」

「楽しそうでした？」

「不満は言っていませんでした……。七回ランチをしただけで、確信はないけど……。ここで、あたしに会えて嬉しそうでした……。実際、そんなに話してくれませんでした。まだこれから打ちとけられると思っていました」

「で、警察が事情聴取に来たとき、何も言わなかったんですか？」

「はい。頼まれたんです。やっぱり父親の家に帰るべきだと言ったら、分かってると返されました。あたしの口からは何も言わないと約束したんです。せめて約束くらい守らないと……。あの子がいて嬉しく思いはじめていました。カミーユにどう話を切り出そうかと考えていました……。時間が必要だったんです」

ヴァランティーヌの登場で、生々しく忌まわしい想念が一挙に呼び覚まされた。失敗や屈辱、激昂《げっこう》して下した決断の数々。バルセロナに来たばかりのヴァネッサなら、幸せで晴れやかで満ち足りていると本心から言っていただろう。屈託なく微笑みかけてくれる人生を謳歌しているつもりだった。毎日娘と顔をつき合わせるうち、自分をかえりみる目が変化した。年齢を残酷に意識し、いずれ消え去る側にいることを思い知らされただけではない。何よりも、来し方の見直しを迫られた。人生の勝者、生き残り、血も涙もない女という自己イメージはぐらついた。性懲りもなく冴えない結婚をし、必死ではした金を掻き集めるみじめな女だった。ヴァランティーヌを見つめ、身の上を語ろうとするうち、すべてが変化した。それにあの子に触《さわ》れなかった。体で愛情表現ができなかった。何かしぐさで示そうとしても、できなかった。ヴァネッサは自分で思っていたような人間ではなかった。そう彼女に悟らせたのは、ヴァランティーヌだった。

「フランソワ・ガルタンはこれまで連絡をくれなかったんですか？」と探偵が訊く。

「あたしと話すのが怖いんです。あの人の母親からも電話はありません。だから、あなた方が雇われたんでしょう。直接対決しなくていいように。ヴァランティーヌは家に帰ったとばかり思っていました。あの人たちにいい薬になれば、と。ある日ホテルに迎えに行くと、いなくなっていました」

ヴァネッサは何も悪いことはしていないと自分に言いきかせる。二泊分前払いし、また来ると言って別れた。その後の宿泊代も払い、毎日会いに行った。そして娘がいなくなった客室の遺留品を片づけた。そのときは動揺せず、むしろ面倒に思った。あの昼下がりのイメージにさいなまれるのは、あとになってからだ。洋服をバックパックに詰める自分の手。あの子の所持品。ヘアーオイル、おそろしく大きなサイズのビキニのショーツ、日本の小説『海辺のカフカ』の猫の写真が表紙の文庫本。タロットカード。あの子がカード占いをするなんてヴァネッサは聞いていない。穴のあいた赤い靴下。巻きタバコ用の紙。ナイトテーブルの上には青い陶器の小さなスカラベ。一度も身につけているのを見ていない緑色の柔らかなスカーフには、甘い香りが沁《し》み込んでいた。黄色いハイカットのコンバース一足。初めて訪ねて来た日に背負っていた、オレンジ色の小さなバックパックに荷物をしまうにつれて、部屋からあの子の痕跡を剝ぎとり存在感を消していくようだった。週末旅行に持参するような小型のバックパックに、パニックのさなかホッとさせられたものだ。身のまわり品を丁寧に詰めた。それからしばらく窓辺に肘をついて外を眺めた。小さな教会前の広場が見おろせた。入口上部に浮き彫りされた聖母子像の隣の天使は頭がなかった。

　それからドアを閉め、マグネットキーを受付に返した。イメージが長回しで目に焼きついている。その後ヴァネッサは泣いていない。目に焼きついている。正面のハイエナは急かすことなく追及する。

「身のまわり品はとってありますか？」

「午後はずっとバルセロネータのバーを軒並回って、褐色の髪でぽっちゃりした十六歳くらいの、ヴァランティーヌというフランス人少女を見なかったか尋ねて歩きました。夜は、友達とディナーをするとカミーユに電話して、捜し続けました。ポブレノウまでビーチをしらみつぶしに捜しました。バックパックを誰かに預かってもらうとあたしの立場が微妙になるし、どうしていいか分かりませんでした。パリなら心あたりもある。でもここでは……ゴミ箱に捨てました」

それが一番はっきりとしたイメージ。一日歩いてへとへとだった。午前零時を回ったところでゴミ箱のペダルを踏み込むと、灰色の口がぱくりと開いた。オレンジ色のバックパックを投げ込むと、深いゴミ箱の暗い底に見えなくなった。まさにこのイメージ。頭に刻まれている。ヴァランティーヌなら大丈夫、とは思っていても。何者かがあの子の体で同じ行為をした可能性を考えまいとしている。側溝に、河に、山の上から。ニュース向けの事件。

探偵に訊かれる。

「いなくなる前日のことは憶えていますか？」

「はい。その前までも全部、そう多くないけれど。とりたてて何か話した憶えもないのですが」

「その日、変わった様子はありませんでしたか？」

「全然」

「で、警察には届けを出さなかったと？」

「はい。代わりに届け出てもらえませんか？」

「たいして役には立たないでしょう。まだこの辺にいると思いますか？」と探偵が訊く。

「何が起きたのか分かりません。ホテルにあったのは所持品すべてじゃなかったかもしれない。少し持って出て行ったような気がします。なんとも言えませんが。いつも同じ服を着ていました。女の子っぽくないんです」

「それで、夫にはまだ話していない？」

「遅すぎます。はじめから話していればまだしも……。でも四年一緒に暮らして、納得してキスして気持ちを切り替えてくれるとも思えない。ご存じでしょ、彼は……」

舌先には「でかい獲物」と出かかっている。まさしくそう考えているが、できれば別の言い方をしたい。カミーユはでかい獲物だ。ヴァネッサの美貌はすぐ色褪《あ》せるものではなく、年齢は気にしていない。あと十年はいける。年を明かさなければいい。若作りする女は見下されるが、ヴァネッサが見下すのは素質も資力もないのにそうする女だけ。やり直すのに年は気にしていないが、カミーユとの快適な暮らしに未練がある。だからこそ、海辺の灰色のゴミ箱にバックパックを捨て、タクシーを拾い、黙って彼のもとへ戻ったのだ。

無言で車に戻る。携帯電話で時間を見ると、ヴァランティーヌの母親宅に三時間も足どめされていた。ときどき揺さぶってアクセルを掛けさせたくなったものだ。

ハイエナが歩道に突っ立ってきょろきょろする。

「ここに止めたよね？」

「違うんじゃない？」

このクソな住宅街の道はどれも似ている。いたるところに木が生えてうら寂しいお屋敷が並び、目印になるものが何もない。

「車、盗まれたかな？」

わたしが泥棒だったら狙わない。まわりには高級車しかない。ハイエナが歩道に貼られた三角形のシールに目をとめる。ひざまずいて剝《は》がす。

「撤去された」

「ウソ。駐車料金に大枚はたいたじゃない。一時間三ユーロ、忘れっこない……」

「ああ、二時間分ね。だけど長くなった」とハイエナ。

「何かの間違いだよ」

「着いたとき言ったろ、ここは軽犯罪の最前線だって。ようこそ《ベンビングート》ってこと」

「一時間超過したくらいで撤去する？　二時間分払ったのに？」

「外国ナンバーならね。すぐ取りに来るって分かってるんだ。おいで、タクシー拾うよ。そんな目しないで一緒に来てよ。あんたのスーツケースもトランクに入ってたでしょ？」

今朝アパルトマンを出るとき、この悪徳と頽廃《たいはい》の巣窟で、あと一晩でもすごすものかと荷物を引き払った。朝五時にまだ奇声を上げていて、こっちは一晩中、おしっこしたくても廊下に出られなかった。

　ハイエナは坂をずんずん下る。まわりはひっそりして人っ子ひとり車一台通らない。タクシーなんてどこで見つけられるのか。

「この辺、知ってるの？　どっちに向かってるの？」

「話聞いたでしょ。大アンテナの正面は海。つまり、そのあいだに街がある。わたしたちは街へ向かう。だからこっちだ」

　どちらへ行くべきか、ほかに名案もなく黙ってあとに従う。

「あの母親、悲惨じゃない？」とわたしは口を開く。

「え？　悲惨？　わたしの第一印象は違うけど。あの人の手見た？　脚見た？　それにあの香り……肘も美しかったけど見なかった？　惚《ほ》れぼれするような肘。それにあの息遣い、肺のすみずみまでが壮麗で。空気になりたいくらい。声もよかった……ちょっと砂みたいな声のざらつきは脇におくとしても。イクと歌い出すわけじゃなし？　いや、そこまで考えろと言っても無理か。コーヒーを飲むときのカップの持ち方、見た？　持ち手に添えた指とか、手首の角度とか、見なかった？　忘れがたい。ああいう創造物は、めったに近くでお目にかかったことがない」

「すみませんね、わたしは話の内容を言ってたの」

「問題ない、シャーロック。あんたは調査に集中して、わたしは物見遊山としゃれ込むから」

「ヴァランティーヌに恐ろしいことが起きたと思わない？」

「むしろトンズラしたんでしょ……。あのヴァネッサ、ベッドのお供には最高でも、母親だったら酷い目に遭う」

「身のまわり品をぜんぶ置きっぱなしで？」

「がらくたを置きっぱなしでね。読み終わった本にタロットカードに古びたスカーフ……あの子、iPod持ってたんでしょ？　でも客室にiPodはなかった。下穿《したば》きも少しは持って出ただろう……海に入るのにビキニの上だけじゃ……」

「へえ。あなたの勘では、あの子は自分から出て行った？」

「わたしの勘は今、別のことで忙しいけど……常識的に考えて、嫌になって出て行ったんでしょ。子供より猫のほうがいい待遇されてるもの。動物は好きだから問題ない。バカなガキよりよほど地球を汚染しない……けど、自分の娘だよ、ケチなアパルトマンと引き換えに捨てたとしても…

…はるばる訪ねて来たら、せめて家に上げて、コカ・コーラの一杯も出すんじゃないか？」

「あの母親、嘘《うそ》ついていたと思う？」

「捜査に関して？　ないね」とハイエナ。

「これからどうするの？」

「車両置き場へ行く」

ハイエナについて行くと交通量の多い通りに出る。彼女が手を上げてタクシーを止める。黄色と黒の車体。ハイエナは運転手と話し込む。街を見おろす高台の坂道からは海が見える。静けさが押し寄せる。なぜ風景にこんなに心を慰められるのか。ハイエナはシートに身を沈める。

「すごいね、GPSがなくても道が頭に入ってる。駐車違反車の車両置き場は、ここで唯一繁盛してるらしいよ」

「そのあとホテルを見つけなきゃ」

「とりあえず、ヴァランティーヌが泊まっていたところに行ってみない？　いい感じだったら、そこに泊まればいい。無理にとは言わないよ、一緒にスタッフの家に戻ってもいいんだから」

泊めてくれた金髪のフランス人の名だ。返事もせずに窓の外を眺める。

「よく眠れなかった？」と訊《き》かれる。

「乱交パーティの習慣はないの。言っとくけど、レズビアンだろうがマルチジェンダーだろうが、興味ないの。たしかに気まずかった」

「ごめんね、くつろいでてほしかったのに……。予想外に……いい感じになって。ひょっとして……傷ついてないよね？」

「傷ついてないけど、幼稚に見えただけ」

「幼稚？　あ、そう。そう見えるんだ？　みんながすぐ大好きになる幼稚園で働いてもらえなくて、子供たちには残念なこった」

自分の車だと証明するのに手こずるフランス人カップル二組の後ろに並んで三十分待ったあと、手数料が二百十五ユーロと言われ、さすがのハイエナも鼻白む。カウンターに肘をつき、声音を変え、何を言っているのか口ぶりがどんどん激しくなる。職員の顔は慇懃《いんぎん》な拒絶から、いら立ち、あきれ、不安、パニック、そして純粋な恐怖へと急変する。無言で用紙を差し出され、ハイエナは脅しや罵りを滅茶苦茶にまくし立てながらその場を離れる。わたしはあとに従う。車両置き場へ出ると、クリスマス前の土曜の大型スーパーの駐車場より広くて車が満杯だ。ハイエナは黙々と二百メートル歩いたところで得意げにこちらを振り返る。

「大丈夫？　またトラウマになってない？　正式な車両登録の書類がなかったんだ。ま、あるにはあるがわたし名義じゃない。借り物なんだ。トラブルになるのが嫌で、こうなったらあの男に、一刻も早くケリをつけたいと思わせるのが得策と考えた。うまくいった。わたしだって心が痛むけど、分かってもらうにはちょっと揺さぶるにかぎるんだ」

「二百十五ユーロだもの……誰だって怒り狂うよ」

「流儀が分かってもらえて嬉《うれ》しいよ。いいね、文句言われないと」

ヴァランティーヌが滞在していたホテルに直行する。ハイエナはわたしの前で見せたことのないキャラクターを演じ、見事に従業員を丸め込む。はじめ、受付の青年は情報提供する気などさらさらなく、丁重だがにべもない態度で仕事に没頭している。ハイエナが襟首を摑《つか》んで「軌道修正《チャクラ》のマイクロビンタ」でもお見舞いするかと思いきや、にこにこ愛想をふりまき冗談まじりにしつこく絡む。うまくいく。青年は手をとめ、どこかから支配人と客室係と厨房《ちゅうぼう》の男を連れて来て、夜勤の守衛まで呼び出してくれる。わたしは後ろに控えて身ぶり手ぶりから意味を推測しつつ、ぐちゃぐちゃの音声に耳を傾ける。何が起きているのか分からないのは心地よく、外界との隔壁はさらに気密性を高め、気を遣ってもらえなくても傷つかない。ときどきハイエナが振り向いて状況をかいつまんで説明してくれる。それで十分。

従業員の入れ替えが激しく、一週間前は働いていなかった者も多い。会社が緊縮財政なのだろう。従業員にとって観光客はみな同じ、一週間滞在していた少女など憶えていない。幸い、母親は印象に残っている。支配人はヴァネッサを憶えている。感動的な思い出でもあるのか、従業員らに発破を掛けて頭を絞らせる。客室係がヴァランティーヌに思いあたる。めったに部屋を空けず、なかなかベッドメイキングできなかった。いつも部屋にこもっていて、従業員に遣い走りさせようとしたが、一度も聞いてもらえていなかった。今度は料理人が指を鳴らす。そういえば、朝食ビュッフェに一番乗りしてた子、毎朝クロワッサンを七個も平らげて、しまいに顔を憶えた。ほかには？　目の前のカウンターにドイツ人、日本人、フランス人、アメリカ人観光客が来ては去っていく。ヴァランティーヌになった気分で、カップルや家族連ればかりのやや高級すぎるホールを眺める。孤独だっただろう。

「ここに部屋取る？　遠慮はいらない。工事はしてないそうだ。それに、安くしてくれるってさ」

「まっぴらごめん」

「ふうん。残念」

通りに出るとハイエナに訊かれる。

「じゃ、どこに泊まる？」

「どこか普通のホテル。あのホテルは嫌、冷たい感じがする。客室も寒いに決まってる」

「アルゼンチン人の客室係が断言してたけど、ヴァランティーヌは一日二時間も外に出なかった。夜も午前中も、午後の大半も、一人ぼっちでここにいたようだ。友達だのバルセロネータだのはでたらめだった」

「つまり、ずっと母親を待っていた。ちょっとかわいそう」

考えていることは口に出さない——つき合ってくれる人がいたら、どこの馬の骨にでもついて行ったかもしれない。外国の見知らぬ街で、話す相手もなく一週間すごすのがどんなかは想像がつく。しかもホテルの客室で夜を待つ。

「クソみたいな一日だった。けがれた気分、こういうの大嫌い」とわたしは言う。

「ネガティヴだねえ……。それで男がいない？　二日で男を鬱にしちゃうんでしょ？」

「全然関係なし。最近フリーになったばかり」

ただ、これは嘘。こんなに長く一人でいるなんて昔はありえなかった。仕事のせいだ。どこで働いているか話したくもない。この稼業をうまく説明できそうにない。それに、少なくとも二晩に一晩はガキがじっとしているか確認のため、家の外で張り込むか、でなきゃ尾行しているのに、どうして恋愛なんてできるだろう。ハイエナはしつこい。

「それに、あんた三十五過ぎたでしょ。ヘテロの場合、それ賞味期限だよ」

「レズビアンはもちろん、もっとマシなわけ？」

「ほかのことと同様にね。そもそも年取ったビアンは輝いてるよ。肌は艶々で若々しく、腐った人生に痛めつけられていない。わたしらにとって三十五なんて始まりですらなく、序章のようなもの。最高潮は五十代になるころだ」

「でも、あなた決まった恋人いるの？」

「憧れるんだけどね。一途な愛、夢だよ。だけど、もてすぎて、そんな罪なことはできない……。ここなんていいかな、ホテル？」

目的があって歩いていると分からなかった。こぢんまりした感じのいいペンションに来ていて、料金表を見ると高いが、この街はどこもこんな感じのようだ。考えを読みとられたらしい。

「これよりお得な宿はないよ。実に良心的だ。快適だよ。ここで別れる？　それともわたしたちと一緒にディナーする？」

「いいえ、結構。あなたたちの……習慣は分かったから。大丈夫」

「好きにしな。だけど今夜はビーチで集まるんだ。砂の上だとしっとりしちゃうかも……」

砂で熱狂がおさまる人たちではあるまいと思いながら、眠い、と言おうとして、ふと部屋のテレビの前で一人になるのを想像し、いや、海を見ながら一杯やりたいと気づく。昼間の出来事で殺伐とした気分になっていた。それに、独身とか三十五歳とかネガティヴとか言われ、とどめを刺された。何げなく口にされた言葉の端々が槍《やり》のように突き刺さり、暗澹《あんたん》たる気持ちになる。

「待っててくれる？　荷物を置いてくるから、一緒に行く」

意外な顔をされた。意外だが喜んでいる。急ぐことないよ、というしぐさをしてくれる。

ビーチそばの草の上に陣取ったグループは、遠くからでも見分けがつく。十五人くらいで、ゴミ箱から救出したようなセロハンテープがべたべたに貼られた赤いディスクマンと小型スピーカーで古いテクノを聴いている。

まわりには犬の散歩をする人、ボールで遊ぶ家族連れ、砂の上で寝そべって、キスしたりマリファナタバコをふかしたりするカップル。若いイギリス人グループはビールを飲んでいる。誰も半径十メートル以内に近づいて来ない。

わたしは知ってる顔にうなずいて挨拶し、片隅にすわる。気づくとスピード服用スポットのすぐそばで、入れ替わり立ち替わり二人ずつ来て雑誌の上でやっている。目立たないが熱気もない。不安でまわりの家族連れや人だかりを窺《うかが》う。誰も見ていない。

昨夜のことは気まずくないようだ。みんな背中を叩《たた》き、首にキスし、肩を組んで、和気藹々《あいあい》としている。

昨夜はいなかった男の子たちもまじっている。かわいい顔してキスし合っている。

ドラッグをやりに来たフランス人のアパルトマンの主、スタッフから声を掛けられる。よく眠れたか、ドラッグが欲しいか訊かれる。断る。黙って傍らに佇《たたず》んでいる。昨夜、恋人の頬をぴしゃりと叩いていたのが目に浮かぶ。今思えば、そそくさと退散せずに、あのあと何をしたのか見ておけばよかった。数メートル先に広がるビーチを眺める。

「実は私立探偵なんだって？」

ゾスカが傍らにしゃがみ込む。

「いたの？」

「今、来たところ」

あくびをしてからマリファナタバコを差し出され、断る。昨日と同じワークパンツで、体にぴったりのTシャツは黒地に白抜きで「Big Sexy Noise」（リディア・ランチの二〇〇九年発表ソロアルバム）のロゴ。前腕に平行な傷痕がある。手は大きくて白く、指がほっそりしている。

「調査のために来てるなんて言ってなかったね」とゾスカが言う。

「注意を惹《ひ》きたくなくて」

「見てて分かったよ。ほかのみんなはむしろ逆だから。人捜しなんだって？」

「十五歳の女の子」

「十五？　じゃ、もう子供じゃないね。この街の住民の平均年齢。それに二人も必要なの？」

ハイエナが近くにいないのを確認してから、したり顔で言う。

「二人のほうが何かと便利なんだ。調査って長丁場なの。ときには徹夜しなきゃならないし、別行動の必要も出てくる……」

「長くやってるの？」

「二年」

「その仕事、ちょっと刑事っぽくない？」とゾスカ。

「公務員じゃないし給料も少ない……けど、そうだね」

「で、気に入ってる？」

「天職ではない。まあ、お金がもらえなきゃ、していないね。そっちは何してるの？」

「ウェイトレス。時給六ユーロで立ちどおし、客は不況だからって恥知らずにチップをケチる……。ところで今日は、はかどった？」

「いや。あんまり」

ゾスカは背筋を伸ばしてまわりを見る。彼女と一緒にいると格好をつけなくてすむから話題を見つけたい。だが、何も思いつかない。ゾスカが一歩進み、振り返って言う。

「ビーチでジョイント吸うけど、一緒に来ない？」

この瞬間、何かが起こり、胸の内からうなじ、でなきゃ喉にかすかな亀裂が走る。振り向きざま見つめる刹那のしぐさ。ほとんど感知できない呼びかけに、しゃにむに応じる。立ってあとを追う。何も起こらず変わらなくとも、熱に浮かされたように接触を求め、つながろうと逸《はや》る気持ち。

ビーチは荒れている。空き缶、ポテトチップスの袋、マクドナルドの紙コップ、ミネラルウォーターのひしゃげたボトル、吸い殻、油染みた紙。タンポンまでが波に運ばれている。

「このビーチ、いつもこうなの？」

「天気がよくなると、すぐこうよ。夏はもっと酷い」とゾスカが言う。

「バルセロナは長いの？」

「長すぎ。どっかに行きたい。でも目下、わたしを呼ぶ街がない。家賃が安いからみんなベルリンへ行く。でもあそこはいつも曇りでしょ。それにアーティストだらけで、しまいにはインスタレーションの話にもうんざり」

「スペイン語もフランス語と同じくらい巧いの？」

「巧くない。フランスには長く住んでたんだ。ポーランドから最初に着いたのがあそこ。わたしたちにとってフランスは……豊かさ。郵便局にまで暖房が入ってる。テレビをつければ必ず本を持った人が映ってて読書、読書、読書しかやることがないみたい。しばらくすれば、あれがインチキで、あなたたちが仔牛《こうし》ほども教育がないって分かるんだけど。で、スペイン語はひと言も話せないの？」

「話せない」

「調査に困らない？　通訳が必要なときは呼んで。バイクもあるし、小回りが効いて便利だよ。人捜しはどうやって進めるつもり？」

思わず、もっともらしく答えている。

「わたし？　仕事はむしろ、街にしてもらう。街のエネルギーを拡散させる。くよくよせずに紛れ込む。焦らず待つ。あの子はどこかにいる。おびき寄せればいい」

コメントはない。わたしはついでのようにつけ加える。

「でも電話番号は教えて。通訳は必要になるかも」

「そういえば、相方の……ハイエナはスペイン語ぺらぺらだよね」

「うん、だけどいつも一緒に仕事するわけじゃないから」

「それにあの年で、また今夜もやるなら、明日の朝はゆっくり寝てなきゃ回復できないでしょ。昨夜はかなり、はりきってたみたい」

「ふうん。わたしは部屋にいたから。あんまり、ああいうのは……」

「グループでのセックス？　わたしもダメ。みんなのところに戻ろうか？」

「うん。一本やりたい気分。いいと思う？」とわたしは訊く。

「すぐ分かるけど、ここじゃドラッグは、やらないでいるほうが難しい」

コークもスピードも翌日つぶれるから大嫌い。だけどゾスカのそばにいる理由が欲しい。小さな薪型のスピード一服を用意し服用させてくれて、ほかの人たちのところへ話しに行く。二服やり、ビール三杯目で言葉が分からなくともコミュニケーションに支障を感じなくなる。少し離れたところでハイエナが木にもたれてすわり、知らない褐色の髪の女を抱いている。二人は一定の間隔で唇を触れ合わせ、やがて体を密着させたまま動かなくなる。誰も見ていない。前を向くと数メートル先のゾスカと目が合う。彼女は束の間、にこりともせず強い視線でこっちを見つめてから、正面の小柄な金髪女に目を転じる。昨夜、ゾスカが男にメスで線を引くのを覗《のぞ》き込んでいた女だ。不安の疼《うず》きが下腹部の激しい欲望に入りまじる。

ハイエナ

ビーチの向こうにくっきり見える灰色の鮫《さめ》ヒレ型をした新しいビルは、たぶんホテルだ。夜のうちに気温が下がり、泳ぐには肌寒いが、痩せこけた脚に膨れた腹の老人が水から出て来る。だぼだぼのバミューダパンツで一人、波をまたいで歩いている。遠くでは学校に行っているはずの少女たちが、ひしゃげたボールをくわえた犬と遊んでいる。バーのスピーカーから放出される大音量のテクノは、近辺で売られるドラッグによく合う人工的で強壮作用のある音楽。ハイエナが歩く海浜遊歩道《パセオ・マリティモ》には助成金でできた彫刻、コンクリート、堂々たる椰子《やし》の木がそそり立つ。ビーチはジャンクな建築で固められているが、景観をぶっ壊そうとする努力をよそに、海は青く、やはり美しい。

ルーシーと待ち合わせしたバーは、外から見ると七〇年代のフランスによくあったちっぽけな安酒場に似ている。店内は客と煙が充満してよけいせせこましく感じられる。入口前のカウンターには給食風ステンレス皿に山盛りの脂ぎった料理。ろくに椅子もなく、客のほとんどが立つ、熱く流動的な人ごみは、地元の労働者、南米人、パーティ明けの若者、くたびれた老ヤクザからなる。見回すとルーシーは、サッカー観戦用に壁に設置された場違いにハイテクなプラズマテレビの下にいる。誰かと一緒だ。少し遅れたし、だいたいあの子はいつだって文句をたれて、もう知らないとばかりに天を仰ぐタイプだし、また辛気臭い顔をされると思っていた。一人でもなく仏頂面もしていない。早くもビール片手に、ハイエナが目をつけたことのなかったビアン仲間の無愛想なゾスカとテーブルについている。

「なんで一緒なわけ?」

「ゾスカが通訳を買って出てくれて……今日は仕事がないって言うから……」とルーシー。

「なんの通訳、メニュー?」

「違う。朝から街じゅう捜してたの。歩きづめで」

一緒に調査を始めて以来、ルーシーが率先して何かしたことはなかった。いきなり覚醒したようだ。ハイエナは訝《いぶか》しげに見る。なるほど、ここはバルセロナだし、起き抜けのコークもあるし?

「どういうこと、捜してたって?」

「写真を見せて。ビーチのバーとレストランをかたっぱしから回って、中国人マッサージ師にドリンク売りのパキスタン人、ビーチチェア貸しの黒人……一人残らず、ポブレノウからここまで。もうへとへと」

妙なことを思いついたものだ。写真片手に街をぶらついて人捜し。脳のどこが壊れて出てきたアイディアだ？　ハイエナはテーブルの下で脚を伸ばしながら、どのみち足手まといがなくなるわけだし、午後もやりたいなら送り出せばいい、と思う。

「どうだろう……。まあ、ひょっとしたら見かけた人に出くわすかもね」

「でしょ、まさにそう考えたの。なんの手がかりもないんだから、当たって砕けろ。あの年ごろならビーチをうろつくんじゃない？」

「そりゃね。ただ広いよ、ビーチは。だいたい、それがビーチってもののコンセプトだし……」

「万一ってこともある。母親がここを捜したんだから、ここから調査を再開するのが理にかなってると思う」

「理にかなってる……。とまではいかなくても、たしかにどっかから手をつけなきゃね」

愚鈍なやり方を一蹴されず、ルーシーはほっとする。ゾスカのタバコの包みに手を伸ばし「いい？」と目配せした瞬間、すべてがはっきりする。ハイエナは眉をひそめ、二人の顔を順に見つめる。出し抜けに、なぜこのポーランド女を抱かなかったのか思い出そうとする。文句なしに好みなのに。ルーシーがトイレに立ち、遠ざかるのを見計らってハイエナが言う。

「大丈夫？　ミッションは面倒じゃない？」

「大丈夫。でもほんとに能率いいのかな」とゾスカ。

「分かってるくせに。このバーで一日中、あの子が通るのを見張ってたほうが確率高いでしょ。でもさ、あんたってそうなの、ヘテロを口説くんだ？」

微笑も睨《にら》みもなんの反応もなし。見事。瞳が明るく、このちっちゃい頭のなかで何が起きているのか考えていたら一生かかるかもしれない。高飛車に反撃される。

「関係ないでしょ？　狙ってたの？」

「いや。ぜんぜん。それはない」

そもそもコンセプトに反対している。さすがにルーシーに妙な親近感を持つようにはなった。すさまじい無気力はもはや尊敬に値する。とはいえ、典型的なヘチマであることには変わりなく、急いでエリートのレベルを下げるまでもない。バーのなかではフラメンコがかかり、客がビール片手に腰を揺らす。ゾスカがiPhoneでメールチェックする。極まってる。安っぽくない。品がある。ネコ科的。ハイエナが続ける。

「ルーシーが女の子に興味あるなんて知らなかった」

「女の子に興味あるんじゃゃなく、わたしに興味あるの。意外？」

「へこむ。あの子にかまうなんて反則だよ」

眼《ガン》を飛ばされ、グサっと刺さる。まったく、なんで今まで目をつけていなかったのか。あちこちのパーティで顔を合わせていたのに。気にしたこともなかった。残念、形勢逆転する暇がない。ルーシーが戻って来てすわり、一夜のうちに捜査熱に取り憑《つ》かれている。

「この近辺を回ったら、次は男が多い界隈《かいわい》を絞り込もう。ヴァランティーヌみたいな若い子は、男臭い雰囲気が好きでしょ。ビールとかタトゥーとか、そういう場所に手がかりがあるはず」

「コンビがうまくいってるみたいだから、午後もお任せしようかな。わたしは野暮用もあるし……。じっくり絞り込んでくれる？　けど、手がかりがあったら連絡するんだよ」

上機嫌で屈託なく笑い声を上げるルーシーは、ハイエナの目にはまるで別人に見える。二人は並んですわっているだけで嬉《うれ》しそうだ。体が帯電している。黙っていても手の動きだけで、互いへの熱に浮かされているのが一目瞭然。

「一緒に食べてかないの？」

「いや、実は急いでるんだ。ちょっと用事を片づけるよ」とハイエナは言う。

二人は放っておかれてご満悦だ。おとといのルーシーはビアンたちに囲まれて、五分おきにトイレへ行きたくても我慢していたくらいなのに。すぐ順応するものだ。ヘテロ女はみんな「わたしはそんな女じゃない、見そこなわないで」という顔をして、やぶから棒に股間に飛び込みまんこにしゃぶりつく。かわいそうに、毛むくじゃらとはひと味違うのだろう。

赤地に黄色の銀行のロゴが入った巨大な垂れ幕が、大聖堂のファサードを覆っている。ハイエナは正面階段のそばに並ぶ、聖人の絵姿つきロウソク、ロザリオ、メダル、カード満載の屋台の前を通る。入場料五ユーロ。午前中は有料で、午後は無料公開されている。ぶらぶらしようと一時間早く来た。巨大な恐竜の骸骨のなかに入る感覚。林立する柱は怪物の肋骨《ろっこつ》。思わず背筋が伸びる空間。各円柱にモニタが設置されている。ずらりと並ぶ動画の俗っぽさが厳粛な場に浮いている。祭壇には灯明代わりの豆電球が置かれている。有料時間帯に祈る者はほとんどなく、外陣を占拠する観光客はじっくり鑑賞もせず写真を撮っている。いったい帰って誰に見せるつもりだ？　受け手もないのに憑かれたように発信する。

ハイエナは腰を下ろす。教会は好きだ。車の音が遮断され、外とは違う音、図書館や高級店と同質の静けさがある。思考が千々に乱れている。雑多なバンドがわれがちにステージを占拠する、無法状態の音楽フェスティバル会場になった心境だ。答えが出る前の渾沌《こんとん》、おなじみの緊張状態でも耐えがたいことに変わりはない。昨夜一緒にすごした女のせいで手首がきかない。抱きしめると、引きも押しもさせてくれずブロックされ、容赦なく腰をくねってきた。手がバカになっていた。

立ち上がって聖堂内を歩き、小さな中庭に出ると水たまりのへりに鵞鳥《がちょう》がいる。中央の椰子の木はひょろりと高く、幹をポーチの支柱に縄で括られている。煉獄《ラス・アルマス・デル・プルガトリオ》の魂礼拝堂。キリスト像の前で女が頭をたれている。幼少から見慣れていないと、半眼の白目でうなだれる瀕死人《ひんし》の見てくれは、やはり衝撃的だ。これ見よがしの傷、溢《あふ》れる血。ハイエナは隣で祈る女を横目で窺《うかが》う。つま先の丸いフラットな靴を履き、灰色のワンピースは不格好だが単なる麻袋ではなく、複雑に入り組んだ台形をしている。唇は話す言語によって形成されるが、スペイン語を話す唇は母音のせいで大きく、強勢《アクセント》のため筋肉がつく。キスしたくなる唇。

ハイエナはキリスト像を見上げる。信じられたら、どんなに楽か。告解。赦し。贖罪《しょくざい》。改悛《かいしゅん》。素晴らしき民間伝承《フォークロア》。ハイエナに信仰はない。一人でクソとともにいる。忘れまいとしている。良心の呵責《かしゃく》というより、意地で持ちこたえている。

殺ったのは二十五年前。職場の出口でやつを待っていた。話をし、脅すつもりだった。面識はなく、気づかれずにあとをつけた。言うべきことを用意しておかなかった迂闊《うかつ》さに、歯噛《はが》みしていた。黙って家に帰るわけにはいかなかった。当時、駅の裏手は更地同然だった。ひとけのない道に入り、沿道の柵で囲われた広い工事現場には、時刻が遅く人影がなかった。ハイエナは追いついて腕を摑《つか》み、凄んだ。なんの筋合いだとばかりに、じろりと見返された。相手は男、十六歳の少女など歯牙にもかけない。間近で見ると八〇年代初期のフランスそのもの、まだ品位や権威、道徳観念に凝り固まっていたフランスの顔だった。無言で「うるさい、あっちへ行け」と身ぶりで追い払われた。だから頭めがけてバッグで殴りつけた。思いきり弾みをつけた。奇矯な行為に見えたかもしれない。外していたかもしれない。バッグには昼休みに買って飲む暇がなかったオランジーナの小瓶が入っていた。渾身《こんしん》の力をこめて殴った。男はよろめき、手のひらで、ない壁を探り、ふらつきながら去って行った。ハイエナは逃げた。体にも凍った地面にもなんの痕跡も残さなかった。

帰宅すると、母がテレビの前でアイロン掛けをしていた。いつもの夕方と同じく「宿題やらなきゃ」と部屋に直行した。ふだんのように、暗闇に寝そべってディスクを聴いていた。夕食時、廊下の電気がついてドアの下に白い光が見え、なんとか身を起こしたところで、入って来た父に「ご飯だよ、おいで」と言われた。その日は、音楽を聴くためによろい戸を閉めていなかった。肩掛けバッグに血が少し、大きなすもも大の黒い染みになっていた。男が死んだことはまだ知らなかった。慌てなかった。中身を出した。地理、数学の教科書、表紙の角が擦り切れたクレールフォンテーヌのノート、インク染みのあるボルドー色のペンケース、定規と古いタバコの包み。連絡帳の表紙にはシールがべたべた貼られていた。母からは勉強道具をこんなに粗末にして、まじめに勉強できるわけがないと言われ、それは数ある口論の種の筆頭だった。

ハイエナは自室横のトイレに入り、漂白剤の大きなボトルを出し、洗面台にぬるま湯を張った。母には手を洗っていると思われるか、アイロン掛けした洗濯物を順次片づけながら聞き逃すまいと音量を上げたテレビ番組「数と文字」のせいで、たぶん何も聞こえていなかった。染みに漂白剤をなすりつけてから、洗面台にためた湯に漂白剤を入れ、バッグを浸した。キャンバス地を揉《も》み洗いした。そしてつけ置きした。そもそもごまかすつもりはなく、犯したことの責は当然負うつもりで、ただ眩暈《めまい》に襲われないように作業していた。捕まったら血痕を消そうとしたと認めるまでのこと、犯した行為の重みに変わりはない。電話が鳴るか、呼び鈴が鳴るか、世間が自分の世界になだれ込んで来るのを待ちかまえていた。

夕食はふだんどおり、どうせいつもろくな会話はなかった。食卓は大人の話し合いの場だった。姉がまだ家にいたときも、食事を終え、部屋に引き上げてから口喧嘩《げんか》した。両親は仕事の話をしていた。同僚の不当な昇進や厄介なアルコール依存症、組合代表の言いがかり。母は銀行員、父はカストラマ（DIY用品チェーン）の売り場主任だった。食後、テレビで映画が始まる前、母がトイレの前を通った。「なんでここ、漂白剤臭いの？」と言う声が聞こえ、心臓が止まって腹に一撃——来た、マジで面倒が始まる。だが、バッグは白くなっていた。母はかんかんだった。「何考えてんの？　あしたまでに乾くと思ってんの？　すすがないと色落ちするでしょ。ラジエータの上に干さなきゃ。何しに学校行ってんの？　色が抜けて型崩れしたバッグ持ってくの？　いい気なもんね、今に見てなさい、社会に出たらどれだけ現実が厳しいか……」。もう染みはなく、マーカーで書いたバンド名だけが残っていた。だが血は跡形もない。すすいだバッグはラジエータの上に干され、不機嫌な母は映画の冒頭を見逃した。バッグは色も抜けず明るいベージュになっていた。

　翌日は一日中、教室のドアに目を釘《くぎ》づけにしてロレーヌがあらわれるのを待った。または刑事。一夜のうちにすべてが肥大していた。出来事についての理解。男が死んだ可能性。場面を頭のなかで何度も再生し、誰かに見られなかったか、逆上して何か見落とさなかったか自問していた。当時のハイエナにとって唯一疑いのないことは、罪人は必ず捕まるということ。教室に漂白剤の臭気が充満し、クラスメイトからにやにや見られ、鼻をつまんでおどけ顔をされた。

　夕方帰ると両親がいた。白っぽくなったバッグを茶色いソファに置くと、たちまちリビングに漂白剤の臭気が漂った。両親に抱きしめられ、気まずいくらい熱っぽくべたべたされた。近所に住む生徒の親から知らせがあった。どう伝えたらよいものか。ようやく父が、口ごもりながら「ロレーヌのパパが亡くなった」と切り出した。すぐに「殺された」とは言わなかった。親友に電話したいか、電話したほうがいいのか、どう思う？　ふだん、両親はすべき行動と段取りが瞬時に分かっていた。通常の社交生活で、電話の呼び出し音は何回鳴らすべきか、何時以降に電話すべきか、招待されたら何を持参すべきか、改まった席には何を着て行くべきか。この日はまったく途方に暮れていた。娘の親友の父親が路上で遺体となって発見された場合、作法上どうするべきか？　ハイエナは告白すべきと分かっていた。頭のなかでフレーズを組み立て口に出すまでになっていたが、出てこなかった。バッグに意識を向けた。事件との関係に気づかれるまでに残された時間は？　両親に話さねばならなかったが、唇は固く結ばれたままだった。

ロレーヌには電話しなかった。知っているはずだと確信していた。じきにしゃべる。耐えきれず、いずればらされるだろう。やったのは彼女のためだった。

一夜にして日常は新たな趣をまとい、その後数週間、待機の緊張感がハイエナの身のまわりを照らし出していた。風が頬にあたる幸福感。放課後、街に出て、ちょっと遠くまで足を伸ばすこと。朝、いい香りのする颯爽《さっそう》とした人々、手首の腕時計、化粧したての女の顔、整髪料のにおい。バーに入って、コーヒーを待ちながら新聞を読むこと。夕方、バス停から見えるレコード店の、ショーウインドウに飾られた最新ディスクジャケットのモザイク。起床時、出勤する両親が車庫のシャッターをガタピシいわせて開ける音。父が母に頼まれて地下室《カーヴ》に何かを取りに行くとき、地下に通じる階段下の金属板からはいつもと同じ音がした。刑務所は同じ街にあり、車でよく通るから知っていた。いずれ入ることになる。

学校ではこの話題で持ちきり、新聞もそうだった。三日後には下火になり、それから、早くもまったく耳にしなくなった。毎朝、校門前で何も知られていないことを他人の目に確認し、そのつど安堵《あんど》することなく安堵した。相変わらずの生活でも、何もかもが以前と違っていた。誰にも疑われていなかった。ロレーヌから連絡はなく、二週間学校に来なかった。ようやく登校したときは、明らかに何も疑っていなかった。みんなと同じく。青くやつれた顔で目の下に隈《くま》があった。つまり、泣いたのか。人だかりができた。悲劇のにおいに群がる同情的で好奇心旺盛な高校生。ロレーヌは地味な生徒だった。ここぞとばかりにはかない栄光を味わい、上級生に色目を遣い、珍しく学校生活に溶け込んだ。だが二人のあいだで恨みややましさの共有など、意味深長な視線が交わされることはなかった。

相変わらずの生活だった。肩すかしだった。数か月たったある晩、電気をつけたままベッドでぼんやりと小説の字面を追っていたとき、明らかな事実に今さら気づいて愕然《がくぜん》とした——誰にも永遠に知られることはない。つねに正義の裁きが下されるとはかぎらない。無処罰。無用の長物でしかなかったこの言葉に、観念の世界が満たされていった。無処罰の想定可能性。男が倒れ、自分は逃げた。正義とは、血腥《なまぐさ》い事件がありふれるなかに闖入《ちんにゅう》する例外にすぎない。

優秀な成績で年度を終えた。世間とのあいだに越えがたい溝ができていた。やるべきことは驚くべき能率のよさでこなした。それまではぱっとしない生徒で、年度末の会議で進級させるか否か微妙に問題になるタイプだった。ほんの少しやる気を出すと成績は上がった。自室にいることに安堵し、机に向かってまじめに課題をやった。かつては味気なくみえた平穏が防壁に変容した。学校で男子グループとつるんだり、女子のみんなに挨拶《キス》しようと思わなくなった。ロレーヌとべったりで休み時間をすごさなくなった。週末に遊びに繰り出したくもならなければ、酒を飲みたいとも羽目を外したいとも思わなくなった。両親はご褒美をくれた。娘の反抗期は終わった、としたり顔で言っていた。バカンスは外国へ語学研修プログラムに行かせてくれた。もうガリ勉に見られても平気だった。非道については忘れたわけではなく、むしろ魅せられていた。悪い行いをした結果、ご褒美をもらっている。ほかは感傷的な駄弁とおめでたい偽善にすぎない。悪を為した者、つまり選ばれし者《エリート》の一員になった気がして狂喜の発作に襲われることがあった。おりにふれて歴史書に熱中した。二十世紀の中国史に一年間はまった。それから気の向くまま、チリ、スペイン、ドイツ、朝鮮、フランス、ソ連、トルコの歴史を渉猟した。アメリカ合衆国、異端審問、宗教戦争、植民地侵略の歴史にも没頭した。誰が報われ、罰せられ、誰が誰の死体を食らったか。誰が勝利し、歴史を記すのか。何を悪とするかを、誰が決めるのか。連続殺人鬼や大悪党、テロリストにはさほど惹《ひ》かれなかった。自分と同じアマチュアだ。本物の歴史に興味があった。犯罪が圧倒的規模で大々的に、大義として行われるとき。真に報われるとき。

心からの涙を流し赦しを乞う犯罪者など、小説以外でお目にかかったことはない。物語はどれも同工異曲——罪人は殺しを決意させた恥辱、痛手、恐怖を反芻《はんすう》する。自分がされたこと。そこで語りは途切れる。そしてすぐ、罪の償いに罰を科されるのは不当だと訴える。悪いことなどしていない。手にかけ、いたぶり、殺戮《さつりく》した現実は犠牲者、しかも命拾いした者にしか存在しない。悔恨は情状酌量をあてにして表明される。犯した行為を悔いているなどと言う者は嘘《うそ》つきだ。殺人鬼は憶えていない。犯した行為とその代償とされる行為には、なんの関係もない。人は非難されるや自分が遭った被害のことを考える。ただそれだけのこと。犠牲者はよく憶えている。受けた仕打ちの不当性に執着し、自分が犯す凶行を正当化する。だが真の殺人者にそんな葛藤はなく、自分と切り離す。つまるところ自分ではなかった。

ハイエナは仕組みをよく理解していた。忘れないためには不断の努力が必要だった。犠牲者の非、自分を捕らえなかった者の愚かさばかり考えないこと。あれ以来とらわれている凍りつくような孤独。自分の苦しみに執着せず、意識の周縁へ追いやること。意地の問題だった。人間の性《さが》の為すがままにはしなかった。頑として、自分の過去を忘れずに現在を生きる。同類のように、身の不運を嘆く健忘症の加虐者にはなるまいとしていた。

ロレーヌが転校してきたのは、アルベール＝カミュ中学校での最終学年の途中だった。金髪で体格ががっちりして、羊飼いじみた白っぽいベストにどた靴を履いていた。学用品を入れるボルドーの四角い革カバンは、ほかの生徒たちと違っていた。三つ編みを二本たらしていた。誰とも打ちとけず、学校ではほかの者を見下していた。とはいえ、その傲慢さに根拠はなかった。美人でなく、金持ちでなく、スポーツができず、成績もよくなかった。だが両親はブルジョワぶっていた。みんなと変わらない分譲地の家に住み、つまらない賃労働に従事し、同じ車を所有し、同じスーパーの服を着ていた。それでも態度がでかかった。棚に本を二十冊並べ、英単語を三つしゃべれた。クラシック音楽を聴き、字幕つき映画も観るからといっぱしのインテリ気取り。お高くとまっていた。

地歴教師との一件があった。生徒の注意を五分と惹きつけられない口下手な代行教員だった。授業を始めもしないうちから教室は騒然とした。権威が形なしなのを見て狂喜する、子供集団の獰猛《どうもう》さ。うろたえた教師はいきなりキレて、火事にコップの水を掛けるように当てずっぽうに四人を罰した。その日は、大袈裟《おおげさ》に笑ったという理由でロレーヌが三時間居残りの罰を食らった。仲間とふざけるタイプではない。口答えする度胸がないから当てられたのだ。ロレーヌの顔がこわばり蒼白《そうはく》になった。クラス中が注目し、一瞬しんとしたほどだ。教師は満足げだった。

「あんたタコだね、何もしてないの知ってるくせに、張本人は怖くて罰せないのか」

なぜロレーヌを庇《かば》おうとしたのか分からなかった。ハイエナはめったに人前で発言しなかった。女子が好きなことは知られていて、やや鼻つまみ者。虐待はされないが、のけ者だった。いじめられっ子タイプではなかった。腕っぷしが強かった。喧嘩を仕かけられたら図に乗らせない程度に荒れ狂った。すでに小学校時代から戦略を立てていた。いつも年度始めには、あとで敵に回すと厄介なほど危険ではないが、周囲が無視できないほどには十分デカい面をした男子に、派手に焼きを入れる。おかげで、そのあとは「ビアン」というより「やばいやつ」と呼ばれ、放っておいてもらえた。そのかわり、年度末まで問題を起こさないようにした。その日は目立たないようにする掟《おきて》を破り、クラスメイトも追随した。

「そうだよ先生。あいつだけ笑ってなかったのに、三時間の居残りかよ」

全員罰を食らったが、静まった教室で「タコ」を連呼し、ひとしきりはしゃいだせいで、誰も憤慨はしていなかった。

授業のあと、ハイエナは廊下でロレーヌに話しかけた。

「しょげることないよ、たまに罰を食うのも人生のうち」

相手は無言でうなずくと、次の講義室へ行くかわり足早に外へ出た。草の上に吐いた。

「学食で変なものでも食べた？　あ、でもあんた学食で食べないんだっけ。保健室に連れてこうか？　罰のせいで具合悪くなったの？　あとで叱られるとか？　クラス全員で食らったんだから、親に文句は言われないよ」

こんなふうに庇おうとして始まったものは同じように終わる定めだった。それまで恋する相手は自分と似たタイプ、つまりはすっぱな学校一の美人だった。ハイエナはやや猥雑《わいざつ》な美を愛していた。校舎の裏で平気で女子とキスする下品でませた女子に弱かった。たいがい面倒なのは兄弟のほうだった。ロレーヌはまったく違っていた。とはいえ罰の一件をきっかけに、恋に落ちた。いつもくっついて歩いた。相手は警戒する動物のように、するに任せた。

ある酷暑の日、ロレーヌは袖が手首まである黒い厚手のセーターを着ていた。自転車置き場のそばで二人きりだった。

「顔、まっ赤だよ。自分で見えないからいいようなものの。普通にTシャツ着れば？　それとも、汗だくなのがシックなわけ？」

ふだんなら軽く見下すようにぼんやり微笑むのに、ロレーヌは袖をまくって挑むようにこちらを見た。前腕は痣《あざ》と水ぶくれで黒と黄色のまだらになり、肘には生傷があった。ちぐはぐだった。むき出しの無残な腕と体のほかの部分。清潔さや質のよさにうるさく、プライドの高い澄ました女子。ちぐはぐだった。控えめで、背筋を伸ばし、繊細な唇と品のいい鼻をして、持ち物を扱う丁寧さ。繊細な肉体に移植されたヤクザな腕。学校で子供たちはベルトでしばかれた痕、パンダみたいになった目、アイロンで焼きごてされた皮膚を見せびらかしていたし、逆さ吊《づ》りにされたと嘯《うそぶ》く者、折檻《せっかん》の模様を詳細に語る者もいた。もちろん言わない者もいただろう。だが、彼らには起こりうると想像できたし意外ではなかった。ロレーヌは黙って袖を下ろした。これでグロな話はおしまい、と思ったら、今度はセーターをまくって見せられた。腕同様に胴も痣やずたずたの裂傷で念入りに蹂躙《じゅうりん》されていた。ロレーヌは虚ろな声で説明した。

「顔と手には触れないように気をつけてる。昔、とっさに手でよけたら、次の日、先生にどうしたのって訊《き》かれて、それからは、頭の後ろで手首を縛ってからお仕置きするの」

「あんたの親父？」

「ビョーキなの。抑えられない。ほかのときは普通だよ」

「普通ってのはフルタイムでってこと、じゃなきゃ意味ないよ」

幻滅。夢中になっていたのはプリンセスで、頭のイカれたやつのひそかななぶり者などではなかったのに。どうやって打ち明け話に早くケリをつけようかと考えながら、つき合いで質問した。

「よくやられるの？」

「わたしじゃないときは母で、もっと酷い。母じゃないときは妹。なるべくわたしたちに当たるようにしてる。妹、五歳だし」

「なんで家を出ないの？」

「いつもじゃないの。ふだんは仲よし。それに微妙なのよ……」

ロレーヌの母は見たことがあった。品があった。「こんな貧民街にいるのは不本意」とすかした人のなかでも、ロレーヌの母はたしかに上品だった。車から降りるとき、娘を乗せてドアを閉めるときのしとやかでそつのない物腰は嫌でも目についた。それに、短くそろえたボブカットにスーツを着て、優雅にスカーフを巻いたあの女性が、なぶられていた？　近所の空き地の憐《あわ》れな婆《ばば》あみたいに？　向かいに住む太った酒浸り女みたいに？　なぶられてた？　ゴミみたいに？

それで微妙だから家を出られない？　別の視点からすべてが明らかになった。なぜロレーヌが家に入れてくれなかったのか。なぜ放課後そそくさと帰っていたのか。なぜいい成績を取るのにこだわっていたのか。なぜいつも些細《ささい》なことでむっとしたり、変な反応をしたりしたのか。まわりの人に無関心で超然とし、謎めいた態度はすべて……被虐待児だったから、しかも習慣的に子供のTシャツをめくって見る福祉士がいる界隈から遠く離れていたから。なぜプールに来なかったのか。なぜ体育でショートパンツを穿《は》いたことがないのか。なぜふざけて肉体的接触どころか、どんな接触も持とうとしなかったのか——もちろん、あの体で男子といちゃつけるわけがない。

夕方帰宅したときハイエナは、ロレーヌに現《うつつ》を抜かすのはもうやめよう、と誓っていてもおかしくなかった。朝、路上で彼女を拾えるようにバスでなく自転車で登校するのも、校内のどこにいるか見ないで見当をつけるのも、彼女が読んだ本は、それが五百年前にどこかの国で何かを生きた人たちについての超面倒な本でも話題にできるように読むことも。彼女が未知の言語の機微に通じているかのようにみなし、自分も会話のなかでタイミングよく軽蔑を装い、正しく形容詞「ダサい」——結局この語が自分の家族の小市民的暮らしぶりをさしているのは恥とともに知りながら——を使えるように、彼女の話を固唾を呑《の》んで聞くのも、それに、泣き上戸でドラッグに溺れても泣きごとをやめず、結局ふられるフランス人歌手のディスクを聴いてみるのも、もうやめよう。あの晩、ロレーヌとはもう終わり、と誓っていてもおかしくなかった。身軽になろうとしていた。

だが、そうはならなかった。逃げを打とうとしたところで見えざる手につまみ上げられ、一件落着まで使命を果たすようレールに連れ戻された。いつの間にか畏敬の念に流された。ロレーヌが誰にも気取られずに耐えてきたことは、並の根性で耐えられるものではない。たいがい二人は何事もなかったように振る舞っていた。ロレーヌだけが二人きりになるタイミングを見計らい、体の傷を見せたり、単に話したりした。

「けど、お母さんの家族は？　親いないの？　お母さんの兄弟の家に避難できないの？」

だって母は無職だし、友人もいないし、その方面は万策つきていた。しょっちゅう転居した。母は孤立していた。だが、いい年をした大人が車の鍵と小切手帳を持って、娘二人を連れて実家に戻れないわけがないじゃないか。

「母はぜったい他人《ひと》に言っちゃダメって。誰も分かってくれないって。祖母なんか、父が大好きだから、知ったら死んじゃう。父は人気者なの。調子がいいときは親切で、みんなに気配りして話が面白いし。誰も分かってくれないよ。父だってやりたくてやってるわけじゃない。あとで、夜泣いてるし。父も苦しんでる。ただ敏感すぎるの。ほんの些細なことで脱線しちゃう」

「だけど、脱線してぶち当たるのは妻と娘。自傷に走ったり、同僚を殴ったりはしないんだろ」

ロレーヌは耳を貸さなかった。苦しみばかりで出口のない問題に首を突っ込まれたくなかった。ただ話を聞いてもらい、どうしようもない、という自分の診断に同意してほしいだけなのだった。

「ふだんは上機嫌で、冗談飛ばして面白いの。でも、受けないと豹変《ひょうへん》することがある。それか、笑いすぎるとき。それか、夕飯が冷めてるとき。それか、たとえばオレンジジュースを飲んでて、次の日も着るつもりだったシャツに染みができたとき。豹変する。変化が見える。来たって分かる。でもどうして来るのか予測がつかない。たとえば、フランス語で二十点満点中十二点取って帰ったら、肩をすくめて次はしっかりやれって言われただけだった。で、翌日十四点で、なんでもっと頑張れなかったって訊かれて返事がまずいと、始まる。それか、母がパスタを茹《ゆ》ですぎて、怯えてパニックになって目に涙ためてても、『どうってことない、うまいじゃないか』って笑い飛ばす。でも次の日、母がテーブルを拭いてるのを見て、それは皿洗い用スポンジだろって書斎に引きずり込んでボコボコにするのは、皿洗いと台拭きは別々のスポンジにするって決めたかららしくて。ただ、どのルールに従うべきか、あらかじめ知りようがないの、分かる？　ルールはころころ変わる、しちゃいけないことをしているのか、分からない。父の困ったところは、完璧じゃないと気がすまなくて、こっちは説明されなくても、どうすべきか察知しないといけないの」

事が行われるのは、家の者が無断で入れない父の書斎だった。体罰はロレーヌの向上のためだった。この話題を持ちだすときの彼女は異常に正確だった。

「母に外にいろってわめきながら、椅子のまわりをぐるぐる回る父の顔ったらないよ、で、わたしが泣かないかぎり殴り続けて、泣きもわめきもしないでじっと耐えていると、わたしのことが誇らしいっていう顔するんだけど、頭に血がのぼってやめられなくなるの。母には猿轡《さるぐつわ》を咬《か》ませてる。わたしはそれを鍵穴から覗《のぞ》くんだけど、あれじゃ、いつか窒息死させる」

ロレーヌの望みは、のせられたハイエナから手を打つべきだと何時間も哀願されることだった。そのつど、できない、と言い張るのが彼女のお気に入りのゲームだった。頑固。

ハイエナはロレーヌに熱を上げるだけでなく、週末や夕方は遊び回っていたから充実した生活があった。学校の外にも友達や恋人がいた。すれっからしで意中の女子とどこまでやれるか把握していた。夏休みが終わり、高校で再び顔を合わせたとき、二人が距離をおく環境は整っているかにみえた。高校は中心街にあって、ロレーヌに劣らずエキゾティックで意表を衝く面々がいた。人生で初めて、自分以外にも女子が好きな女子がいた。四人。いつもつるんでいる三年生。校庭で初めて見たときの衝撃は、叔父がパリで会った女をさして「ビアン」と言うのを初めて耳にしたときの衝撃に似ていた。当時十歳だった。言葉の存在を知る前から、自分がそうであることは自覚していたが、女子にひそかに恋焦がれるのが単に自分だけの奇癖でなく、正式な言葉があると知るのは不思議な気分だった。母の友人のその女性に会ったことはないが、叔父のコメントと同時に湧いた笑いのしつこさから、生まれつきの赤い大鼻程度には許容されていると思われた。これに「変態」という語がセットになったのは翌年、学校のトイレで女子にベロリと舌を入れてキスしている現場を、教師に押さえられたときだ。チビの変態。面倒なことになった。奇行だけでなく非行だった。幸いスリルがあったし、頑として、言われるがまま、なかったことにはしなかった。校長から電話が来ても母は何も言わなかった。話題にしなかった。母はそれが一過性で、女の子は学んでいくものだと考えていた。高三の上級生が短髪でにこりともせずくわえタバコに男物のジャンパーでつるみ、ほかの生徒と距離をおくのを見て、色々発見した。この地方でこんななのは自分だけではなかった。自分のような者が一目で同類を識別できる外見がある。四人組が校庭にあらわれてもほかの生徒はどこ吹く風、道で石を投げる者もなかった。面白そうな展望が一気に開けた。

ロレーヌと二人で自販機のホットチョコレートを飲んでいた。三メートル離れたところで四人組がタバコを吸っていた。ロレーヌは眉をひそめて目を背けた。「なんて気色悪い……少なくともあなたは外見では分からない」。ロレーヌは輝きを失っていた。クラークスの靴にしけた三つ編み、文庫本を小脇にかかえた視野の狭い薄バカになっていた。物事を自分に合わせて矮小化《わいしょう》していた。影響力を失いつつあると察したロレーヌは挽回《ばんかい》をはかり「ちょっと話せない？」と、『心臓抜き』（ボリス・ヴィアンの小説）を腹に抱きしめ、不安げだが決然とした表情で「もう限界、いよいよエスカレートしてる、あなたが正しかった、家出しようと思う。一緒に来てくれる？」。前年、ハイエナは一年中これを待っていたけれど、今はこう答える気しか起きなかった。ないね、一人で頑張りな、わたしはこの暮らしに満足なんだ、見てのとおり新しい仲間もたくさんいて、かまってあげなきゃなんない女子もわんさかいる。だが、あとひと押ししなければ主導権を握れないと踏んだロレーヌに鼻先を突きつけられ、背中に回された手がセーターの下に滑り込み「愛してる」と囁《ささや》かれるとイチコロになった。二人の肌が接近し、もうどうなったってかまわなかった。以来、ハイエナの教訓になったのは、関係がこじれたら最初の出口から逃げること。息切れし、倦怠《けんたい》したら即ズラかる。

ロレーヌに家出する気はなく、母と妹がどんなとばっちりを食うか考えるだけで恐ろしかったが、いずれ家出すると想像せずにはやっていけなくなっていた。打って変わってあけすけに一緒にいてほしがり、話をしたがった。ハイエナはまんざらでもなかった。それにロレーヌの肌の甘い感興、小さくて熱い舌、正確な指、そしてより激しく大胆に身を任せる意欲。ロレーヌは熱意に押し切られた女の子を演じていた。公園の人目につかない小道で、映画館で、セーターを肩までまくり指先をまんこにあてがい、猛然と快感に身を任せたのは彼女とが最初だった。知られてはいけなかった。そして冬休みが明けた二月のあの灰色の朝。ロレーヌは動揺していた。ふだんより痛めつけられたわけではなく、全部かぶったのは妹だった。

「考えたの。妹を守るため唯一できるのは、お手本を示すこと。わたしにできる唯一のお手本は、家出すること」

ロレーヌは以前にまして不幸だった。妹の絶叫は自分が直接殴られるよりもこたえていた。

ロレーヌには黙っていたが、ハイエナは決意していた。やつに会いに行き、ばらしてやると脅す。


つけられているのに気づくと男は振り返り、こちらの顔をじっと見た。相手はいら立ちと軽蔑の色を浮かべただけで平然としていた。ハイエナはどんなに逃げ出したいか自覚し、激昂《げっこう》していた。現状をつかさどる権威、変えようのない権威に無力に服従すること。野獣のように突進した。追いつき、無言で襲いかかった。恋人が虐待された報復ではない。荒々しい欲望が湧き上がった。打ち負かす。侮られてたまるか。なんとしてもビビらせてやる。

おそらくこの時期、事の発覚を恐れつつ他人のちょっとしたしぐさを観察し、物音を分析するうちに脳の改造が始まった。何かが解除された。神経を研ぎ澄まし、他人が言外ににおわすことを読みとる術を身につけた。後ろ暗いところのある人間を見分ける術。嘘を見抜く術。隠された真実が、不快なひらめきとともに単純明快に看破されることもあった。冴《さ》えざえとした狂気に冒されていくようだった。他人の血流音が聞きとれた。欲動、下心、ひた隠しにされた秘密。簡単に人を見極められるようになっていった。人の獰猛《どうもう》さ。弱み。おくびにも出さないこと。気に食わなかった。パチュリ香を漂わせロウソク越しにぼそぼそつぶやく、胡散《うさん》臭い「占い師」めいたところ。それは年月とともに否応なく洗練された。テレビで若い女の行方不明が話題になると、死んでいるのかまだ生きているのかが分かった。事件の話を聞くと、それが起きた場所がありありと目に浮かんだ。実用的な面では、恋愛相談のいい聞き役になった。誰が誰を裏切り、嘘をつき、二股を掛け、調子に乗って大ボラを吹いたあと、しょげて戻ってくるかが分かり、めったに外さなかった。

難なく高校を卒業した。まわりを圧倒していた。欲しい物がやすやす手に入ることほどつまらないものはない。とくに自分にその資格がないと確信しているときは。大学を終えるころ、光が消えた。鬱が始まった。学業を究めたくも、いい仕事に就きたくもなかった。成功に嫌気がさしたのだろう。パリに出た。最初の数年は、ルーヴルの郵便物仕分けセンターで働き、臨時の補欠をつないで常勤していた。夜勤は好きだった。二十時に出勤し、街が目覚めるころ歩いて帰る。オーステルリッツ駅前の屋根裏部屋。新しい生活はさして気に入っていなかった。驚きも抵抗もなかった。宙ぶらりんが悪くなかった。スリルも悲しみもなく、平穏な孤独のうちに人生が流れていくのは望ましく思えた。ただひたすら袋を空け、封書をサイズ別に分類し、宛名不明のはがきをはじき、小包みを高い金属かごにシュートする立ち仕事の夜が続くだけ。同僚も似たようなものだった。青い顔でひっそりして虚ろだった。天井が高く、冬は暖房不能の巨大な建物で働く約二十人のチーム。動きの緩慢な蜂の巣。郵便局組織で夜勤の仕分け人は日陰者、周囲になじめず見下されているように感じているものだ。そんな同僚といるのは落ち着いた。幽霊チーム。仕分けセンターでは休憩時間中の飲酒が禁止されたばかりだった。みんなでバカ話もしなかった。不平を言ったり反骨ぶったりもせず、インスタントスープをすすっていた。ほとんど話さず、話題といえば子供、バカンス、料理、午後のテレビ番組、でなければ観葉植物の育て方だった。関係ない話題。ハイエナは気にかけられていなかった。

だが一年がたち、ある新人の研修監督になった。新人は褐色の髪の若い男で、行きたかったコンサートに行けなくて残念だの、仲間と夜遊びできなくてつらいだの、しゃべりっぱなしだった。名前はアルノー。一緒にしゃべる気はなかったが、夜は長く、顔をつき合わせていれば嫌でも親密になる。おかげでいつの間にか無気力状態から引き出され、カセットを聴いたり、ディスクを買ったりするようになった。彼はおしゃれで、むっちりした唇に大きな茶色い瞳の美形だった。ゲイであって当然の器量を持ちながら、気の毒に同年代のバカなヘテロ女とつき合い、恋愛関係はことごとく無残だった。無関心を決め込むのは難しかった。彼との会話のせいで、ハイエナはある日の午後、家を出てジュシウ広場まで歩き、中古レコード店を覗いた。目にとまった店員は髪が褐色で見るからにレズビアン、口も柄も悪く、また会いに行かずにはいられなかった。知らぬ間に、人生が再びハイエナに開かれていた。店員はエリーズという名前だった。いつもSio《スージー・ア》

uxsie《ンド・ザ・バンシーズ》を聴き、中国映画が好きだった。鬱は吹っ飛んだ。エリーズは熱い女で、小作りな体を持ち上げたり引っくり返したりおもちゃにさせてくれた。赤ちゃんのような丸い尻。背中は総刺青だった。フィリップ・K・ディックが好きで、どこにでも持ち歩くヴァレリオ・エヴァンジェリスティ（イタリアの小説家）のデビュー小説は読むのが三回目だった。母親は苦労続きで死んだと、まだ速く走れて感情を振り切れる若さゆえのそっけなさで話していた。手首にはカッター痕があった。一途でないだけ待ったなしの色気があり、人の心をもてあそぶ油断ならない浮気者だった。大時計広場そばのエレベータなし七階のワンルームに住んでいた。大勢いる女友達とも、じきに顔見知りになった。ハイエナは全員とやりたかった。それはお互い様だった。ある晩ハイエナは、電話で体調が悪いと言って仕事をすっぽかし、二度目は支障があってと言い、三度目は電話せず、辞めると察してくれるだろうと考えた。

　借金の取り立てはひょんなことから始めた。たいして知り合いでもない男が、エロビデオのプロデューサーに女優のギャラをさっさと払えと忠告する役を引き受けた。ハイエナは同行を頼まれた。仕事は一発で気に入った。最初のひと打ちでヘロの虜になる者もいれば、ひと嗅ぎでコークにはまる者もいるが、彼女のそれはアドレナリンだった。電話番号を交換し、小遣い稼ぎに売春する女のように、フルタイムではないがちょくちょく仕事を請け負うようになった。ハイエナとなった。ある会社からスカウトされた。褒められた仕事ではないが稼ぎはよかった。興信所の手先となって債権者に出すものを出させるのは、便所掃除と変わらない。ヘテロが夢見るがさつな変人、相手かまわずちんこをちょん切るビアンを演じるのは嫌でもなかった。最初の数年はまずまずだった。

友達作りなど興味はなかった。自分と似た人種の歓心を買おうともしていなかったし、理解され認められたいとも思わなかった。とはいえ最初に組んだ男クロマグはいいやつだった。彼が足を洗ったあと、ほかの者と組むのは骨だった。みな鬱陶しくヤル気満々、冷血漢気取りのケチなサディストだった。ハイエナがしばらく辞めそびれていたのは、この稼業の核心のためか。早くから味わっていた。いつもの十八番《おはこ》を演《や》っていたとき、物陰に身をひそめていたロマに押し倒され、喉にナイフの刃をあてられ、脅すには最悪のタイミングだったと暗黙のうちに分からせられた。その刹那、身内に生気がみなぎり、交わした目には毫《ごう》も人間味が出なかった――死と紙一重、相手は鶏の首を刎《は》ねるように眉ひとつ動かさず、ハイエナの喉を掻《か》き切っていてもおかしくなかった。怖くなかった。その瞬間は。相手の内臓を素手でまさぐるように、同じ波長で応じた――強烈で冷たい揺るがぬ憎悪の噴出。肉体を超越した宙吊りの瞬間だった。生命の輝き。それから数日間、体の細胞の一つひとつ、空気中の微粒子一つひとつまで感じとれるような気がしていた。活性化されていた。ゲームをリードしているかなど興味はなかった。優位にあるか否かなど、どうでもよかった。惹かれていたのは二つの意志がぶつかり合う、あの瞬間だった。女が相手ならもっといいのか、そんな瞬間を味わいたかった。女となら、いつだってずっとよかった。

だが取り立て屋は長く続けなかった。面倒な時間的制約、規則、報告書、内輪の揉め事、エゴの衝突と空騒ぎ。仕事を請け負うのは間遠になり、収入の穴を埋めるため葉っぱを売り、やがてコークの売人になった。取り立て屋時代のつてを頼りに情報局が接触してきた。頭が切れて弁が立ち、長い脚で大型バイクを駆り、街で指おりの納入業者に顔がきき……。一年も営業すると完璧なネットワークができていた。政治家、スポーツ選手、医師、俳優、ジャーナリスト、副知事、美容師、セックスワーカー、金融トレーダー、運転手……。セックスは別として、ドラッグほど人を結束させるものはない。そんなわけで、大臣の妻、社会派歌手の息子、または大企業経営者の隣人の私的な情報が難なく手に入った。コークはあらゆる業界を行き来できる格好の乗り物で、嗜《たしな》まない者からもこころよく招かれ、そこにはつねにハイエナのサービスを必要とする者がいた。彼女の外見とビジネスは物好きの穿鑿《せんさく》を封じ、他人の事情を嗅ぎまわっても煙たがられることはなかった。両性具有的な立ち居振る舞いは受けがよく、家の主人は彼女がリビングを辞去する前に、奥方にひと泡吹かせないかとワクワクしていた。立場をとやかく言われることはなかった。その間、ハイエナは多くの疑問を検討し、誰に接近すべきか把握していた。情報を流せば流すほど、ビジネス上の安全は保障され、無処罰でさらに手広くビジネスができ、いっそう多くの情報を流し、重宝され、多くの業界に迎えられた。ポケットにはビッグマック並に分厚い札束、別のポケットにはコークの小袋を入れ、パリ市全域を島にした。在庫切れのときは麻薬捜査班《ステュップ》が助け舟を出してくれた。大忙しだった——みんな疲れ知らずの掃除機みたいで、配達が終わったはしから補充のために引き返さねばならなかった。稼ぎはよかった。五時間遅刻しても顔を出せば歓迎される、いい時代だった。

ハイエナをさらに上のステージに押し上げたのはWだった。やはり情報がらみ。Wは後退した額に黒髪をなでつけ、長い指の節々に毛の生えた手はせっかちな蜘蛛《くも》を思わせた。結婚指環をしていた。望んでこの男とベッドをともにするほどドツボにはまった女がいるなんて想像できなかった。男はゆっくりと、オリエンタルな映画のテンポで話し、説明が一つ終わるまでに余裕で山ほどの問題を考えることができた。Wは醜かったが、高い知性と集中力を感じさせるオーラのようなものを放ち、その印象は驚くほど低い声によって強められた。彼女を観察し、目をとめていたのだと言われた。売人稼業は辞める潮どきだ、とも。ちょっとした庇護《ひご》や顔パス、パリ市内のアパルトマンや便乗旅行のようなケチな特典と引き換えに、情報を掻き集める素人商売はもう辞めたほうがいい。もっと野心的な作戦に――公式の肩書きなしで――専心すべきだ。フルタイムで報酬もある。結構な額。ハイエナは断るつもりで、総合情報局《RG》に取り入るためになんでもするお調子者は、パリにいくらでもいるだろうと返した。

「権威をちらつかせれば、みんなあっけなく這《は》いつくばって靴をなめに来るよ。なのに、なんでわたし？」

「先のない密告屋《ちくりや》をいつまで続ける気だ？　そろそろ三十……。流行産業がらみのマーケットは、じき若い者に乗っ取られる。今はその日暮らしで満足かもしれない。だが、われわれに協力するならば別の展望が開ける」

Wは内ポケットから財布を取り出し、レシートを裏返して価格を読み、コーヒー二杯の代金と、雀《すずめ》の涙とはいえチップを置いた。席を立つ前に静かに言った。

「能力に見合わないくだらんゲームにかまけるのは勝手だ。情報提供者はほかにもいる。ただし、誰でもきみが集める情報の四分の一を掘り出すのに、三倍の労力をかける。そもそも、どこを当たるべきか、なぜそうあっさり分かるのか、驚くほかない」

ハイエナは説得に気のない様子で肩をすくめた。

「でも、そんな大層なことじゃないよ」

「言いたいのはそこだ。その『大層なことじゃない』のが凡人には無理難題なのだ。才能を粗末にしてはいけない。天命のようなもの。時機を逃さず使命は果たしたほうがいい」

彼は立ち上がって出て行った。一瞬、スカイウォーカーが気管支に吹き込まれるときの『スター・ウォーズ』の世界にいる錯覚をおぼえた。

道理に従うまでのことだった。何かを探すとき、いくらか街につてがあり、ちょっと頭をひねって集中し、様子見をして打って出れば手に入る。ハイエナはリラックス状態でもプロより仕事が遅くなかったというだけのこと。本当に頭のいい人間は、隣人のゴミ箱漁りなどしない。だが男の言葉はハイエナの頭のなかで肥大していった。その証拠に、ほぼ三か月間ろくな情報が入らなかった。何を言われたのか分かっていた。昔、脳を破壊されることになったあれ……。分かっていた。意識するのを周到に避けていたが。脳内にけっして作動をやめないGPSが、一個よけいについているのを思い知らされた。

それにハイエナは、しょっちゅう立ち往生した。誤った直観も正しい直観も違いがなかった。どちらも同じように感じた。精度はいずれ上がるだろうと思っていた。上がらないのは時間が教えてくれた。才能を使いこなそうとすればするほど、うまく使えなくなった。つまるところ優秀なエージェントとの違いはそこにあった。

だがハイエナはWに会いに行き、部下になった。手始めに任されたのは身辺調査。雑作もない。本人に感づかれず身上書類をまとめるのは簡単だった。みんな喜んで話してくれた。生息領域を変えた。雑踏する地区も、商売女やヤク中がたむろする煙っぽいバーも、荒れ放題だが人が住む地下、脂臭い厨房《ちゅうぼう》、薄汚い部屋も終わり。行き来するのはもっぱら銀行と邸宅の建ち並ぶ界隈だった。専門は実業家、政治家、大企業家……。Wは仕事を与え続けたが、やや落胆していた。もっと目覚ましい活躍ぶりを期待していた。ハイエナはおかまいなしで以前の三倍稼いでいた。やがてコートジヴォワール人記者がパリ市中で姿を消し、至急捜し出すことがいかなる点で死活問題か具体的説明はされなくとも、その重要性を強調された。三日でカナダの潜伏先を突きとめた。身柄確保には別の者が向かった。いたくご満悦のWに肩をぽんと叩《たた》かれ、それは通常の身ぶり言語においては熱烈な抱擁に相当した。地図にバツ印を示されたようなものだった。方位磁針内蔵人間。彼女の名声はこれを機に高まった。このころから、わざと尻尾を摑まれようとしてか、ハイエナはデカい賭けに出るようになった。情報を依頼主ではないほうに売り、第三者にも摑ませる。偽情報を双方に持ちかけ値をつり上げる。身の安全は保障されていた。つねに。これが十年続いた。綱渡り。ギャンブラーの高揚。破滅と紙一重のむき出しの感情。彼女の周辺で不審死が相次いだ。自殺、オーバードーズ、風邪がもとの急死はしばしば入院後に出来《しゅったい》した。ときとともに才能が磨り減るのとは裏腹に、ハイエナの人気は上昇した。

業界では顔が売れすぎていた。どこへ行っても即座に面が割れた。チェチェンくんだりで一番ぼんくらな戦場リポーターにすら一目で見抜かれた。頂点に達したハイエナ。こんな状況でエージェントは続けられない。それに、もう自分がやることは終わったと悟っていた。

ルーシーと初めて会った晩、クロマグの店まで足を運んだのは、いつも身をかわしては焦《じ》らす常連の若い女目あてだった。子供の捜索への肩入れを真剣に考えるほど落ちぶれたとは思っていなかった。ただ最近のR社の動向やみんなの近況も知りたく……ルーシーの姿を目にしたときは、さすがに一瞬落ち込んだ。ややだらしないが、それが独自のスタイルになるほどではない典型的なヘテロの薄バカ。徹頭徹尾つまらない人間。それから、ヴァランティーヌの写真を見せられた。いきなり狂おしいせつなさに打たれた。少女の目の何かに胸郭が開かれた。性的なものではなく、もっと混乱するもの。惑乱状態。理屈ではなく、否応なしに少女から精一杯の気遣いを求められていた。捜し出さねば、何から庇護すべきか特定できなくとも捜査に乗り出すしかない、と瞬時に悟った。この少女に会わなければ。ギャラは安く面白味もなく、愚鈍な軟体生物と組む仕事。追跡するのは渾沌状態の大勢の中高生となんら変わらない裕福な家の娘……だが、この子に呼びかけられていた。手の施しようがないことは、即座に理解していたのに。始動したものは止められないが、行って見届けなくては。

ハイエナは教会に戻り、指定されていた入口右側のキリスト磔刑《たっけい》像前のベンチに掛けた。ファンは遅れていた。昔から自分が決めた待ち合わせ時間を守れないやつ。貧乏人版アンソニー・ブラント（英国の美術史家。ソ連スパイのケンブリッジ・ファイヴの一人で王族の遠縁）のいつもの手だ。一時間待ちぼうけを食わせ、自分がいかに必要とされているか確認する。ファンは文句なしに優秀で、ずば抜けた記憶力を持つ。博覧強記でトリヴィアル・パースート（些末な知識を問うクイズで構成されるボードゲーム）なら負け知らずのタイプだが、インターネット時代に物知り博士など誰が重宝しよう。パリに出たときは労働者階級《プロロ》の出自も帳消しにする、大学教授顔負けの口の巧さで立身出世するつもりだった。生まれのいい者はにおいで仲間が分かり、同じように闖入者《ちんにゅうしゃ》も嗅ぎ分けられることに、遅まきながら気がついた。いくら躍起になって有名どころが集まるディナーに行っても、希望の仕事のオファーはなかった。彼に目をつけた抜け目ない総合情報局員が接触してきて、噂《うわさ》話や本物の情報と引き換えに、いい待遇をしてくれた。すぐに自分が諜報《ちょうほう》活動に加担していると察し、ファンは喜びで胸が一杯になった。シオニスト（ユダヤ人国家建設をめざし、イスラエル成立後はその発展を推進する者）の活動を専門にした。しかるべき編集者を世話してもらい、関連本を出版した。やすやすと新聞雑誌に寄稿し、国の助成金も受けられたのは、注意深い観察者の目には意外に映っただろう。しばらくは出資者の意向に沿う本を定期的に出した。本のおかげでシンポジウムに参加し、書店のイベントに招かれ、専門家とつき合う機会を持ち……業界のお歴々について、たいていは軽薄な報告書をまとめた。首尾よく内部潜入し、おおいに貢献した。内通者《たれこみ》とは金で買われた者、身の安全は保障する、誰にも代わりはできない、重宝していると吹き込まれる。だがリストから消されるときはあっけない。ちやほやされたあげくすげなくされる女ほど無残なものはない。数か月、必死でネット上のコメント執筆にいそしんだ。時事問題や、指示どおり擁護、あるいは攻撃すべき人物についてのメッセージをネットに書き散らした。やがて、おそらく組織再編の結果、ある日突然切られ、誹謗《ひぼう》中傷にさらされるがままになった。とくにヘマをしたわけでもなく、むしろ組織の刷新、ムード、時代の変化のようなものだった。だからファンは国を変えた。今はアリアンス・フランセーズ（世界各地にあるフランス語学校）に足繁くかよい、現地に住む駐在員の動向をできるかぎり調査し報告している。この先しばらくは著書の出版資金を国庫から出してもらえるほど貢献している。政治意識が高く、あらゆるデモに顔を出す気のいいフランス人を演じていたから、街の情報にえらく通じている。

ゆうに三十分遅れてあらわれたファンは、礼拝堂の敷居に佇《たたず》んであたりを見回してから、互いの声が聞こえる近さでも、傍目《はため》に話し込んでいると思われない程度の距離をおいて腰を下ろす。

うつむきがちに胸の前で手を組み、視線はまっすぐ前方の祭壇に向ける。

「バルセロナには該当年齢のフランス人女子は大勢いる、特定できたか自信はない」

「それを言うために呼んだの?」とハイエナ。

「それらしい少女の話は入っているが……なんの確証もない。修道女《シスター》と話しているところを何度か目撃されている。神の愛の宣教者会のシスターだ」

「なんのシスター?」

「マザー・テレサの格好は憶えてる? サンダル履きで、白と青のやつ。その一団だ、神の愛の宣教者会っていうんだ」

「ヴァランティーヌが? 何かの間違いじゃない?」

「分かっているのはそれだけだ。シスター・エリザベスなる人物が、あんたの捜し人らしい子と一緒だった」

「そのシスターたちの修道院はどこ?」

「とりあえずバルセロナではない。なんであそこにいたのか調べてみたが……。国際セミナーに参加してたのかな、移民問題をテーマに先月オプス・ディ（ローマ・カトリック教会系組織）が主催した。それ以上のことは分からない」とファンは言う。

しゃあしゃあと嘘をついて隠そうともしない。

「教えてもらって大助かりだよ……バルセロナで尼さん捜しか……」

「修道女は集団で移動するし、ホテルに泊まらない……どこかの修道院に身を寄せているはずだ。修道院も、もうあまり残っていないけど」

この地方の修道院めぐりをさせようという腹らしい。

ハイエナが大聖堂から外に出ると、世界中の言語が聞こえ、中心街の面積には多すぎる肉体がひしめいている。ずいぶん歩いてから、誰もが極小コンピュータを携帯する昨今、めっきり数が減ったネットカフェが見つかる。使い込まれてキーボードの文字がかすれたマシンの前にすわる。グーグルの検索バーに「バルセロナ　修道院」と打ち込み、カフェ・コルタード（少量のミルクが入ったエスプレッソ）を注文する。

山麓まで電車で一時間。モンセラット（バルセロナ北西標高千二百三十五メートルの山岳中腹に九世紀に築かれた修道院、黒聖母像を祀るキリスト教徒の巡礼地）へ行くことにした。黒い聖母像を拝むチャンスを逃す手はない。灼熱《しゃくねつ》の太陽。巨岩群の威容があらわれ、高い峰が何キロメートルにもわたって聳《そび》えている。

山頂へはロープウェイで登る。眼下の深い峡谷とそこを縫うように走る車のせいで、到着までが長く緊迫して感じられる。山頂に着くと軽い幻滅——堂々たるフランチ（ファストフードチェーン）に大きな土産物屋が隣接し、道は石畳だ。下から見るより圧倒されない。魂を飛翔《ひしょう》させうる場所から、躍起になって聖性を剝ぎ取ろうとする今どきのやり方だ。　売店に目もくれないむき出しの感情は、土産物販売の妨げにしかならないのだろう。

　この手の場所で三歳児が喜ぶのか知らないが、ほとんどの観光客は子供連れだ。泣いたり、プープー言うやつを鳴らしながら駆け回るのを、ママが感動の面持ちで眺めている。子供とは両親の社会的病を撒《ま》き散らしても許容される媒介生物だ。親は子供の破壊的《デストロイ》な元気のよさにほとほと参ったという顔をして愚痴をこぼすが、子供をだしにやっと大威張りで世間に迷惑をかけられて、悦に入っているのが一目瞭然。いったいどんな恨みがあって、こうまで増殖できるのか？

エリザベス

エリザベスは中庭に立ち、小柄なインド人女性が正確だが耳障りな英語でスカナンダ（インド、オリッサ州）で遭遇した、神の愛の宣教者会への夜襲について語るのに片耳を傾ける。斧《おの》や棍棒、ナイフで武装した数百人の男たちが修道会施設を破壊した。修道僧らは数キロ離れた地点になんとか難を逃れた。ヒンドゥー教原理主義者が域内のキリスト教徒追放を要求している。袖の下が効かなかった。マザー・テレサの時代にこんなことはなかった。アルバニア人（マザー・テレサのこと）は誰に庇護《ひご》を求めるべきか心得ていた。

インド人が阿鼻叫喚《あびきょうかん》の詳細をたどたどしく語るのは、昨日から十回目。はじめは心を揺さぶられた。だが聞くほうとしては、もうはしょってもらいたい。インド人を囲む修道女は一様に辛抱強い微笑をたたえている。取り繕った表情に隠された親身さは人それぞれ。会衆は死にっぱぐればかりではない。単に脳みそが足りない者もいる。修道女らが粛々と送る謹厳な生活は、熱烈な高次の信仰に目覚めさせないこともないが、たいがいは、むしろ手のつけられない暗愚に陥らせる。エリザベスはおととい、そんな例を二名見かけたが、彼女らは大型冷蔵庫を積み込むトラックの開口部が広がるように祈っていた。荷台の前にひざまずいて熱心に。どうかお情け深い神様、積荷が入れられるように、あともう少し間口をお広げください。しまいに慣れるが、やはりかなりの辛抱が必要だ。

エリザベスは会衆に近づいて来る人影を眺める。遠くても分かる。人の顔はけっして忘れない。物柔らかにインド人の話を制し、詫《わ》びの会釈をしてから付き人なしで中座する。修道女らは慣れている。エリザベスには大事な用がある。背を丸め、小さな歩幅で歩く。高齢で小柄な体は細く、光り輝き活気に溢《あふ》れ、頭には神の愛の宣教者会の白と青のヴェールをかぶる。顔が驚くほど似ている。即座にあのアルバニア人を連想させる。よく見れば錯覚にすぎないと分かるが、善はすでに為されている——近づいたときには相手は警戒を解いている。

エリザベスが思ったとおり、ハイエナは骨なしの破廉恥な、時代の最悪の産物。神に見放された状態にのうのうと寝そべり豚のように生きて得々としている。間近で見れば、悪魔すら思い浮かばない——悪魔だってこのひょろりとしてやわな、おめでたく自己満足した体ではなく、もっと贅沢《ぜいたく》な宿主を選ぶだろう。

「どなたかお捜しですか？　わたくしはシスター・エリザベスです」

ハイエナは驚きも恐れも示さない。脳波があくまで平坦《へいたん》で、驚愕《きょうがく》の入る余地はない。

「シスター・エリザベス？　わたしが来るのを知らされてましたか？」

「あら、わたくしのところには……。会いにみえる方が多いのですよ」

「とはいえ、お宅の司令部はすぐそこってわけでもない。来るだけのことはあるけどね。美しいところだ」

「ええ、霊感を与えてくれる場所です」

「実は、ヴァランティーヌ・ガルタンというフランス人少女を捜しているんです。彼女と接触したと聞いたんですが？」

「ヴァランティーヌ……ヴァランティーヌ、なんとおっしゃいましたか？」

頭はしっかりしているが耳がやや遠い老婆のふりをよくする。受けがいい。年齢が顔に刻まれるようになってカリスマ性を獲得した。衝動的に恐れ敬われる。自分では年を取った気がしない。十年前より老いを感じない。幸運にも活力が増し、体力の減退を忘れている。

「ええ……ヴァランティーヌ。とても若い娘さん。ええ。よく憶えています。とても活発で聡明《そうめい》で孤独な子供。ついて来てください、静かなところで話しましょうか？」

エリザベスは人目につかない道を示す。おごそかに屹立《きつりつ》する岩山に挟まれた道。そびえる巨岩で空が隠れる。ハイエナはゆっくりついて行く。何かに脅かされている様子で、口を開く。

「高いですね。遠いんですか？」

「いえ、いえ、すぐそこです。高所恐怖症？」

「誰かに押されたりしたら嫌だな、と思ったりして……」

「なんておかしな考え！　恨まれるようなことでもおありになるの？」

「いや、ないですが……少女に教会……ときたらもちろん猥褻《わいせつ》写真に聖アンデレの十字架（「X」。Xは成人指定・ポルノ映画を示す記号)、乱痴気騒ぎと猟奇的惨劇……。あなたに消されたっておかしくないでしょ?」

シスター・エリザベスが振り返って重々しく非難めいた目を向けるが、善意がこもっている。修道女になってからいつもうまくいく。責める手間がはぶける。恥じるには面の皮が厚すぎて、ハイエナの表情は読みとれない。

「わたくしたちの伝道活動に、ずいぶん陰惨なイメージをお持ちなのね……。ご安心ください。おっしゃるような集団行動は嗜《たしな》みませんから……」

ハイエナは静寂に耳を傾けているようだ。端正な横顔で、虚勢を張っていなければ美女でとおるだろう。

この時期は観光客が少ない。小さな石のベンチに並んですわる。眼前の雲は手を伸ばせば摑《つか》めそうだ。鳥が虚空に飛び込み、数百メートル先の岩から伸びた枝に軽々と正確にとまる。

エリザベスはタバコを吸いたい。修道女になって数年は難なく断《た》った。修道女は喫煙が許されていない。だが、数か月前からまた吸いたくなっている。酷いのは夢。一晩中、夢でタバコを吸っている。毎朝、目覚めると無性にニコチンが欲しくて懊悩《おうのう》する。状況が許せば誘惑に負ける。稀なこと。めったに一人になれない。ボストンから来たアフリカ人と相部屋だ。修道女がよく移動させられるのは、たとえばレズビアンになる誘惑から守るため。人間関係が濃密になりやすく、生まれつき指向のない若い修道女にも起こりうる。ハイエナは顔を太陽に向け、満足しきったトカゲのようだ。強すぎる光に目を閉じ、こちらを向かずに言う。

「尼さんは、タバコが吸えないいんですか?」

「そうお思いになる?」

不快な偶然、考えを読みとられたようだ。ハイエナがタバコを一本くれる。受け取る。ここなら見られるおそれがない。最初の一服で軽く眩暈《めまい》がし、俄然《がぜん》リラックスする。

シスター・エリザベスは安心させるように、ハイエナの手に自分の手を重ねる。肌は意外に柔らかくぬくもりがある。

「だけど、いったいどうしてヴァランティーヌ・ガルタンを捜しているのですか?」

「家出です……。父親と祖母が調査会社に捜索を依頼してきました。会ったんですね?」

「ちょっと顔を合わせた程度……。若者たちは……飢えてやって来ますが、問いただしたりしません……あの子はとても勇敢な少女です」

「今どこにいるか、ご存じですか?」

「まったく分かりません。ヴァランティーヌの道がわたくしのそれと交差し……。心配ないと言いきかせ、癒されると察せられました。いなくなりました……来たとき同様、前触れもなく」

「じゃあ、どうしてここまで歩かせたんですか?」

「歩かせてはいませんよ。ご自分でついて来たんでしょ……」

エリザベスはハイエナをよく憶えている。このきわめて不快な印象も昔と変わらない。九〇年代初頭のオックスフォード。エリザベスは記憶力と速読力研修プログラムの指導者だった。NEAのために教師を務めるのは初めてだった。第一の目的はとくに利用価値の高い生徒を見つけ、上層部に報告することだった。スカウトし、教育する。その後、何年もそれが専門になる。彼女は目ききだった。優秀な教師だったことはなく、生徒の凡庸さには嫌気がさす。だが優秀な人材にはおのずと惹《ひ》かれる。めったにいない。優れた頭脳とは子供時代にできているもので、この点でも奇跡など望むべくもない。

あの冬、オックスフォードで開催されたセミナーを嗅ぎ回っていたハイエナを思い出す。半分は私立探偵、半分は国の密偵のようなえせ調査員としてではなく、惚《ほ》れた女が研修に参加していたからだ。エリザベスは新しい生徒の周辺をうろつく悪徳の存在を思い出す。教え子は優秀で、稀《け》有《う》な能力を秘めていた。生徒は最後通牒《つうちょう》を突きつけられ、あの頽廃《たいはい》分子と関わる不健全な誘惑から身を引いた。だが危ないところだった。ハイエナは——当時、すでにこう呼ばれていたが——高飛車な尊大さで若い魂を惑わせた。

軍人の娘、軍人の妻、軍人の母であるエリザベスは、意志のなんたるかを知っている。骨があるということ。力ずくで勝ち抜いてきた確信なくして、他人の説得などできはしない。

息子が死んだばかりだった。息子は三十にもなっていなかった。車が好きだった。事故死。死によって鬱に陥りはしなかった。そんな軟弱者ではない。深い痛手に酔い痴れたことはない。死に意義あるものすべてを奪われた。だが過去は続く。何があっても不変のまま。神は信じないが毅《き》然《ぜん》として歩む道があるとは感じている。軟弱にならない。右も左も、無神論者も敬虔《けいけん》な信者も、所詮同じ穴のむじな——うだうだと泣きごとを言っているにすぎない。彼女に信仰はない。当初は、いずれ得られると思っていた。大袈裟《おおげさ》な啓示など求めなかった。マスターベーションさながらの神への崇拝と親密さをひけらかさずにいられない、白痴の色情狂とは違う。虚栄心はなく、聖人や聖母が自分の前に顕現し、別格視される必要はなかった。だが、祖国への愛と敬意の虜になったように、神への崇拝の念も訪れると期待していた。熱に浮かされる用意はできていた。人生の中心だった息子を失い、ぽっかりと空洞になっていた。信仰を迎え入れることもできただろう。共同生活をいとなむうちに愛が生まれる見合い結婚のように。

修道女らとの最初の一年はひっそりしていた。何ものにも勝る平穏。だが批判精神が頭をもたげた。性《さが》なのだ。ある日インドで、病人の死を看取るボランティアを同じ部屋で観察しながら、他者の苦しみをやわらげることもできず、それに立ち会う快楽をひけらかす不快さよ、と考えていた。ボランティアの若い女は臨終の祈りのあいだ、恍惚《こうこつ》とした微笑を唇に浮かべ、病的な興奮に手を震わせていた。そこにいることに幸福感をおぼえ、バカンスの二か月を犠牲にして人が死んでいくのを見る自分に優越感をおぼえているのが見てとれた。その振る舞いは破廉恥で場違いな自己満足以外の何ものでもなかった。他人に差をつけたい傲慢と優越感による慈善活動。脚の傷口に蛆《うじ》を湧かせて横たわるのが自分の子供だったら、泣き濡《ぬ》れる若い女も取り乱さずにはいられなかっただろう、とエリザベスは思った。

そこは病院ではなかった。治療行為をする資金はなかった。すべての病人を寝かせるベッドもなく、地面に敷いたむしろに多くの肉体がうめきながら横たわっていた。エリザベスはその日まで、価値判断を下すことなく言われたことをしていた。包帯を取り替え、化膿《かのう》した傷を洗浄し、瀕死《ひんし》人に飯を運んで食べさせる。そこにいたのは身のまわりで観察したことと集めた情報を注進するためでもあった。神の召命《しょうめい》に応じて修道女になるよう勧められたわけではなく、あのアルバニア人の後継者問題に関心が高まっていたのだ。実際に任務を依頼してきたのはオプス・デイのメンバーだったが、情報は無論、そのまま自国の諜報機関《ちょうほうきかん》に行くものとエリザベスは考えていた。神の愛の宣教者会の莫大《ばくだい》な運営資金を考えれば、出資金の使途を把握できるようにしておくのは当然のことだった。ミッションは何か月も前に終えていたが、まわりの人間についてどんな判断もいっさい下していなかった。あの愚かなボランティアを見るまでは。呼び覚まされた。批判精神。何も見逃さない、気難しく狡猾《こうかつ》な知性。そのために、ほかの人間の存在が耐えがたくなっていた。再び目が開かれ、断罪の言葉が練られた——誰彼のおめでたいバカさ加減、肥大したエゴ、小賢しい策謀……自身の孤独。

自分に科した禁、無知蒙昧《むちもうまい》を開花させる唾棄すべき清貧、同会派の修道女との密着生活を軽蔑した。たまに自国の貧困を逃れる方便にするしっかり者はいても、修道女の大部分は薄バカで、もともとできの悪い脳が精神、愛情、物質面の欠乏のため、文字どおりどろどろに溶けていた。

エリザベスは長いあいだ忘れられていた。自国では責任者が変わり、指導者は同盟国への根回しで手一杯だった。もう誰からも情報提供を乞われなかった。気に病まなかった。ヨーロッパに戻ろうと画策し、新たな地位と役職を得た。一年前ロンドンで、寄付を申し出た男から内密に相談があると言われた。総合情報局の有力者だと自称した。エリザベスははったりと見なしていた。男はヨーロッパにおけるカトリック信仰の復興に取り憑かれ、各方面へ戦いの火蓋を切るときだと確信していた。敵は新興宗教、イスラム主義、ユダヤ主義、資本主義……。もはや勝つために誰と組むつもりなのか定かでなく、目下、孤立無援で戦っているようだった。男は若く、兵役中も乳離れしなかったくせに自分を男らしいと信じて疑わない、よくいる白痴だった。だが、男が手の内を明かすのを聞くにつれ、自称するとおり内部事情に通じていると認めざるを得なかった。男の指示によって、シスター・エリザベス名義の口座に定期的にささやかな額が振り込まれた。つまり、いつでも命を捧《ささ》げる用意ができていた祖国では、重責ある地位にふざけたぼんくらが就き、無能な者が舵《かじ》取りをするまでになっていた。現地で破れかぶれの若い男を物色すべきだという助言には、さして注意を払わなかった。そしてバルセロナに送られたのは、貧窮したキリスト教徒が世界中から押し寄せ、不動産が暴落した機をとらえ、この地に修道院を開く可能性を探るという名目だったが、実際はオプス・デイのメンバーとの旧交を復活させるためだった。というのも彼らとも疎遠になっていたから。

そこへヴァランティーヌが文字どおり飛び込んで来た。排水溝で意識を失った男の前でひざまずいていた修道女に、路上で泥酔した少女が蹴つまずいた。酒臭い息でよろめき、とっさにすがりついた少女は落ちぶれるにはあまりに若かった。酔いどれの小鳥。祖父の信仰について何事かつぶやいた。ヴァランティーヌはカボチャほども信仰が芽生えていなかった。だが、かつて家族でしたお祈りに思い入れがあった。そして早くも問わず語りにこう言った。

「どうして隣人を愛し、ひざまずいて傷を介抱できるんですか……こんなはきだめの暮らしを見ると、全部爆破してやるしかないって思うのに」

スカウトし、教育する。シスター・エリザベスに疑念はあった。少女は怪しいほど柔順で、思いのままに成型できた。本心をみせないのが扱いにくかった。知性は鋭敏でも、皮相的で取ってつけたようだった。だが必要な素質はそろっていた――人間関係のまずさ、不安定さ、思いやりへの渇望……。こうしてすべてが結合していった。探偵がバルセロナに入ったと知らされるまで。まだ少女を完全に手なずけていなかった。

パリでヴァランティーヌの動向を注視できるよう、バルセロナでの活動に終止符を打つよう指示された。ときが来たのだ。

誰のために働いているのかは分からない。誰のために死ぬのかも、分からない。気にしない。シスター・エリザベスはこれまでしてきたように、崇敬する人々がしてきたように、命令に従うまでのこと。

「本当にお役に立てなくて……ごめんなさいね。最後にヴァランティーヌに会ったとき、不法居住の友達の話をしていたような？　帰るように言ってきかせたのですが……」

エリザベスは最後まで言わずにさえぎられる。目を閉じて顔をしかめたハイエナが、獣じみたしゃがれ声を漏らす。修道女に向き直る目は激昂《げっこう》で翳《かげ》っている。異様に激している。老女は驚きも懸念もあらわさない。軟弱者の荒っぽさには慣れている。精神薄弱者が力と混同する感情のたれ流しにすぎない。ハイエナがうなる。

「恥ずかしくないのか？」

シスター・エリザベスは答えず、心底驚いた顔で見返しながら内心で考える。「いったいこのろくでなしの変態が、どの口でわたしに恥などほざく？」。するとハイエナが考えを読みとったように答える。

「あんたに説教できる柄じゃないけど、わたしは白いサリーで聖人ぶって、はったりかましはしない。それに子供を騙《だま》すような汚い真似はしない」

シスター・エリザベスの背中に冷たい汗がつたう。こんなせりふの根拠にあるやわな感傷主義には軽蔑しかない——善意で民は統治できない——が、レズビアンに自分の考えを逐一読まれているようで動揺を抑えきれない。ハイエナが追い討ちをかける。

「もちろん読める。分かんないの？　しかもツイてないね。あんたほど筒抜けな人もいない」

「いったいどうしたというのですか？」

けっして吐かない。思考を止める。こんな間抜けなやり方ですべておじゃんにはできない。弱々しげな鳥が一羽、数メートル先にとまって観光客が撒《ま》いたらしいサンドイッチの滓《かす》をついばんでいる。シスター・エリザベスは弱りはてたように両手を広げる。

「いったいどうしたというのです？　あの子の周辺でどんな恐ろしいことが起きているというのですか？　残念ながら、あの子をしかるべく守ってあげられませんでした……。捜索をお手伝いしましょうか？　こちらでも情報を集めて、何か分かり次第、連絡しましょうか？」

「なぜあの子なんだ？　誰か身内はいなかったのか？　自分のところの子供を送り込めなかったのか？」

「おやまあ、できるかぎりお手伝いしましょうね、あの子が……無事に帰れるように。是非、お手伝いしたいと思います。言ったでしょう、不法居住者を調べるといいのでは……」

「あの子が一人ぼっちだったからか？　孤立していて飛ばしやすいってか？」

話題にするのは避けていたが、ゾスカは無意味なことをしていると察しているようだ。昼食後、ヴァランティーヌの写真を手に訪ねたのはバー、タバコ屋、レコード店、Tシャツ屋にスニーカー屋……。そして、テラス席でコーヒーを飲んでから、ただでさえ進展のない調査の最中にぶらぶらしていていいのだろうか、などとは考えずそぞろ歩いた。

ゾスカと並んで歩き、肘が触れるだけで感電する。日向のベンチでアイスクリームを食べながら、こんなシャボン玉みたいにまん丸で柔らかな時間を味わったことがあっただろうかと思う。ゾスカはバルセロナを出たい、観光化し腐っていて、ここにいるとドラッグをやりすぎるし物価が高いと言う。だが、出て行きたくてたまらないにしては、やけに満足げだ。

ゾスカとやりたい。あの場ではギョッとさせられた到着の夜の光景のせいで胸が騒ぐ。断片的イメージや印象が執拗《しつよう》に去来し、それに心地よく身を任す。ラテックスの手袋を引っぱってはめたときのゾスカの表情、唇に浮かべた微笑。やりたい。同じくらい猛烈に怖くもある。

些細なしぐさに心を乱される。一見、面倒そうでも、ゾスカが気を惹《ひ》かれると重要になる。車を見て、いいねと言われると、モーターの馬力について詳しく知りたくなる。

好意を示すしぐさが好きだ。のどかだ。キスしていいか、うまくいくか、くよくよしなくていい。衝動の中心は下腹部にあり、不安、欲望、焦燥と興奮が作用する。そこにだけ従う。ゾスカのしぐさに翻弄される。手にうっとり。険しい目におろおろ。スペイン語を話すと、声のトーンが一段低くなるのがいい。

開けたところに出ると現代美術館の白い大きな建物があり、前の広場ではスケートボーダー三十人くらいが練習している。ものすごい轟音《ごうおん》。傍らでは子供たちがすわって、パキスタン人から買ったビールを飲んでいる。ゾスカが何かに目をとめ、ちょっと待ってて、と言う。子供のグループに近づいて話し、離れたところへ連れて行き、二分後に戻ってくる。そうか、なるほど、ディーラーなのだ。でなきゃ時給六ユーロのウェイトレスをしていて、あんな立派なバイクを持てるわけがない。頻繁な転居だって、外国語好きで同じ場所にじっとしていられないから、というだけでは説明がつかない。

旧市街ではどの窓にも「街の品位を貶《おとし》めないで」というパネル《ラベル》が張られていて、街の中心に建設されている醜悪なビル群に抗議しているのかとゾスカに訊《き》く。セックスワーカーへの抗議だと言われる。勘違いを笑われる。ゾスカはバーの店内を一瞥《いちべつ》し、当てにしていた客がいなかったのか、こっちに向き直って言う。

「疲れちゃった。遠くにバイク止めたの。仕事の前にいっぺん家に帰る」

「じゃ、わたしも行く」

「送る？　バイク止めた場所よりホテルは遠いよ」

密着してバイクに乗って空を仰ぐ。もう夜だ。パリの空とは全然違って、ここでは星が見える。

ゾスカにしがみついて背中に集中する。落ちたら嫌、と言ってお腹に手を回せるのが嬉《うれ》しい。

誰かを好きになったとたん、すべてが興味深くなる。ぎりぎりのところにいる独特の酩酊《めいてい》状態。

久しぶり。十四歳みたいにいい。いや、嘘《うそ》だ。十四歳は断じてこんなに甘くはなかった。むしろ非情で殺伐とした、人生最悪のときだった。ちやほやされたことはない。侮辱と頭ごなしの禁止、失敗と無力感ばかりの日々。十四歳のころは何もかもが怖く、無防備だった。

ゾスカの首で銀色に光るチェーンに目を凝らす。全身で細部に集中。わたしの足首までが、彼女の肌で光る鎖を見て嬉しがっている。車線変更に後ろを一瞥するときの横顔。赤信号でこちらを振り向き、大丈夫？　と訊くしぐさ。想われている。

ホテルの前でヘルメットを返す。明日は会えるかな、と訊く。ゾスカはこちらを見つめ、ゆっくり近づき一歩手前で足をとめる。向かい合い、触れることなく立ちつくす。彼女が迫り、わたしはぐらつく。彼女の唇に滑り込む。体内で衝動が滅茶苦茶に炸裂《さくれつ》する。彼女の虜《ストーン》。単なるキスがひとしきり続く。

それから、お互いに電話しようね、と言ってゾスカは去って行く。

下降しないピュアな高揚感。ヘリウムガスが充塡《じゅうてん》されたみたい。のらりくらりしたミサイルになって、弾頭は標的を自動探知、ゾスカに当たって爆発するしかない。

午前三時にまんじりともしないでいると、ついに「行っていい？」と携帯メールが届く。燦々《さんさん》と注ぐ日光が汚いカーペットを金色に照らす。彼女の粘膜との接触で舌を麻痺《まひ》させ、コークの残りを拾う。ホテルの目覚まし時計は六時、わたしは窓辺でタバコを吸う。ゾスカは仰向けで眠っている。夜更けに来た彼女はやや硬く、昼間より熱く開放的だった。そんな彼女も素敵だった。とっつきやすい。日の出までセックスし、ゾスカが倒れて眠り込み、わたしは眠れずにいる。反射的だった。ゾスカに触れ、感じさせるままをわたしも感じ、彼女に触れれば触れられる手を体の奥に感じて境界はぼやけ二人の皮膚がつながっていく。ゾスカを目覚めさせ、飛び越え、惹きつけ、それを彼女の全身がうながしてくれる。指で引き裂かれ何かが漏れてシーツを濡《ぬ》らす。知っているのと違うテンポ、違うリズムで延々と続く。

朝、ゾスカが帰るとき、また会えるのか心もとなく、靴紐《ひも》を結ぶ彼女に「今日は何するの？」と問う。するとゾスカは顔だけこちらに向け「あなたの仕事が警察側なの、いつも忘れちゃう」と微笑んで立ち上がり、上着を取って、わたしの肩にキスをし、いいにおい、と言って外へ出て行く。わざとなんだ、骨抜きにする手、子供騙《だま》しみたいなやり口だ、と頭のなかでぐるぐる考える。効いている。午前中はずっと携帯電話に片目が釘《くぎ》づけ。ハイエナと落ち合うため街に出る。正直ヴァランティーヌの捜索で頭が一杯だったことはないが、ここに来て、どうでもいいことの周縁の、さらに周縁に追いやられている。待ち合わせのバーに入ると、ハイエナにまじまじと見つめられる。

「やけに色艶がいいんじゃない？　ホテルで美肌トリートメントでもやった？」

すっとぼけて、わたしは昨日は街中駆けずり回っていたけど、そっちは何していたのと訊く。相手の耳には入らず、難解な謎でも解くように眉をひそめる。

「尋常じゃない。めちゃくちゃ輝いてない？」

無視していると、「ライクァ・ヴァージン、タッチトゥ・フォザ・ヴェリ・ファースト・タイム、ライクァ・ヴァーアーアアッジン」と鼻歌を歌いはじめる。調査に進展があったのか、なおも訊くと、ため息をつく。

「昨日の詳細はわざわざ話すまでもない。だけど要はヴァランティーヌが修道女とダチになった。そんな顔しないで、わたしも不謹慎だと思ったよ。その修道女が不法居住者に話を訊けって……」

「もういろんな人に会ったよ、ナチ崩れにイスラム教徒、パリ十六区のブルジョワ……で、今度は教会と極左が相手なの？　冗談でしょ？」

「あの子の足取り……少なくとも、そうやって何かの結論に達したのかも」とハイエナ。

「当てがあるの？」

「全然。でも見つけられる気がする。そんなにあくせくしなくてもさ」

「気がするって、根拠は？」

「勘、深く考えないで。今日はひとまず、アシャンプラ地区のセントラルでコーヒーを飲もう」

「情報提供者との待ち合わせ？」

「いや。けど、書店員と知り合ったんだ。赤毛。全然なびいてこなくて。参ってる」

「どこで知り合ったの？」

「ゆうべ、バーで。憶えてるか知らないけど、昨日ホテルに残りたがってたでしょ。用事があるみたいだった。だから一人で出かけたんだ」とハイエナが言う。

「だけど、女の子を口説くために給料もらってるわけじゃないんだよ？」

「まあね……何ももらった憶えはない。一緒に来る？　それとも忙しい？」

そんなわけで、セントラル書店の二階にいる。板張りの床のそここに白い長椅子が置かれ、客がひそひそ声で話している。ホットチョコレートはおいしいけれど、ここで何をやっているのか分からない。ハイエナは「モンセラット」関連の本をかたっぱしからテーブルに積み上げている。観光しようと言い出すんじゃないかと内心恐れる。本をぱらぱらめくっては手をとめ、信じられない場所だ、宇宙人が来たらしい、天から光が降ったんだって、ヒムラー本人が聖杯を探しに来た、とか話しかけてくる。なんとなしに写真を見ると、たしかにすごい場所だ。大きな岩山。ほかになんと返していいか分からない。

ゾスカのサングラス、肩の開き具合、臍《へそ》の上で弧を描くタトゥーを思い浮かべる。革を編んだブレスレットを。例の書店員がやって来る。別にたいしたことない。ハイエナが声を掛ける。

「カタルーニャ語を習いたくてたまらない。だけど誰も教えてくれないんだ」

「標準語講座は無料だよ」と店員。

「標準と名のつく講座に出るなんて、ありえないね。でも、下にモンセラットの面白そうな本があって、それがカタルーニャ語なの。ちょっと訳してもらえない？」

店員は髪がごく短く――わたしの目には――滅入るくらい気難しげでにべもない。そんな本は知らない、と行ってしまう。ハイエナは後ろ姿を目で追ってから席を立ち、カウンターに行って肘をつき、どう見てもウェイトレスを口説いているようだ。そうこうするうち二時間経過。わたしはしびれを切らして訊きに行く。

「いつまでここで油売ってんの？」

「簡単だ、ゆうべのことを洗いざらい話してくれるまでは動かない」

「なんの話？　それにここで何してるの？　左翼のネットワークを調べるんじゃないの？」

「あんたに分かっていないのは、調査が道教的探求の段階に入ったってこと。動かずして機を熟させる。求めずして手に入れる。ついてこれてる？」

ハイエナは脚を組んでテーブルに肘をつき、こう切り出す。

「で、ヴァランティーヌが見つかったら、ゾスカとはどうする？　あんたたち真剣なの？」

「なに勘違いしてるの」

「そう？　女の子とつき合ってるなんて、ビビって言えないか？」

「なんでビビる必要があるのよ。悪いけど、十九世紀じゃあるまいし」

「そう？　じゃ、親にも言うんだ？」とハイエナ。

「もちろん」

「なるほど。誰も問題にしないことで騒いでるのはわたしだけか」

だが、わたしはテーブルで父に向かって女の恋人と同棲《どうせい》する、と何食わぬ顔で告げている場面を想像してみる。それに、ベッドを二台も置けないアパルトマンで女の子と同居していると分かった隣人が、どんな顔をするかも。ハイエナがまだ続ける。

「でもさ、パリで一緒に暮らせるほど、あんたの家広いの？」

「いいってば……。一夜ともにしただけで別に……」

「ああ。やっぱり。そうか、一夜をともにしたんだ。夢じゃなかった。チクショー、考えすぎかと思うところだった。よし、打ち明け相手に選んでもらったからには——賢明な選択だよ——さっそく教えてあげるけど、あんたはビアンを知らない。目の色もまだ記憶してない女がスーツケース引きずってアパルトマンの鍵を要求してくる。とくに彼女はどこでも仕事できるしね。だが、それをのぞけば、信じてほしい、あんたは今まさに人生最高のときを謳歌《おうか》しているんだよ。ヘテロ愛は帯電線の囲いに放たれた牛と同じくらいノーマル。これからは広い野原にようこそ」

ハイエナと知り合って初めて、この手のバカげた宣言ににやりとしたくなる。

ヴァランティーヌ

「あたしはペスト、コレラ、
鳥インフルエンザにA爆弾。
放射性の淫乱少女、
心臓には悪《あく》しかない
超ウラン性の歩くごみ箱、
汎用性の感染源」

花びらがビロード状のピンクの巨大な花が満開になった木の下で、ヴァランティーヌは文具店のコピー機で身分証の盗難届けを偽造した際に万引きした、黒いモレスキン手帳を閉じる。最後がいまいち韻を踏めていない。小さな公園にいる。あくびをする。腹が出た髭面《ひげづら》の年寄りが迷い込んでくる。サンダルからのぞく不気味な大足に、厚く黄ばんで先の割れた爪が伸びている。こちらに気づくとドイツ語かカタルーニャ語かトルコ語か、わけの分からないことをもごもごしゃべってどこかへ消える。いなくなってほっとする。今度はパリ＝ダカール・ラリーに出場するようなハイテクなベビーカーを押して男が通る。それに目もくれずすれ違う三人の女子はヴァランティーヌと同年代、ブレスレットをじゃらじゃらさせ、携帯電話片手にさえずっている。思えば、自分も少し前まであんなだった。大きく変わった。短い生い立ちを意識している。唯一残ったそれを何度も反芻《はんすう》する。自分の人生。学校生活の推移を思い返す。まずは昔の生活。トワイライト時代（二〇〇八年公開開始のアメリカの映画シリーズ、吸血鬼に恋する女子高生の物語）にはかっこいい吸血鬼スタイルに憧れ髪を赤く染め、目はメイク落としでこすってひりひり——だいたい左右対称のアイラインが引けるよう一時間早く目覚ましをセット。次にネオメタルを聴く時代。それはダサい音楽だと言われ、ひとっ跳びに八〇年代ニューヨーク・ハードコアにはまり、アグノスティック・フロント一辺倒になる。そのあと煽情《せんじょう》的なギャル時代——男の気を惹《ひ》くのは結局それだけ——とはいえ誰とでも見境なしに寝るわけじゃないし、ブランド物のバッグを持つたしなみがあり、コークをやれば世間のバカらしさに身震いする。そんな過去がはるか遠くにみえる。この一年で加速した。

　発端はカルリートといえる。ひと目惚《ぼ》れとかじゃない。世界の長椅子《ディヴァン・デュ・モンド》（パリ・ピガール界隈のライヴハウス）の前だった。その晩コンサートをする「あんたのケツでパニック」のメンバーがいたら楽屋に入れてもらおうと、入口で待ちかまえていた。携帯メール攻撃に返信はなかった。何度か寝ていて、彼らはあんな女ヤッたけどどうでもいいと吹聴しながら、実際裸で二人っきりになると赤ちゃん犬より可憐《かれん》で、ベッドでは全然危険じゃなかった。カルリートと連れは見るも憐《あわ》れだった。小洒落《こじゃれ》たバーから出て来て向かいの歩道にたむろし「あんたのケツでパニック」のコンサート客にいちゃもんをつけようと窺《うかが》っていた。見るからにアルテルモンディアリスト（グローバリゼーション・新自由主義経済に対抗し、別の世界の創造を目ざす運動の活動家）、いるだけで怪しかった。期待する悶着《もんちゃく》が起きなくてもぐずぐずしていた。ヴァランティーヌがメールを読むふりをしていると、道を渡って来たカルリートにいきなり言われた。

「おい、あんた、十ユーロちょうだい」

「十ユーロ？　ペルー帽がそんなに高いの？」

万一、手を上げられそうになったら警備員が懲らしめてくれると高を括っていた。ブルジョワ少女がこんなデブの浮浪者と対決してたら誰かしら守ってくれる。カルリートはおかまいなしに大声で、

「おやまあ、びっくり、ユーモアのセンスあるね、夢かな？」

「ほっといてくれない？　やることないの？　暇？　バスティーユ広場で反レイシズムのデモなかった？」

格好いいと思わなかった。太りすぎ。腹の出た男は苦手だった。このとき天使が舞い降りて、この人があなたの人生を変えますよ、と告げたら鼻であしらっていただろう。男は数歩下がったが遠くへは行かず、いぜんふざけながらこちらを窺っているようだった。ライヴハウス前は人がまばらになり、なんとか入れてと泣きついた警備員は分からず屋だった。コンサートが始まった。メールしても反応なし。嫌になって帰ることにし、地下鉄駅までの道筋にごろつき三人がいたの

で歩道を変えたが、足りなかった。カルリートはすぐあとをつけてきた。

「十ユーロくれよ。持ってるだろ、あんたからもらいたいんだ。あんたみたいな子から金をもらいたい。興奮する」

二人は大通りにいたが、そこにキモいジャージを安い白ソックスに突っ込んだちんぴらの白痴、でも二メートルはある白痴が割り込んで来て「俺のカノジョに手え出すな」とヴァランティーヌの腕を引っぱった。最悪な展開。当然カルリートはとんずらし、このモンゴル巨漢と二人きりにされるだろう。だが、カルリートは逃げも取りなしもせず拳固を浴びせた。ただ一発。力の差が歴然のプロレスさながら、正確に入ったアッパーカットに、ちんぴらはほぼスローモーションで後ろにはじかれた。カルリートは薄ら笑いを浮かべてちんぴらの仲間に向き直り、二人の連れも後ろで腕組み待機する。喧嘩《けんか》に目がないようだった。誰かが「サツだ、行くぞ、サツがいる」とうなり、二人は「焼きを入れてやりたいところだが仕方ない、今日のところは見逃してやる」とばかりに眼《ガン》を飛ばし合った。みんなポケットに手を入れ、やましいことは何もないが急いでんだよ、といった風情で散らばった。走りも振り返りもせずジグザグ移動し、角を速く曲がるため、壁すれすれに歩いた。ヴァランティーヌはカルリートに足並そろえて移動した。ついて来られて当然みたいに親しげに話しかけられた。「見た？ 俺たちがいなきゃ、とんだ目に遭ってたね」。カルリートが話すたび取り巻きの二人が笑い、リーダー格なのが見てとれた。ピガール駅そばの薄汚いバーで立ちどまり、カルリートから当然のように「じゃ、十ユーロくれる？ ビールおごって？」と言われた。顔見知りの店らしく脂臭かった。爺むさく貧乏臭く、太る料理を出すこの手の安酒場がヴァランティーヌは苦手だった。ろくに話さず耳を傾けていた。ほかの仲間も合流し、カルリートのまわりにちょっとしたグループができていた。ふだん軽蔑するような人たちとテーブルを囲むのは変な感じだった。みんな無頓着だったが、カルリートはわがままに、いつもヴァランティーヌが隣に来るようにし、誰も反対しなかった。ヴァランティーヌはあとで本物の友達に話せる面白いネタがないかと観察していた。しゃべり方に慣れず、はじめは何がなんだか呑《の》み込めなかった。カルリートは自信に満ちていて、いい感じだった。ふとこちらを振り向いて、首を嗅いで耳打ちされた。「百メートル離れてても石鹸《せっけん》のにおいがするよ、そんなに洗うほど、あんたのうちにはどんな汚いものがあるんだい？」。じっと見つめられ、バーの真ん中で立ってセックスしているみたいだった。格好よくないぶん彼女のような子と話す術を心得ていた。人数が増えてもリーダー格だった。一番たくさん話し、傾聴され、笑いをとる者。価値判断の基準を示す者。笑い話の種になっていたのは、フランス国鉄の貨物に工作したかどで数か月の懲役に服した極左活動家だった。彼のプレス発表だけで、みんな笑い転げた。カルリートは彼の声明をそらんじているらしく、このふざけた政治活動家ほど笑えるものはないようだった。ヴァランティーヌの属す世界が話題になることはなかった。アルテルモンディアリストとは四六時中、眉間に皺《しわ》寄せ、社長や富裕層、有力者や生まれのいい者を糾弾しているとばかり思っていた。ヴァランティーヌは調子を合わせようとして、大統領夫人について重い嫌味まで言ってみた。モンテーニュの話を出したみたいに無反応で顔を見られただけだった。彼らにエリゼ宮（大統領公邸）は遠かった。どうでもいい。ヴァランティーヌはつねづね、恵まれている、誰もが羨む境遇だと言われていた。だがここに集まる貧民はコストゥ（パリの高級ホテル・レストラン）でランチしたことがなくても、全然苦にしていないようだった。

カルリートはその晩にも自分と寝ようとするだろうと踏んでいた。ちょっとねばられたら同意してもいい。ヴァランティーヌは数をこなすようにしていた。ピアノと同じでベッドも実践練習で上達できる。カルリートに惚れてはいなかったが、群れのボスが多くの女にフェラチオされて当然と思っていた。でなきゃ、なぜ群れで優位に立つ？　彼は自分と寝たがっているし、ほかの男同様、あんまりよくてびっくりするだろうと思っていた。男がみんな最後に恍惚とするのは、ありがたがる生き物だからか、自分に才能があるからなのか。後者だと思っていた。セックスについては独自のセオリーがあった。重要なのは体位でも喘《あえ》ぎ声でもない、そんなものは誰にでもできる。重要なのは対話で、何を言うべきかは無声映画同然のポルノ映画を観ても参考にならない。たわごとを言うのを恥じてはいけないが、間抜けに聞こえない適切な口ぶりを選択すべきで、これは誰にでもできることではない。興奮させるに足るあばずれっぽい声、ただし勃たせるに足る品のよさを追求しなければならない。「なんて太いの、そっと来てね、あんたのペニスが太すぎて、このちっちゃいまんこの底が抜けちゃう、でかいモノであたしを爆発させて？」。究極のヒットはやはり男があんまり巧くて、こっちの頭がイカれてしまったという印象を抱かせること。いまだかつて、こんな状態になったことはないという印象。すばやく見極めねばならない。相手の好みは「あたしのお尻を裂いてよベイビー、ぶっ壊して、なんでも望みのことをやってあげる、あんまり上手だから、あたしで好きなことをして」なのか、それともあどけないタイプに弱いのか。「ああ、そんなに激しくしないでちょうだい、痛い、ペニスがすごく太いんだからそっと入って、お願いよ、あ、ダメダメ、乱暴ね、あ、いいわ、あ、ダメ、あ、痛い」

その晩路上で別れたとき、カルリートは何も試みなかった。ただ、そのとき急に乗らねばならないことを思い出したタクシー代二十ユーロを借りていった。翌日返すと言われた。「あしたの晩、何する？　あいてる？　会える？　そしたら金を返せる。ポルト・ドゥ・モントルイユ駅の出口で待つ？　二十時。来れる？　きっとだよ？　借りを作っておきたくないんだ」。別れたときは行く気がなかった。だが、抱かれず宙吊《づ》り状態にされていた。だから翌日、ヴァランティーヌは待ち合わせに行った。三十分遅れて彼も来た。二十ユーロを返してくれなかったが、説得力ある弁舌で煙に巻かれた。どうも、あと三十ユーロ借りれば、翌日五十ユーロ耳をそろえて必ず返せて手っとり早いらしかった。「必ず」というのは実行の意志のないことをひっくるめた言い草だということは、やがて分かった。借りたばかりの金で彼女を安いピッツェリアに誘い、瓶ワインを次々注文した。カルリートは相手の話はろくに聞かず、おおいに話した。ヴァランティーヌははじめ面白く思い、食事が終わるころにはすっかりつり込まれていた。R&Bについてもアフリカでのワールドカップ（二〇一〇年南アフリカ開催のサッカー世界杯）についても、赤い旅団や日本製ポルノ、監視機器のマイクロ技術についても一人で延々としゃべった。父がフランソワ・ガルタンだと漏らすと、ふだんは誰も知らないのに、カルリートは文字どおり舞い上がった。娘ごしに父親に接見するような大仰な身ぶりをした。変な理屈をこね、脳内に装備されたピンセットでなんでもつまみ上げてはまったく新しい角度から論じ、吐き捨てようと思えば床に叩《たた》き落とすようだった。彼みたいな人は初めてだった。セックスの話をたくさんしても手を出してこなかった。閉店時、恥知らずにもしつこく店主と交渉し、その甲斐《かい》あってまけてもらった。

ヴァランティーヌはカルリートから呼ばれたら会いに行くようになった。彼は携帯電話を持っていなかった。人に借り、たいがい勝手に使って次々と電話を掛けていた。ヴァランティーヌに時刻を伝え、いつも地下鉄の出口など公共の場所を指定し、詫《わ》びもせず一時間遅れて迎えに来た。会えば彼女は聞き役だった。誰にも話していなかった。この口達者な極左とつるんでいったい何をしているのか、実人生の友達には理解できないだろう。カルリートも仲間をすぐに紹介してくれなかった。とはいえ、額《ひたい》に少数民族風のタトゥーがある赤毛のマガリという女が呼びに来ることがあった。あらわれると「カルロス、もうみんな二時間待ってる、いい加減、おいで」と言い、さらに二時間待たされていた。彼が自分と議論したくて人を待たせていると知って、ヴァランティーヌはまんざらでもなかった。正確には聞き役に徹していたのだけど。

数か月、二重生活が続いた。かたや、お高くとまった裕福な女子高生、つき合うのはグロス厚塗りの女子や厭世《えんせい》的で破壊的《デストロイ》ぶって、おめでたくも人生が微笑んでくれていると信じて疑わないすかした男子たち。かたや、カール・マルクスのふるいに掛けられたものだけが真実だと確信する男の話に耳を傾ける奇妙な夜。交わされる言葉に漠然と恥をおぼえても、実人生には愛着があった。カルリートが前触れなく姿を消し、状況は一変した。それは金融危機の夏で、ヴァランティーヌは新聞を読みながら、カルリートがなんと言うか、つい想像していた。ちょっと陰惨な夏だった。「あんたのケツでパニック」のメンバーとの関係がまずくなった。平気なつもりだったが、あれ以来模糊《もこ》とした恥の意識につきまとわれ、怒りが頭上に漂っていた。自分で蒔いた種だった。学校でもまずく、男子とバカをやって父が呼び出された。父はその話題には触れず、ぼんくら向けの腐った学校に、勝手に編入手続きをした。学校の女子とも気まずくなり、酒癖が悪く面倒を起こすからといって避けられるようになった。くよくよするタイプじゃないし、大袈裟《おおげさ》に考えまいとしたが、闘牛場で猛り狂った手負いの牡牛《おうし》にまたがり、鎮まって、とひたすら念じながら角にしがみついているような日々だった。顔を出せばどこでもトラブルが起きた。正直、これ以上なく適切にやってるつもりなのに。でも楽じゃなかった。祖母は四六時中、家に来ていてキレてばっかり。金切り声を上げずに何も説明できないのは昔から。でも疲れる。ヴァランティーヌは自室で五分とゆっくりできず、いつも西部劇風にドアが開いて老婆が登場し、何かしら人生訓をたれた。五分後には気がすんでケーキなどを焼きはじめていた。だが、ヴァランティーヌはどやされた衝撃でまだ骨がガタガタしていた。継母はこっちを避けても、家にいることには変わりなく、たっぷり血のついたナプキンをよく浴室に置きっぱなしにした。瘴気《しょうき》を放つ老廃物の胸糞《むなくそ》悪い臭気。父は小説を書き、狂人じみた虚ろな目で家のなかをうろうろしているのは、娘から話しかけられないようにするための、いつもの芝居だった。こんなカオスにあって、カルリートの不在が思いがけずこたえていた。

六月はじめ、中央市場《レ゠アル》界隈《かいわい》で遠目にマガリが見えたとき、薄汚いパンク女と一緒のところを誰かに見られやしないかなんて気にせず突進した。

「あたしのこと憶えてる？　カルリート見てない？」

「旅に出たよ。知らせてあると思ってた。そうするって言ってたし」

マガリは知らんぷりもしなければ、なぜ仲間のことに首を突っ込むのかと横柄に出たりもしなかった。どこでも邪険にされていたヴァランティーヌには新鮮だった。カルリートは旅に出た、つまりいずれ戻る。しかも自分に知らせるつもりでいた、そう周囲に語っていた。数週間来、踏んだり蹴ったりだったから、いきなりどっさり尊重された気がした。ヴァランティーヌはみっともないくらいマガリにすがりついた。効果はあった。マガリと一緒に、犬連れのパンクやスキンヘッドが集まり、しけもくの臭気にスパイシーな食べ物のにおいがまじった本物の不法占拠地に行った。奥のホールではへぼいコンサートをやっていた。一か月前なら一目散に逃げ出していただろう。まわりでは古い紙コップでぬるいワインを飲み、いつ吐瀉《としゃ》物を掛けられるか気が気じゃなかった。だが、知り合いからことごとく背を向けられ、ほかに選択肢もなかった。マガリにつきまとい、はじめは嫌な顔をされたが、結局そばにおいてくれた。

「お金ある？　エクスタ買おう」

夜がふけドラッグが効きはじめるといい雰囲気になってきた。実はマガリはかなり面白かった。脳がロードローラー風に機能した。陶磁器みたいな肌にお人形の唇をした繊細な顔からは予想もつかなかった。だが調子づくと発言がいちいち衝撃的だった。とはいえ話し方はまるで優等生――ヴァランティーヌの祖父なら、はきはきしていると言っただろう。マガリは筋金入りのフェミニストで、言うことは妥協がなかったが、つき合うのは男ばかりだった。というか崇拝者らをたばね、自分の威光に無頓着な顔で君臨していた。ヴァランティーヌには好都合――報われない求愛者の集団から選《よ》りどりみどりだ。やや粗野な顔、愛想がよすぎて好みではないが、あとで何も思い出せないくらいアルコールが入った男に目星をつけた。夜の集まりがいい感じになってきた。ためしに男の話をさえぎってキスしてみた。期待以上、パーティみたい、相手は一瞬びっくりしてから、ロ一杯べろを突っ込んできた。いい感じ。だが断固とした手で引き離された。まじめくさった顔のマガリが、盛りのついた犬にするように指をパチンと鳴らし男を下がらせてから、ヴァランティーヌに向き直った。

「わたしについて来たんだから、いい子にして、そのへんのイカれた発情女の真似をして恥さらさないで。しっかりして」

「関係ないでしょ！」

「しっかりしてって言ってるの。もうここはうんざり、あんたのせいで台なし。行こう」

マガリは自宅へ行って二人でマリファナをやろうと言った。それはガンベッタ駅から離れたエレベータなしの六階にある、十二平米の部屋だった。歩いて向かった。歩き出したときヴァランティーヌはふてくされていた。

「商売女扱いしないで」

「商売女扱いなんてしてないよ。さっきのあれ、仕事だった？　お金稼ぐつもりだった？　それなら尊重した」

「あたしの人生、何しようと勝手でしょ」

「まさに、そうしてほしかったよ、今日の午後すがりつかれたとき、あんたの人生、勝手にしてほしかった……けど、あんまり途方に暮れてたから……面倒見ようって気になったの」

結局ヴァランティーヌはその夏、いつもマガリと会っていた。バカンスの家族旅行はパスすると言った。継母はコルシカ島で監視の目がなくなることに気をよくし、擁護してくれた——本人の望みどおりパリにおいて行くべきだ。マガリは一見面倒そうなまじめな問題に興味があった——食肉産業、ベネズエラ情勢、証券取引にクラス（イギリスのアーティスト集団、パンクロックバンド）のディスコグラフィー——が、彼女が話すといちいち衝撃発言のてんこ盛りで興味をそそられた。たくさんの人を軽蔑していた。家賃を払う人。勤めのある人。学歴のある人。刑務所を恐れる人。テレビでしゃべる人。カップルになる人。ひとつの言語しか知らない人。世間をせせら笑う人。政治的意見のない人。モラルがない人。彼女のいいところは、一度ヴァランティーヌの味方になると決めたからには、何を言っても肩を持って、悪態のウィンチで気分を上げてくれることだった。男がおしっこ掛けてきた？　あほんだら、インポ、無残なカス。パーティで恥をかかせると言って女子が避ける？　薄っぺら、陳腐、時代遅れのブルジョワ。おばあさんが太りすぎって言う？　反動、老いぼれ、ガリガリ亡者。成績が悪いから先生たちに放校された？　卑怯《ひきょう》者、ファシスト、白痴集団。問題を起こすから父親がいつも仏頂面？　エゴイスト、更年期オヤジ、無神経の偽善者。テーマがなんであれ一発で片づけた——金持ち、尻拭きぞこない、腐れ脳。まわりから悪いレッテルを貼られても、交際をせばめれば無関係でいられることにヴァランティーヌは気がついた。新しい仲間からは面白いと思われていた。全然非難されなかった。マガリは外出が嫌いで、人を招くのが好きだった。夕方五時を過ぎると部屋のインターフォンが鳴りっぱなしだった。夜がふけるにつれて顔ぶれは奇抜になった。ヴァランティーヌは密度の濃い小集団になじみ、ここで仲間を助けることは貶《おとし》められなかった。思いやりをダサいとみなし続けるのに疲れはてていた。優しさを必要としていた。

新年度、ヴァランティーヌはのんびり二重生活を再開するつもりだった——夜はマガリの部屋で植民地侵略の爪痕について議論し、昼はクラスメイトとリップグロスを交換する軽薄な女子高生。話すときは何を得たいかによって言を左右するのがあたりまえだった。素直な感情も言葉も持たない打算的な女と自覚していた。だが、新しい学校に入って打ちのめされた。裏表のある態度をとる自分に違和感をおぼえた。居場所ができていた。社会生活再開までの単なる夏休みの暇つぶしではなかった。正直、マガリとそのとっぴな取り巻きと一緒にいると落ち着いた。ヴァランティーヌは変化していた。過去の自分の一部が、かたまりになって音もなく剝《は》がれ落ちていた。

ヴァランティーヌは出自に引け目は感じていなかった。マガリの仲間からは責められることもあった。「あんたみたいに生まれたときから大事にされてる人には、死にぞこないとか飢えた者の気持ちは分からない」。自己弁護しなかった。彼らはタフで明晰《めいせき》で憤っていると自負していた。罪のない者。自分たちの境遇がヴァランティーヌの属す階層から、へぼ小説のネタにするのでなければ、いかに黙殺されているか想像もしていなかった。現実を突きつけられたら愕然《がくぜん》としただろう。彼女の階層ではどれだけ金回りがよく、何をするのもいかにたやすく、生まれながらいかに評価されているか。個人的な自己評価のことではない。先達が華々しい成功をおさめた階級で自己肯定感を得るのは難しい。だが社会的に認められている。上の人間の生態を目のあたりにしたら、マガリの仲間たちは怒り心頭に発し、議論する気も失せるだろう。

カルリートは十月に帰って来た。日焼けし現実離れして。どこにいたか教えてくれなかった。ほかの者たちは知っているようで、のけ者にされた気がした。インターネット、ウェブ上の動向監視がよく話題になった。マガリの自宅にはコンピュータがなかった。なしで生活できなければならないと言っていた。活動を国家の監視に筒抜けにして革命などできるわけがない。盗聴技術、固定接続、監視用マイクロ技術と無縁で生きられなくては地下活動は遂行できない。ほかの者は賛同しなかった。コピーレフト、抵抗運動のプラットフォーム、非合法ネットワークにアクセスするパスワードが話題になっていた。だが誰もパスワードを共有しようとはしなかった。そんなある日、ヴァランティーヌはラップトップ・コンピュータを持参し、ヴァーチャル――フェイスブック、ツイッター、昔のマイスペースのアカウント、古いブログ、メール――のIDを消してほしいとグループの頭脳チボーに頼んだ。さらに、携帯電話を豪快にセーヌ河に投げ込んだ。地下活動もやましいことも何もしてない子にはやりすぎじゃないか、とチボーには言われた。生きていると実感するには、こういう体験が必要なの、と答えた。自分でも言っていることの真意が分からなかったが、響きがよかった。チボーは言われたとおり実行した。断絶の衝撃は予想外にすさまじかった。最初の数週間はパニックに襲われ、不安に押しつぶされそうになった。なしで生活するのは当初、言葉も支えも親友も、いっぺんに失うくらい苛酷だった。眩暈《めまい》。結局、インターネットにさほど露出していたわけではないが、やはり朝起きたらまずマシンを起動し、メールとお気に入りのサイトをチェックし、ビデオクリップや画面の片隅のＭＳＮを覗《のぞ》いてモザイク状のニュースや画像、流行モノのリンクを適当にクリックしていた。自分の一部を喪失なんてものじゃなく、世界から差し出される最上のものをシャットアウトしていた。意地で耐えたのは、マガリのグループで注目された以上、どうしても笑い物になりたくなかったからだ。やがて喪失の痛みは激しさと同じ速度でおさまった。何時間かネットカフェへ行けばクロマニョン状態への急激な退化もまぬがれたし、携帯電話はなくてもよかった。祖母にとって、四六時中ヴァランティーヌの居場所を把握できないのは悪くないことだった。それに、宿題を送ってもらいたいというクラスメイトからメールアドレスを訊《き》かれ、初めて「諦めな、あたしアドレスないから」と答えたときは、額に角を二本生やしたみたいに謎めいて興味深い人物になった気がした。結局、悪くなかった。マリファナをやめたみたいにエネルギーと脳内スペースが増えた。マガリからは祝福された——監視の目に身をさらして革命はできない。ほかの仲間は賛同しなかった。

「……ユートピアと体制転覆の可能性を秘めた愉快なインターネット時代も、あと数年で終わるってときなのに。この空間を乱暴に放棄してどうすんだよ。むしろ掌握し、利用しなくちゃ」

「ヴァランティーヌは何も放棄してない。二十四時間どこで何をしているか知られるのを拒んでいる。それって大きな違いだよ」

「ユートピア的空間って……どういうこと？」とヴァランティーヌは訊いてみた。

「たとえば無料ってこと。それに直接表現できるとか」

「ほかには？　アップルはあんたの味方で、ブロードバンドのプロバイダーも味方なの？」

こんな会話は正直どうでもよかった。ただ、自分の行為がちょっとした論争の種になっていた。

ヴァランティーヌは一目置かれていた。それに気をよくしていた。

ある日、生まれて初めて母方の家族に会ってみようと思い立った。それまでは父の家族のなかで生きていた――出自は二つではなかった。ヴァランティーヌの外見は標準的。髪が褐色の白人だった。肌は五月の日射しでは焼けず、日焼けしても黄金色だった。鼻は父親似で、目は誰にも似ていなかった。母親に興味はなかった。人から言われたようにパスしていた。たびたび何げなく母について質問し、脳を掻《か》き回してきたのはマガリだった。「どこにいるか考えたことないの？　どうしているか知らないの？」「どうしておばあさんは、そんなにお母さんを嫌っていたの？」。母は金の亡者だったとしか聞いていなかった。ヴァランティーヌは母親を恥じ、話題にしなくなっていた。

母方の家族に会うことにした。半分は好奇心、半分は古い呪縛を振り払うため。電話すると、向こうは毎日彼女のことを考えていたみたいに喜んでいた。食事に呼ばれた。全部イケア家具のリビングで、何にでもアラーが関わってるみたいな騒ぎに訝《いぶか》しく耳を傾けた。彼らも母にずっと会っていなかった。非難こそしないが名前を出すのを避けていた。玄関口ですでに来たことを後悔していた。外の世界に心を開くといっても限度がある。母方の祖母は百歳かという面で、台所で鍋に囲まれ床にじかにすわってクスクスをこねくり、血縁かと思うとさすがにショックだった。おばたちはマシ、少なくとも同時代に生きている感じはした。だが、どうでもいい話題ばかり。いとこの男の子たちは親切だがバカ面ぞろい。女の子はMTVか聖地《メッカ》スタイルでひたすら軽薄、偏狭、意地悪で、意味もなく下品だった。礼儀上、食後のコーヒーまではいたが、珍しく父は正しかったと判断していた。こんな親戚と交際してもろくなことはない。

それからヤシヌがあらわれた。圧倒的な存在感。一撃された。動物的。格好よくて品がある。居丈高なまなざしは、たまに微笑むと輝いた。一瞬にして目が釘づけ。スポーティなスタイル。寡黙。ヤシヌがいるだけで部屋の空気が一変した。とたんに手持ち無沙汰でなくなっていた。意識されているのは気づかなかった。挨拶も形ばかりで話しかけてこなかった。彼を盗み見られるだけでよかった。乙女の夢想だった。そして彼が腰を上げ、近づいて来た。

「送って行く。電車《RER》に一人で乗らなくていいように」

「あ、そう？　パリに行くの？」

心のなかでは猿が有頂天で檻《おり》をよじ登って万歳を叫んでいたのに、そっけなく落ち着いてこう訊けたのが自分でも不思議だった。

古風にアパルトマンの下で別れ、ヤシヌは去って行った。数時間後、自宅の固定電話に掛けてきて、翌日会わないかと言われた。嬉《うれ》しくてうっとり。しばらくはこんなふうに続いた。ヤシヌはクソ格好いいプリンス、路上で誰かがヴァランティーヌを変な目で見ようものなら、相手かまわず襲いかかるロットワイラー（ドイツ原産の犬種）、だが彼女にはあくまで優しく、けっして腕力を向けなかった。ほかの誰とも違っていた。彼女はガードを下ろし、信じていいのだと一時は思った。

ヤシヌは怒りを語ると能弁になった。それに魅了された。

「……よく見れば、悪いのはいつだって同じやつらだ。怖い目に遭わせてやるべきだ。次の日、身内の一党がどんな目に遭うか怖くておちおち眠れないように。みじめな貧乏人みたいにビビらせてやるべきだ。仕事のことで恐れ、目の前で子供が喉を搔っ切られないか恐れ、警察を恐れ、刑務所を恐れ、病気を恐れるように。恐怖があっち側に行ったら、せいせいする」

こんな繰りごとに金属的な快感があった。いきなり荒っぽく背後から挿入されるような歯を食いしばる快楽、すぐ感じなくとも最後は神経が盛大に放電する。徹底的爆発。彼は正しかった。ヴァランティーヌは体で理解するだけでよかった。知性に頼って彼から離れてしまうのを警戒した。黙っていた。だがこめかみは脈打っていた。彼が正しかった。怒りを引き出されていた。

やがて、冷たい刃で息の根をとめられた。ある日、もう電話するなと言われた。続きっこない、と。言い返す力もなかった。衝撃《ヒロシマ》。責めなかった。不意打ちだった。あまりにうまくいっていた。揉《も》めることも倦怠《けんたい》も、衝突もなかった。立ち直れると分かっていた。脇道へそれたが再出発だ。携帯電話をセーヌ河に捨てたのは、その少しあとのことだった。

思い出さないようにしている。放電。親密さ。無力感は狭い檻。ポリ袋をかぶったみたいに息が苦しい。ハッと目覚める。激しい生理的な怒り——熱くたぎった血が血管を焼きながら全身を駆けめぐる。すべてが何事もなかったように続いていく。

その後、母方の親戚には会わなかった。けち臭さ、見えみえの下心、しらじらしい愛情表現。愚劣さ。母は彼らを恥じた。ヴァランティーヌが母を恥じているように。家出して訪ねて行くと、母は家に招き入れずにホテル代を出した。ヴァランティーヌは黙っていた。どうでもいいという態度をとるのは慣れている。そう思い込むことだってできる。でも、限度というものがある——ママ、いくらなんでも、それはないんじゃない？　母が娘からも自分を取り巻く環境からも遠くへ逃げざるを得なかったのが、だんだん理解できるようになった、などと話す自分を、会う前は想像していた。だが、母はこちらを見るなりたじろいだ――どうすれば、さっさと追い払える？心配げな顔、親身なふりすらしなかった。ヴァランティーヌは胸のどこかが裂けるのを、静かな驚きとともに感じた。カラヴァッジョの聖女ウルスラのように。祖父が好きな絵だった。ナポリに見に連れて行ってくれた。態度に出すことなく、どうでもいいと思っていたが、実はあれから何度も考えている。頭から離れない。

母は若い娘の尻が夫の鼻先にひけらかされるのを恐れた。富裕な男を摑《つか》み、大事にしている。若さにはかなわないと分かっている。年寄りは小児性愛者。カミさんが背を向けるや若い娘にすり寄って、その引きしまった小尻が好みだと言う。ヴァランティーヌは母の前で幻滅を顔に出さないようにした。一緒にランチするだけで満足しているふりをした。ホテルの部屋にこもっていないふりをしたけれど、その実、部屋で暇つぶしの算段をしていた――アイスクリームを買いに行くのに三十分、カルリートがよく話していた書店に行って、誰かに話しかけられるのを待ちながら本の表紙を眺めて一時間、コーヒーを飲みに行って三十分。最悪なのは夜、部屋のテレビは映りが悪く、眠くなるのをひたすら待った。長く待つこともあった。

心のどこかでは、母がほだされ泊めてくれるまで、黙っていい子にしていようと思っていた。パリは面倒なことになっている。彼女もバカではない。大人たちは早く片をつけたがっている。瀕死《ひんし》人矯正する。手に負えないから、と言われる。彼女もバカではない。祖父の死に立ち会い、瀕死人のまわりで大人たちが色めき立つのを見た。欲を隠しもしなかった。いくら。老いぼれの死は、いくらになる？　金に困ってでもいるかのように。父方の家族も、母方の家族も同じ穴のむじな。いくらおこぼれに与《あずか》れるか？　巻き上げられるか？　くすねられるか？　ヴァランティーヌが遺産相続の富くじに大当たりし、大人たちがどんな反応をしたか、誰も教えてくれなかった。だが家族のなかで重要性を増したことは正しく理解していた。監視の目が厳しくなり、成人になるまで縛っておこうという魂胆は察しがついた。彼らにとって唯一大事なもの——さらなる金——を手もとに確保する。母に話せる切り札だと思っていた。祖父《アルベール》が抜け目なく書きつけを残し、ほぼすべての財産を相続したことを明かせば、母はきっと自宅に迎えてくれる。祖父といえば大金だ。

アルベール。入院中は植物人間と思われていた。むかついていた。祖父は延命措置を望んでいなかったが意見など訊かれなかった。長丁場になった。二人っきりになるのを見計らって、弱々しい声で語りかけてきた。家を出ろと言われた。警戒しろ。祖父は見抜いていた。近親者、家族。血縁だけは本性が分かる。ヴァランティーヌは昔から祖父のお気に入りだった。毎週水曜、祖父は彼女を散歩に連れ出し、ほかの者の同行を嫌がった。父はせせら笑っていた。「耄碌《もうろく》したかな、ルーヴルに連れて行くってさ、孫が大はしゃぎだ！」。祖父は彼女と散歩するのが好きだった。たいして話さなかった。孫が成長し、何をしているか察していた。たとえば男子と何をしているか。孫が裏で何をしているか知るのに探偵を雇うまでもなかった。気まずげではなかった。「いいぞ、あんな腰抜けどもに遠慮はいらない」。だから祖父が死ぬと、誰のお気に入りでもなくなった。警戒しろと言われた。すべてを手に入れ、恨まれるだろう、と。「孤高というものが今に分かる」。祖父が最善と考えてそうしたのか、家族への嫌がらせに自分を利用したのか。やりすぎだと思っていた。家族に愛されているとまだ信じていたし、大事にされ、恵まれていると他人にも言われていた。だいたい問題を起こすのはいつも自分だった。だが長老は一族の習性を熟知していた。探偵につけられていると察したとき、祖父の目に狂いがなかったとヴァランティーヌは悟った。

ある晩、一匹狼のバイクに同乗して探偵を撒《ま》き、カルリートに会いに行った。監視されていることを、平静を装って話しながら恥じていた。家族はそこまでクズだった——自分を尾行し行動を逐一報告させるため人を雇っている。カルリートは断固として言った。

「ほかのやつらとはもう会うな。俺は知らされたからいいけど。今後、会うときは注意しよう。だが何があってもマガリの家には行くな」

ヴァランティーヌは打ちのめされても毅然《きぜん》としている女を演じた。ただ実のところ、もうマガリとも取り巻きとも会いたくなかった。ヤシヌを紹介したのがもとでこじれた。マガリは騒ぎ立てた——イスラエル問題についての考えがどうだ、フェミニズムについてもああだ、それにブランド物好きなあの趣味はなんだ……とかなんとか。ヴァランティーヌはずばり言ってやった。

「バカにされてんの、分かんない？　あんたからどう思われようが、彼は気にしちゃいない」。それでちょっとした物議をかもし、にわか裁判で交友関係の弁明を迫られている気がした。道を踏み外していないか監視されガミガミ言われるのはこりごり、もういい、家でたっぷり食らってる。うんざり。問題の根底に嫉妬があるのは、漠然と分かっていた。自分の嫉妬。マガリの微笑——例によって本人は無頓着だから責めようがない——にヤシヌの目が輝くのが面白くなかった。

グループごとパスしたほうがいい。見かぎられたって平気だった。不適切な発言をする男とつき合って釈明を求められるなんて……。祖母の家じゃあるまいし。それに、真正さ、すべきこと、すべきでないこと、言っていいことと悪いこと。線引きして、ちょっとでもはみ出すと罰せられ、矯正される。排斥されることになる。鎖が何色でも縛られたくなかった。

　ヴァランティーヌは家出を計画した。探偵が地下鉄で老いぼれを拾って足どめされたとき、すべきことは分かっていた。昼日中に撒いた。憐れな探偵は目立たないつもりで、ヴァランティーヌが毎朝コーヒーを飲むバーでクロワッサンをぱくついていた――まったく見くびられたものだ。尾行は二週間になっていた。気晴らしに散策させ観光させてやった。払っただけのものは返してやる。退屈させないようにポルノも少々。カルリートと段取りはつけていた。駅に直行し、現金で切符を買い、ペルピニャン（スペインとの国境に近いフランス南端の都市）へ向かう。彼は一緒に来てくれて、レンタカーで無事に国境を越えた。

　オレネータ公園までバス。シスター・エリザベスからは中心街をうろつかないようにと言われていた。いつも待ち合わせするのは、二人が偶然会ってもおかしくないほど人出はあるが、知っている人に見られる心配のない辺鄙《へんぴ》な公園。シスターの小柄で頼もしい姿が目に入る。ヴァランティーヌを見て浮かべる微笑の力。一瞬抱きしめられ、ヴァランティーヌはとたんに安堵《あんど》する。

　二人が歩く坂の両側には、関節のねじれたぼろ人形みたいなサボテンが生えている。少し遠くではビルのサイズのユーカリの木が、危なっかしく崖下へかしいでいる。二人の背後に街、その先に海が広がる。ときおり猪《いのしし》が通りすぎる。不穏な巨体で目には憂いが溢《あふ》れている。

「探索の手が迫っていますよ」とシスター・エリザベスから告げられる。

「え？　父が来てるの？」

「いいえ。探偵を二人送り込んで来ました」

「ふうん」

思考の道すじ。方向を変え、横道に入り、分岐点で選択し、恐ろしくもあり惹かれもする奔流から脱する理由はいくらでもある。まさに家出を決意したときのように。怖い。けれど実行しなければ。ある意味、自分は選ばれたのだ。

「もう家に帰るべきですか？」

「あなたの代わりに決めることはできません」

エリザベスはまるで神のボクサー――対戦相手のまわりをぐるぐる回って試し、足踏みしてから攻撃に出てノックアウトする。尊厳のなんたるかを心得、それは力が鍛錬され、報われ、獲得されるもの。エリザベスはありきたりの修道女ではない。伝授すべき本質がある。導師になってくれた。ヴァランティーヌの様子に怖気《おぞけ》をふるって追い払われてもおかしくなかった。ところが支えてくれた。話に耳を傾け理解してくれた。

必要なだけ泊っていきなさい、とも言ってくれた。最初に鍵を渡されたのは、プエブロセッコ地区の空き地の奥の、独房みたいな狭いアパルトマンだった。郵便受けに名前はなかった。シスター・エリザベスは修道女の一人歩きは目を惹くからと迎えに来なかった。街の北部のオレネータ公園で会っていた。話し込んだ。ヴァランティーヌから相談役、助言役としてどれほど必要とされているかが、シスター・エリザベスに伝わった。そしてラフロレスタにある小さな一軒家の鍵を渡してくれた。一人で寝るのはちょっと怖いし、温水もちゃんと出ない。

「新聞に出ていましたが、お父さまが受章するそうですよ。芸術文化勲章のシュヴァリエ章……娘と一緒に授章式に出たいんじゃないかしら」

「それって、ここの新聞ですか？」

「いいえ、ヴァランティーヌ、違います。あなたに関することに注意しているから、読んだのです」

「きっと喜んでる」

「仲直りする努力ができない？」とシスター・エリザベスが言う。

「そのときが来たと思いますか？」

「あなたの代わりに決めることはできません」

眩暈、ヒュッといって小さな弾が脳に入る。毎日ヴァランティーヌはそのことばかり口にする。はじめ、シスター・エリザベスは断念させたいのだと思っていた。だがシスターも嫌気がさし、もう受け身は通用しないと分かっている。現状に耐え続けたってなんにもならない。もはや人間的ではない。群れから抜きん出るのが容易だったことはない、とシスター・エリザベスからは言われた。たった一人で大衆と対峙《たいじ》し、役目を果たせるかどうかは、ヴァランティーヌにかかっている。

夜闇が迫る。遠くに見える街は小さな光の集合、ドールハウスの谷でしかない。飛行機が空で明滅する。ヴァランティーヌの喉に沈黙が生まれた。

帰る時刻だ。すべきことは分かっている。

毎晩するようにバス停で別れるとき、シスター・エリザベスにじっと見つめられる。別れ際に抱きしめられ、それはふだん、けっしてしないこと。分かり合っている。

「ヴァランティーヌ、あなたは本当に若い。それに輝いている」

「支えてくれますか?」

「見捨てません。もう絶対に一人ぼっちではありませんよ」

翌朝、約束どおりシスターが、小さな家の殺風景なリビングに来ている。この一日はヴァランティーヌに、子供のころ祖父とおさらいをした水曜日を思い起こさせる。不規則動詞。第一次世界大戦。助動詞 avoir の性数一致。化学式。祖父は「規律正しく」と眉をひそめ、ペンケースの中身を整頓させ、授業の内容を清書させ、宿題を始める前に手を洗わせ、姿勢を正してすわらせた。「ここは猿山ではないよ」。今、彼女は自然に姿勢を正して話を聞き、はきはきと復唱し、両手をテーブルの上において集中する。不安に胸を締めつけられても確信で奮い立とうとする。芯はタフだと感じている。悪くない気分だ。起きている現実に接続しようとするが、できない。ふりをしているような、もしもの世界を演じているような感じがする。

「やめてもいいのですよ。ギリギリまで考えて、やめたっていいのです」

二人は親密になった。互いに尊重し、思いやっている。大仰な身ぶりも言葉もいらない。シスター・エリザベスは見守ってくれる。理解し、ありのまま受け入れてくれる。赤ちゃんに対する無条件の愛を注いでくれる。

高齢で思慮深く、人助けに生涯を捧《ささ》げてきたこの人が、ヴァランティーヌがやろうとしていることを思いとどまらせない。シスター・エリザベスもまた、嫌気がさしてうんざりしているから。どっちを向いても不幸、不正、蛮行。もはや傍観できない。介入あるのみ。このあさましい現実に。猫の喉音のようなこのゴロゴロを、なんとしてもやめさせる。

最初の数日はシスターがイエスや十字軍、真理の大切さについて話すたび、ヴァランティーヌは笑いを嚙《か》み殺した。イエスがよみがえったら煽動《せんどう》者、弟子たちはゲリラ兵。みんなテロリスト。指名手配され逮捕され、厳戒警備の監獄で終身刑になるだろう。そして常時監視される。復活など望むべくもなく、逮捕状が出て顔写真がメディアに出回るだけ。何度でも死刑執行。イエスがよみがえったら黙っていることも、商人と語らい穏やかになすがままになることもないだろう。だが、自分が特別な闘士だと証明することもできないだろう。奇跡は鼻であしらわれ、神の言葉はマグカップにプリントされ土産物屋で販売される。

ヴァランティーヌは徐々に冷笑を脇においた。ちゃちゃを入れずに耳を傾けるようになった。すべてが収斂《しゅうれん》する。素直な気持ちを疑わない力を得た。

「耐えるために服《の》みなさい。恥ずかしいことではありません。武器と同じくらい大切。信念と同じくらい大切です。すべてを一緒に機能させるのです」

半透明の丸薬。メイド・イン・チャイナ。小石を呑み込むようなもの。一錠だけ、でないと完全に眠れなくなる。額が前方へ引っぱられ、そこで思考が容赦なく錯綜《さくそう》、照応しながら展開する。

今や戦闘マシンだ。

「パリではつねに監視されるでしょう。彼らは邪魔されるのを嫌います。警戒しています。インターネットに戻って、普通の女の子らしく振る舞わねばなりませんが、けっして気軽に連絡してきてはいけません。そばにいるから心配しないで。こちらから連絡します。もうけっして一人ではありませんよ。自宅の外に白薔薇《ばら》の花束をかかえた修道女が見えたら、それが合図です。あなたを確認したら、ドアの前の植え込みに何かを置いて行きます。その翌日が決行のときです」

「家の前に植え込みがあるのを、どうして知っているんですか？」

「情報収集しているのですよ、ヴァランティーヌ、情報収集を。家に帰ったら、学校に戻りたい、家出で頭を冷やしたと言うのです。分かり合えているかしら？　そして誰にも他言はなりません。メッセージを残してはいけません。あなたの行為を曲解するのに利用されてしまいます」

同じ指示が繰り返される。シスター・エリザベスに復唱させられる。

「帰宅の瞬間、何を考えていると思う？　集中して、アパルトマンを目に浮かべ、においを想像してみるのです。何を考えていると思う？」

「祖母、父、継母と二人の娘——何があってもみんなのご機嫌を取る。意地にならず、カッとしない。目標はただひとつ。相手が間違っていても謝る。なじられても微笑む。警察にも児童専門判事にも、母がくれたお金でホテルに泊まっていた、と言います。何もしていない。落ち込んでいた。母との再会に幻滅して荒れていた。やっと家に帰れて嬉しい。学校の大切さが分かった。家出中じっくり考えた。本当に愛してくれる人を心配させて後悔している」

丸薬は効果てきめん。静謐《せいひつ》な多幸感に満たされ、努力なしに集中できる。

夜になる。シスター・エリザベスから優しく抱擁される。背中を撫《な》で、あやされる。

「一番簡単なのは探偵と帰ることです。誰も変に思わないでしょう。警戒しなさいよ。口を割らせようとして疑いを持たせるでしょう。二人とも見かけほど愚かではありません。心を許してはいけません」

「どうすれば二人と会えるんですか？」とヴァランティーヌは訊く。

「お友達のカルリートに訊いてみたら？　街にいるのでしょう？　どこか知ってる？」

「中心街の本屋で、毎日十六時ごろ待ち合わせしています。来られないときは伝言を残してくれるって」

「待ち合わせがあるのなら、彼が二人に知らせるかもしれません。探偵は情報を買いますから」

三日前なら、親友が自分を売るなんて許せなかった。だが、今は気にもならない。シスター・エリザベスの胸で無言であやされ、ソファで眠り込む。ヴァランティーヌは用意ができている。

カルリートにはすぐ会える。翌日、旧市街のむさ苦しいバーで一緒にビールを飲む。彼は何も疑っていない。一週間前のヴァランティーヌと、変貌した今との違いが見えていない。しゃべるのに夢中で気づかない。チリ人女性との熱烈な恋に舞い上がっている。熱烈な恋とは言うが、女にその気はなく追い払えなくなっているものとヴァランティーヌは察する。別にどうでもいい。

そしてシスター・エリザベスの予告どおり、十五分もするとバーの入口に二人があらわれる。ヴァランティーヌはカルリートの顔を見つめ、相変わらず携帯を持っていないこのろくでなしが、いつ連絡したのかと考える。相手はすっとぼけている。顔に唾を吐いてやりたい。長身の女が近づいて来て、言う。

「ちょっと話せる?」

ヴァランティーヌはバッグを持ってあとに従う。心の準備はできている。

「しばらく前から捜してたんだ。どうする? 一緒に帰る? それとも警察に通報してほしい?」

「一緒に行きます」

「なかで待ってるダチに、断らなくていいの?」

「いいですよ……分かってるんじゃないかな。行きましょ?」

オバサンたちは車で来ていた。「スタスキー&ハッチ」の老けてぎくしゃくしたヴァージョンを演じている。トランクには二人のスーツケースが積んである。向こうも今日こうなるのを知っていたように。若いほうは見憶えのある顔、パリで尾行してた人。円環が閉じられる。

頭蓋の内側に白い光。毎朝、丸薬ひと粒。それを超えてはいけない。ラリったりブッ飛んだら大変、つねに神経を研ぎ澄ます。子供がドラッグにふけるのは、おいしいからでも退屈だからでも、悩みを忘れるためでも、ホルモンのどんちゃん騒ぎのせいでもなく、知性をぶっつぶすためにラリるんだ、とカルリートが言っていた。だって一番鋭敏になる時期に、無垢《むく》な知性むき出しでいたら、親を見てもよおす軽蔑のすさまじさに耐えられない。ヴァランティーヌはカルリートの思い出を全部消せればいいのにと思う。裏切り者。サロンテロリスト。これから行くところでは、もう彼は必要ない。

怖くない。すべきことをするまでだと悟っている。

父のような大人にはなりたくない。まんこかまわずちんこを突っ込むことしか頭にないのに、テーブルではかまととぶって清廉な紳士を演じる卑怯な嘘《うそ》つき。憎悪を燃やしながら口を開けばキリスト教的おためごかし、孤独と欲求不満で死にそうになってる祖母のような大人になりたくない。本性を偽ってまで結婚するしかない母のような大人になりたくない。まわりに目標になる大人はいない。尊厳の残滓《ざんし》。なりふりかまわず妥協して、躍起になって正当化。選択だ、と彼らは言う。クソを食わされ文句も言わずに呑み込んでいる。どんな命令にも服従しかできない。汲々《きゅうきゅう》と生きのびる。それにブレーキを掛けてやる。彼らが作った世界にちょっと秩序を与えてやる。

どうして行動に出ないのか、カルリートに訊いたことがある。彼は大袈裟な身ぶりで臆病をごまかした。「そりゃロマンティックで惹かれるよ。けど、何より目立ちたがり屋のすることだね。俺たちが進めるべきは革命だ。新しい見世物の宣伝じゃない。ピンダー一座（サーカス団）じゃあるまいし。難しいのは英雄として死ぬことじゃなく、現場で抵抗し、具体的な成果を上げること」。がっかりだった。もっと派手なこと、たとえば、きみと出会ってから時機を窺っている、二人で一発デカいことをやってやろう、みたいな返事を期待していたのに。マガリはさらに乗り気じゃなかった。だが、それははじめから分かっていた。非暴力主義者なのだ。鬱陶《うっとう》しかった。「過激な暴力がなんになる？　それは向こうの武器。力にものを言わせて権力を握り、力でわたしたちを囲い込む境界線を引き、力で権力を維持する。正当な暴力なんてまやかし。権力はいつも暴力によって打ち立てられ、前の権力同様、暴力によって正当化される。結局、指導者の顔ぶれが変わるだけ。だって新しい権力者は弾圧対象側の暴力を正当とはけっして認めないから堂々めぐり。弾圧、警察、刑務所、拷問への逆戻り。わたしが知りたいのは、指導者が暴力の行使権を独占しない世界をどうやって創れるか。これまでにないやり方で生きるにはどうすればいいかってこと」。いくら立派なことを言ってもマガリは間違っていた。政治運動は死者が出なきゃ意味がない。さもなくばフェミニズム、つまり養われた女のホビー。暴力は必須だ。でなきゃ誰もまともに取り合ってくれない。ヴァランティーヌは贅沢《ぜいたく》があたりまえの環境で育ったから、暴力を警察に向ける気が起こらない。デモをしようなんて思わない。最低賃金労働者と争ってなんになる？ 警察もならず者も同じクソのなかで生きている。千人倒せば、また千人湧いて出る。権力は頭を討つ。ストレートに。

パリに着くまで十時間はかかる。死人の席（助手席のこと）にすわる若いほうの探偵がヴァランティーヌを振り返って口を開く。

「無事でよかった。わたしが言うのもなんだけど、あんまりいつも考えてたから……。元気そうで嬉しい。みんな心配したんだよ。教えて？ つけられてるのは知ってたの？」

「嫌でも目に入ったんですけど？」

「バルセロナを出る前に、お母さんのところに寄って行く？」

こう言ったのは長身のほうだ。ヴァランティーヌはこっちを警戒している。そつのない年長者を演じている。だが探るような目つきが胡散《うさん》臭い。

「いえ。いいです。お互い言うべきことは言いました」とヴァランティーヌ。

「お母さん、心配してたよ」

「そう？　手の内を隠すのが巧いんですね」

年寄りはにやっとして言う。

「残念。また会えたら悪くなかったけど。ところで、わたしはハイエナっていうんだ」

バックミラーでヴァランティーヌと目を合わせようとする。街を出るとき、後ろからクラクションを鳴らされ、ハイエナは急ブレーキを踏み込んで窓を開け、すごい剣幕でわめき出し、相手を凍りつかせる。はじめスペイン語で最後はフランス語になっている。走り出すと若いほうがいらついて言う。

「フランス語で罵倒したって向こうは分かんないよ」

「その点は心配ない。メッセージの肝は受け取ってくれたはずだ」

ＯＫ、サイコパスの怪獣なんだ。やれやれ。車内は緊迫し、重い空気がたれこめる。他人を気まずくしておいて本人はリラックスしているようだが、一時間は誰も口を開かない。これに比べたらイラついた祖母なんてたわけたガンジーだ。こんな危ない人の運転で事故死なんてしゃれにならない。バックミラーで絶えずハイエナに観察されている。ジョニー・キャッシュ（アメリカのロック、カントリー歌手）のディスクがかかる。太古の音楽。小雨が降り出すと同時に夜になる。悲しみがヴァランティーヌの肩を摑み、黒いインクの染みのように背中をつたって腹を締めつけてくる。一人ぼっち。シスター・エリザベスが注入してくれた力は強度を失っていく。車が一キロメートル呑み込むごとに、バルセロナでの出来事が模糊として、現実味が薄らいでいく。ハイエナにまた攻め立てられる。

「ちょっとは話してよ、今まで何してたの？」

「とくに何も。だから帰れて嬉しいんです」

「ほんと、顔が喜びに輝いてるよ。なんでお母さんが取ってくれたホテルを黙って出たの？」

「あのホテル、滅入るから」

「だからって、黙って出て行く？」

「もうお互い話すこともなかったし。毎日、知り合いに見られる心配のないレストランで、ランチおごってくれて。ずっとその繰り返しになりそうで……」

「で、そのあと、どこで寝てたの？」

「お金は少しあったから、別のホテルに部屋を取りました」

もう早く終わってほしい。国境を越えると二人はラジオを聴く。護身術がテーマの討論番組。ありえない訛りのリスナーたちが電話で体験談を話す。ハイエナは知りたがる。

「ね、ヴァランティーヌ、銃が欲しいと思ったことある？」

うるさい人。ヴァランティーヌは肩をすくめる。

「いえ。あたしはただ早く家に帰って高卒資格《バック》を取りたいです」

「へえ、高卒資格？」とうなずきながら、穴のあくほど顔を見つめ「立派な計画だ。椰子《やし》の木が恋しくなんないか？　パリは嫌な天気だよ」

大人はたいがいユーモアのセンスが腐っている。調子を合わせて子供を丸め込もうとしている。なるべく話さないようにする。オバサンは抜け目ない女を演じているが、察したら調子をこいてはいられまい。目を刳《く》り抜いてやりたい。目標に集中する。幸い、二人はしばらくこっちを忘れ、醜いほうの恋愛話をしている。ヴァランティーヌは聞き流し、忘れてもらってホッとしている。携帯電話が鳴り、ルーシーという名のほうが身を起こして腕を回す。

「お父さんからよ！」

それからひとしきり「はい」を連発し、謙遜しつつ得意さを隠しきれない情けない声に、ヴァランティーヌはみじめな獲物になった気がする。電話を渡されるのを恐れている。だが、父はさらに気まずげで、こう言う。

「元気かい？　ホント？　気を揉んだよ……。無事と分かってどんなに安心したか。帰りが待ち遠しい。夜通し走るんだって？　ホントに大丈夫？」

大丈夫？　冗談でしょ……。演じるまでもなく喉が詰まって生気のない虚ろな声になる。家に帰ると思うと落ち着かない。遠くて考えていなかった。迎えにも来ないなんて。父に対してうまく怒れず、ただ自分の無価値さを痛感する。

ペルピニャンを通過しガソリンスタンドで止まる。一人でトイレに行かせてくれる。さっぱりしたい。入場。白々とした照明の下、鏡に映る顔が変わっている。重々しく、洗練された。やつれて目の下にはかすかな隈《くま》。思慮深い人間みたいで悪くない。泣きたい気分だけど涙が詰まって出てこない。

ドアの音にビクッとする。神経過敏になっている。ハイエナが躍り込んで来て、鏡のなかでヴァランティーヌの顔を凝視する。恐ろしい顔。家族が刺客を雇ったのかも、という考えが脳裏をよぎる。アホすぎる。ヴァランティーヌは心臓が飛び出しそう、目を伏せないように必死で洗面台に摑まる。

「バカな子供。無教養でお高くとまって、何も分かってない、薄汚いバカ娘」

「ええと……率直に、お気に召さなくて申し訳ないと思います。でもあたしを家に連れてくために雇われたんじゃなかった？　クイック評価するためじゃなく……」

ヴァランティーヌはとっさに高飛車に出たが、下手《したて》に出て従順にしたら、この狂人の気を落ち着かせられたのにと思う。

「誰が何をいくら払って誰を雇ってるか、分かってんのか？　え？　何をさせられてるか、分かってんのか？」

「分かってるのは、あたしにはパパが必要で、学校に戻って、きちんと生活できるようになりたいということです」

「おい、ひよっこ、暗記がバレバレだ。本心っぽく言うにはもっと練習しないとな。ホントに、家に帰っていいのか？」

「なに言ってるんですか？」

「三時間バックミラーでその顔を見てるんだ。考える暇もあった。何を吹き込まれた？　何を言われたんだ？」

「申し訳ないけど、なんの話か分かりません」

ヴァランティーヌは凍りついている。この狂人が怖い。こんな突っ込んだ乱暴な口をきかれたことがない。相手は変貌し、まっ赤になって毛穴から憎悪が噴き出している。ホラー映画を地でいってる。特殊効果もぶった切れた脚も何もいらず、顔をアップにすればいい。脚がへなへなで立つのもやっと。膝裏を軽く突かれたら前のめりに倒れてしまう。頭がまっ白で麻痺《まひ》している。怖い。狂人は鎮まり、ヴァランティーヌの前の壁に寄りかかって言う。

「白雪姫の狩人の気分だよ、姫の心臓を持ち帰るように命じられる人」

「はっきり言って、何を考えてるのか分かりませんが、ホントに……」

「黙れ。あんたは嘘をついてる。狩人のほうは、続きが分かってる、姫を森で逃がし、代わりに小鹿の心臓を持ち帰る。ただし城に戻って斧《おの》で継母の喉を掻っさばきゃしないし、継母を止めなかった王の尻を蹴飛ばしもしない。おとぎ話は人生訓。雇い主に逆らうもんじゃないってね」

「これから家に帰るなら、そんなにカッカしないで……継母を庇《かば》うつもりはないけど、あたしの心臓を抜くよう頼むような人じゃない」

「シスター・エリザベスが何者か知ってるのか？　なんで面倒見てくれたと思う？　酔っ払った子供を見たらみんな庇護《ひご》して洗脳してやると思ってんのか？　頭に白いのかぶって顔が皺々なら善人なのか？　あんな怪しいのを信頼できるのか？　新しいダチのシスター・エリザベスが誰と

グルか分かってんのか？　イエスの犠牲によるはかりしれない救いとか本気で信じてんのか？　あの尼さん、誰の下で働いてると思う？」

ヴァランティーヌは衝撃に耐える。大人は嘘をつくと言われた。疑いを抱かせるだろう、と。わたくしの名を出すでしょう、とシスター・エリザベスに言われた。だが、それが泣きたくなるほど真実味があるとは教えてくれなかった。ヴァランティーヌは黙って床を見る。しゃべらなければバレない。嫌な蜘蛛《くも》がいなくなるまで道にうずくまるように、脳の活動を止める。誰かがトイレに入って来て、この対決が中断すればいいのに誰も来ない。ハイエナが蛇口をひねって手首に水を掛ける。鏡に映る自分に向かって言う。

「道徳観なんて昔からないし、善行の趣味もない。年か疲れか、その天使の面のせいか知らないが……黙って帰すわけにはいかないんだ。分かるか？　『理念に命を捧げるつもりが、石油一樽《バレル》のために人殺す』って聞いたことない？」

「なんの話か分からないんですけど」

「あの婆さんがわたしと同じ稼業と考えてみな。マザー・テレサの器じゃなくても、固く信じる人。大口の銀行預金をね。ふさわしい貧困はよそで見つける。何を吹き込まれたか知らないが、賭けられているのはすべて金《ユーロ》かちょっとした権力になると考えてみな。そういう稼業だ。うまく人を丸め込めるから選ばれた、従順な悪党」

ヴァランティーヌは放してもらいたい。シスター・エリザベスと大至急、話したい。一瞬、静止画像みたいに、相手の話が真実かもしれないという思いが、いくら抵抗しても忍び込んでくる。

だが、誰も信用するなと忠告された。目を閉じてカウントダウンする。催眠状態の静けさを求める。うまくいかない。きっとハイエナはでたらめを並べて鎌を掛けている。防御する。否認する。けっして吐かない。これは最初の試練。ヴァランティーヌは冷たくそっけない声で嘯《うそぶ》く。

「あたしに言えるのは、ただ、早く父に会いたいということです」

ハイエナは人間の顔に戻り、そこらを水浸しにして顔を洗う。髪を濡《ぬ》らし、後ろになでつける。ヴァランティーヌに手を差し出し、夜の爽やかさでも話題にしていたように微笑む。

「恨みっこなし？　わたしからの現実の注射。吸血鬼が無垢《むく》な餌食を噛むようにね。カプッ。これで終わり。ね。なんだかんだ言って、もう大きいんだし。夜のあいだ考えさせてあげる」

「心配しないでください。すべきことは分かってます」

つい言い返す。つまり抑えられない。相手は振り返り、もう怒っていないし安心もしていなくて、感動している。この人の反応として一番コワイかもしれない。

「水買ってあげようか？　食べ物は？　夜、何も食べてないでしょ？　ポテトチップスは？　チョコレートは？」

パーキングエリアにはヘッドライトを消した大型トラックが、おとなしい動物のように並んでいる。ルーシーが後部のトランクに寄りかかって電話に囁《ささや》き、会話の合間にうわずった笑い声を漏らしている。情けなくて目もあてられないが嬉しそうだ。

無言で発進する。毒が頭に入ってぐらつかせようと作用する。ヴァランティーヌは動揺している。トイレの蛍光灯の下で言われた言葉に信念を揺るがされるなんて。シスター・エリザベス。

驚くほど分かり合えた。本当にしてはできすぎ。わが子を認めたように、一瞬で生まれた愛情。だが何も変わらない。もうジェットコースターに乗り込みシートベルトを締めたのだ。今さら降りるなんて、そんな滅入ることはできない。それでどうなる？　マシになるのか？　マガリが見せてくれた写真が目に浮かぶ。岩に打ち上げられたアホウドリの骸骨、広げた羽のか細い骨。波のまにまに漂う格好のエサ、プラスチックの蓋を食べすぎて、胃がカラフルな栓で一杯になっていた。十年後、百年後にはそれだけが残る。骨も羽根も嘴《くちばし》も塵《ちり》に還る。だが、まやかしの食べ物、バカげた蓋は色褪《あ》せることもないだろう。別のアホウドリが来て呑み込むかもしれない。

動機が間違っていても、この決断は正しいのだ。

二時間後に再び休憩する。ルーシーは車内で眠っているふりをしているが、携帯電話を握りしめ、来ないメールを待っている。コーヒーマシンのそばの高いテーブルにつき、蛍光灯の光で顔が十歳老けたハイエナに言われる。

「そりゃ、完全な精神錯乱にでもならなきゃ、嘘ではなく真実、悪ではなく善を選ぶのは難しい。だけど、ほっとけないんだ。何をするつもりか言ってごらん」

「学校に戻って、勉強します……。ホント、何が言いたいのか分かりません」

「でもさ、この二時間、車のなかでよく考えてたみたいだけど」

「家族との再会に感動してるんです」とヴァランティーヌ。

「嫌なら帰るのはやめるよ。父親の家には行かない。好きなところへ連れて行ってあげる」

「子供好きの異常性愛者だったの？」

「喜んでもらえるなら、こっちはなんの問題もない。車もあるし、どこでも連れて行ったげる。あんたがやりたいことをしよう。ただしキャンセルするんだ。十日ちょうだい、十日だけでいいから話をしよう。なんならバスケのチームに一緒に潜入しよう。記者だと言えばいい。想像してごらん、バスに男が二十人、それに運転手、マッサージ師、コーチ……。ほかにやりたいことがあればそれだっていいよ。たとえば、政治が好きならチアパス（メキシコの州）へ行って目出し帽かぶって、射撃を教えてあげる。それか、ロシアがよければロシアへ行って、大国の清い若者と交流しよう。ヨーロッパの大聖堂めぐりだっていい、そういうのに今はまってるならね。あんたがやりたいこと。だけど計画は変更し、家には帰るな」

「どうして、そんなこと言い出すんですか？」

「重いもんな。顔見りゃ分かるし、実際、重いんだ。思い違いしちゃいけない」

この人、面白くなりたいときは面白い。そして本気出すと。少し前のヴァランティーヌだったら素直に言うことを聞いただろう。だが、今さらもういい、信頼は使いはたした。みんな躍起になっていてうんざり。空疎が見える。なんにでもしがみつく。探偵は自分にしがみつく。ルーシーは携帯電話にしがみつく。空疎だ。みんな。探偵の申し出は人生の表層。前方へ逃避するため。本質を忘却すること。そうやってもう十分消耗した。結局は幻滅することになる楽しみなど、もういらない。ヴァランティーヌはため息をつく。

「心配しないでください。本当に。親切ですね。でも心配しないで」

パーキングエリアで大型トラックが金属の軀《むくろ》を並べて眠っている。ハイエナは運転席につき、ルーシーを起こす。

「さあ正式になった。わたしらは絶滅危惧種だ」

ヴァランティーヌは微笑む。待機している。もう迷いはない。疑いは晴れている。

夜明けにパリに着いた。空も建物も道路もすべてが灰色に見えた。街路にホースで水を撒《ま》く市職員の緑色の制服が点々と見えた。

ガルタン家のすぐ前に駐車スペースがあった。ヴァランティーヌは車中でろくに話さなかった。ハイエナがエンジンを切った。

「わたしは顔を出さない。ここで別れる」

車を降り、トランクから自分のバッグを出した。それから少女と向き合った。「帰る前に、ホントにわたしと遊びに行きたくない？」。深い仲でもないのに長々と別れを告げていた。報酬の分け前をどうするかも訊《き》かずに行ってしまうのが意外だった。その日のうちに電話をくれるのだろう。わたしの番になり、抱きしめられた。疲れで感傷的になっているようだった。そのときは深く考えなかった。寒かった。ハイエナが遠ざかって角に姿を消すまで見送った。ひょろりとした後ろ姿が胸に迫った。

振り返るとヴァランティーヌの顔が青くやつれていて、寝不足だし、こもごもの感情や疲れがたまっているのだろうと思った。バカをやらかしている感覚にぞっとしたのはエレベータのなかだった。帰ったからには仕事に復帰し、情けない尾行を再開し、ゾスカともたぶん、もう会えないという個人的問題のせいにした。その朝、胸がざわつくたび気にしないようにした。

以来、あの場面を頭のなかで何度も再生した。明らかに何かがおかしかった。だが、疲れて上の空で、エレベータの「非常」ボタンも押さず、「ずらかるよ、おいで」と叫びもしなかった。ガルタン家の面々は柄になく愛想がよかった。淹《い》れ立てのコーヒーとクロワッサンの山で迎えられた。わたしたちと違って、彼らはすっかり目が覚めていた。かといって喜びに沸くというほどではない。だが、心底ホッとしているようだった。古風な未亡人よろしく黒ずくめのジャクリーヌから何度も礼を言われた。気に食わないと牙をむくが、ご満悦だと甘かった。祖母に何度も「大丈夫？　かわいい子」と髪を撫《な》でられていたヴァランティーヌの硬い微笑には注意していなかった。父親は気まずげでぎこちなかった。継母と娘たちは少し遅れてリビングに来た。ヴァランティーヌと肉親との対面をそっと見守るべきだと、あらかじめ話し合っていたのだろう。そのときわたしが考えていたのは、また一人になるのは変な気分だということ。それと、ゾスカからすぐ忘れられてしまうのか、メールが来るのかということ。

一緒に旅はしてもろくに話さなかったし、ヴァランティーヌとはややそっけなく別れた。無事に帰れてよかったね、と肩を叩《たた》いた。そのときの彼女の表情を憶えていない。実は注意していなかった。祖母がわざとらしい控えめさで、心づけとばかりポケットに滑らせた現金の封筒に気を取られていた。ハイエナは分け前をいつ取りに来るのだろうと、また考えた。

帰宅したときは興奮してへとへとだった。色々なことがあったのに、家に入ると昨夜出たみたいに変わりなかった。会社に電話し、午後から出勤すると伝えた。アガトは定期的に連絡しなかったことを怒っていたが、大団円に感心していた。ドゥスネはホッとした様子だったがよそよそしく、この機に乗じて賃上げ要求されるのを恐れ、転ばぬ先の杖《つえ》、と大袈裟《おおげさ》な口ぶりを控えているようだった。だが一件落着に満足していた。会社の業績にもなる。徹夜で車を走らせて来たと知ると、一日有給を取るように言われた。こんなに寛大に扱われたのは初めてだった。

コンピュータにスカイプをインストールした。そして、ゾスカが接続するのを待った。別れたときよりずっと優しかった。画面に閉じこめられていた。顔を見て話しているのに、そばにいないのがもどかしかった。早く寝た。翌朝目覚めると、意識の底が陰鬱で、表面は灰色の埃《ほこり》で覆われていた。虫の知らせとは思わなかった。十一時ごろ家を出た。歩いて出勤した。辞表を出そうと考えていた。バルセロナに移住したかった。ただ、ゾスカがどう思うか、話を切り出すには勇気がいる。計画を明かすのは時期尚早な気がした。

職場に着いたときは、上司に無断で一週間バルセロナにいて、まったく報告書も書かず、どうなるのか見当もつかなかった。ドゥスネは十五分面会してくれたが、そのうち十分は電話中で、しぐさで待つよう指示された。それから、満足していると言われた。明朝には報告書を出してほしい、経費の請求額が穏当だといいが、とも言われた。経費は家族が持ってくれたとわざわざ説明しなかった。

オフィスに下がると、ダークグレイのスーツで極めたジャン＝マルクがコーヒーを飲みに顔を出した。恋に落ちたと話した。彼に私的な話などしたことがないのに、誰かに言いたくてたまらなかった。相手が女と知るや身を乗り出され、急に話す気が萎えた。ランチタイムの少し前、ラフィックから直接電話があって、一緒にランチするなら待っているけどと言われた。出世したものだ。けれど全然会社にいたくなかった。どうにも寒かった。意外にもハイエナが恋しかった。電話してほしかった。

翌朝、報告書は一行も書けず、提出しなかった。その翌日も。アガトは礼儀正しくなり、思ってもみないうやうやしさで報告書を要求された。今回の件で株が上がっていた。嬉《うれ》しくなかった。ゾスカにパリ行きチケットを買ったと知らされるか、早く会いに来てとせがまれたかった。だが、向こうはスカイプ愛で間に合っているようだった。ハイエナが連絡してこないのが解せなかった。あっさり忘れられ、気落ちした。月曜は音沙汰のないことに憤慨していた。報告書をまとめるのに助けが必要だった。どうすれば連絡が取れるのか分からなかった。

その日の午前中、報告書をなんとか数ページ書いた。だが勢いは長続きせず、昼前には「ヴォーグ」誌のタロット占いサイトで、ゾスカとの恋愛に関する色々な疑問や、人生における彼女の重要性を占っていた。結果はよかったが謎めいていて、ジャン＝マルクがノックもせずに入って来たときは集中していた。彼は青ざめて狼狽《ろうばい》を抑えきれないようだった。

「パレ＝ロワイヤルでテロがあった。下にテレビを見に行くけど、一緒に来る？」

「パレ＝ロワイヤル？　パリの？　あそこ、イスラム原理主義者が入れるの？」

バカみたいに、気を遣ってもらえるのは悪くないなどと考え、美女気取りでついて行った。

一階ホールの液晶モニタ前には、十人程度が集まっていた。重い沈黙。冗談を言う雰囲気ではなかった。何を見ているのか、すぐには呑《の》み込めなかった。大予算映画の予告篇でなく報道番組だとは容易に納得できなかった。テレビ局の解説者の声は平板で、脳をどこかに置き忘れて自動運転中、何を言っていいかおぼつかないようだった。

まだ煙が立ちこめていた。遠距離からの撮影だった。地上で撮られた映像には黒い煙幕しか見えない。ヘリコプターからのショットは別物だった。ところどころ鎮火していた。一番奇妙なのは、破壊をまぬがれたが衝撃で移動したものだった。脳がなかなか処理できないのは見憶えのあるものだった。灰色の瓦は血まみれで、地下鉄駅の色鮮やかな球形看板は無傷だが、もとの場所から百メートルほど飛ばされていた。持ちこたえた木。ひっくり返ったベンチ。まっぷたつに折れた街灯。金色に塗られたばかりの鉄柵の装飾。入口に彫られた重い剣を持つぽっちゃりした天使像の破片。ビュランの円柱の一つは無傷のまま、倒壊しなかった木のてっぺんに着地していた。かすかな面影が、まわりの黒い瓦礫《がれき》の山がたしかにパレ＝ロワイヤル（十七世紀建造の王宮、現在は国有施設）だったことを示していた。ぐちゃぐちゃに破壊され、恐怖が薄められていた。

ホールで最初に出たコメントは、

「権力の上のどこかで誰かが給油ポンプを変えた結果がこれ。パレ＝ロワイヤルは終わり」

「カプリみたいに（「カプリは終わり」は六〇年代のヒット曲）。でも、もっと酷い」

気のきいたことを言おうにも、心ここにあらずだった。

「なかに人はいたの？」

「この時間にか？」

「遺体は見えないよ？」

「この煙じゃ分からない……。そのうち話すだろう」

「アルカイダと決まったわけじゃない、ＥＴＡが攻撃予告してたでしょ？」

「パリを？　冗談だろ？　バスク人だってイル＝ド＝フランスの独立は要求しないだろ」

「さっき、セレモニーがあったって言ってたけど。何か分かった人いる？」

「いったい、これ何、省庁かなんか？」

「違う。パレ＝ロワイヤルだ。話についてきてる？」

「やばい、そばに住んでる友達がいる、電話してみよう」

「変だね、憶えてる？　まるでハイチだ」

「それか、チリ」

「まず連想するのはツイン・タワーでしょ」

爆弾でも地震でも、とにかく不機嫌な巨人の鉄拳で粉砕された場所。まわりは徐々に活気を取り戻し、冗談を言いはじめていた。わたしは脚がへなへなで頭が働かなかった。

画面には知っている街が広がっていた。奇妙になじみ深い風景。吐き気がした。

外を救急車が猛スピードで次々と通過していく音がした。現場まで歩いて行ける距離なのだ。

何回も繰り返されるうちに実感が湧いてきた。よくパレ＝ロワイヤルの前を通ったが、みんな同様、気にもとめなかった。やめていたタバコを再開したのが晴れた日のあそこのテラスで、一緒にいた男は気に入っていたけれど、あとで別の男があらわれて振ったのを思い出した。まさに、あの場所。

ラフィックが寄って来た。兄弟みたいに、頼りにしてもいいがおまえも強くあれという感じで肩を抱かれた。一瞬、彼の動揺を感じ、惚《ほ》れられてもつき合えないと、早く伝えておかなければと思った。あれ以来、彼のしぐさを何度も思い出す。すでに知っていたのか？　誰が知っていたのか？　何を？　わたしは誰に巻き込まれたのか？　誰が味方だったのか？　いったい何が起こり、わたしはどんな役を演じたのか？

ゾスカに電話した。ホールではみんなが電話していた。彼女はもうニュースを知っていて、まわりはその話題で持ちきりらしかった。わたしは「嘘《うそ》みたい、とんでもなくて信じられない」としか言えなかった。それからジャン＝マルクが来て、離れたところに連れて行かれ、ラフィックは変な顔をしていた。

「ガルタンが現場にいた。芸術文化勲章の授章式に出ていた」

理解したくなかった。ちゃんと聞こえた。だが信じたくなかった。映像を消化するのでやっとなのに、そんな突拍子もない偶然に毒されたくなかった。おととい、コーヒーに砂糖を入れるか訊いてくれたフランソワ・ガルタンが、あの瓦礫の下にいた。長い褐色の艶髪に鮮やかな黄色のTシャツとエレクトリック・ブルーのスニーカーの女が、やけどでもしたみたいに手を振りながら「来て！　早く来て！」と素っ頓狂な声を上げ、みんな無言で彼女のモニタに向かった。興奮ぶりが怖かった。今見た光景より興奮するものがあるというのか？

「あたしはペスト、コレラ、鳥インフルエンザにA爆弾。あんたの目に入った糞《くそ》、放射性の淫乱少女、心臓には悪《あく》しかない。超ウラン性の歩くごみ箱、汎用性の感染源」

出だしは学校で朗読する詩のような、型どおりのスラム調。ヴァランティーヌは全身白ずくめだった。目の下に黒い隈《くま》があった。ウェブカムの前で静かに話していた。自室で机に向かっていた。全員がこちらを見た。わたしは呆気《あっけ》に取られていた。必死で否認していた。自室で少女がコンピュータに向かっている設定が無害な動画に見えた。なぜ、今これを見ているのか？

「あんたらみんな反吐が出る。これからやることは単独行動。犯行声明を出す人がいたら、それは憐《あわ》れな大嘘つき。あたしはただ、楽しみ《ファン》のためにやる。フォローしてね」

それから右腕を伸ばしてカメラを臍《へそ》へ向け、直径およそ三センチ、長さ十五センチの輝く金属製シリンダー――すぐにピンとくる小型のヴァイブか太いタンポンのサイズ――を見せ、左手でベルトを外し、ジーンズを下ろして立つと、何もつけていないがセクシーには見えず、下半身をカメラに向け、片足を机に上げる古典ポルノのアングルで、管を膣《ちつ》の奥に挿し込み、ジーンズを穿《は》きファスナーを閉め、軽く腰を振ってから、また上に向けたカメラに向かって簡潔に締め括った。

「欲しい？　やりたい？」

動画終了。動画は爆発の十分前、「リトル・ガール」名義でアップされ、授章式前にヴァランティーヌが使ったとみられるフランソワ・ガルタンのiPhoneから発信されていた。噂《うわさ》によれば、金属探知ゲートが警告音を発したものの、少女はスペインで入れたクリトリス・ピアスのせいだと得意げに申告したため、誰もそれ以上追及しようとせず、黙って入るようにうながした。これはあとで語られたことで、真相は誰にも確かめようがなかった。爆弾は素人の手作りではなかった。半径四百メートル圏内の建物が吹き飛ばされた。後日、あれはE爆弾のミニチュア試作品で、失敗したのではないかと言われた。成功したら何か月も街の電気、ラジオ電波、電話が障害を起こしたはずだ。唯一確かなのは、あれが自宅で砂糖などでこしらえたヴァランティーヌのお手製ではなく、本物の爆弾だったということ。

ヴァランティーヌは暗記した文章をのんびりと唱えながら、途中でタバコに火をつけていた。あとで実行することをしようとしていたにしては、リラックスしていた。カメラを見る目がすわっていた。表情にほとんど動きがなかった。ラフィックを振り返った。

「こんなのただの偶然。フェイクだよね？」

ラフィックは画面から目を離さなかった。いらついた。一人だったらすぐ消したのに。そして何も見なかったことにして、別のことをしていたのに。だが世界中が動画に注目し、再生回数はあらゆる記録を更新しているはずだった。それに長くはアップされていない。五時間後には削除され、地球規模の検閲の第一例となる。おそらく、事件から政治色を払拭するため「ヴァランティーヌの惨劇」と称されることになるパレ＝ロワイヤルのテロは、様々な意味で三千年紀の政治の幕開けを象徴する出来事として記憶されることになる。結局、政府がちょっとやる気を出せば、インターネットの検閲など難しくないという事実に気づかされようとしていた。そしてヴァランティーヌについては、シリア、エジプト、イスラエルを含め、ポーランドから中国にいたるまで、意見が一致することになる。ウェブ上でこの子に汚物をさらさせても、なんにもならない。感染を恐れて？　ありうる。

公式には犠牲者の遺族への配慮とされた。珍しく小児性愛も女性の尊厳も持ち出されずに検閲が正当化された。世界中のどの国にも、この状況に対処できる法的手段があった。ベネズエラすらこの動きに従った。

一階でははじめはゆっくり、やがて半狂乱でみんなが荷物をまとめ出した。放射性爆弾だったら？　噂が広まった――酸性雨が降るかもしれない、巨大な電気障害が起こるかも、大規模な洪水になるかも……。ちょっとした大脱出、即興の八月十五日《聖母被昇天祭の祝日》のような事態になった。車も列車もぎゅう詰めで、高速道路を走って逃げ出す者さえいた。とどまる者もいた。H爆弾ならじたばたしても仕方がないと腹を括る者、悲観的な者、アルコール依存症の者、好機到来と見る略奪者、そしてわたしみたいに途方に暮れた者がいくらか。結局、警報は誤りで、爆弾は放射性ではなかった。

この日のことは正確な時系列順で思い出せないが、一階は早々に、わたしとジャン＝マルク、ラフィックだけになっていた。わたしはウィスキーを飲んでいた。二人が逃げ出さずそばにいてくれたのは、爆弾の性質を実は知っていたからなのか。それは考えすぎで、わたし同様ショックのあまり冷静沈着に見えていたのか。ジャン＝マルクが子供に話しかけるように目の前にひざまずいていた。小声で何か説明されていたが、わたしの耳には入っていなかった。彼の話をさえぎって言った。

「ハイエナと話さなくちゃ」

こう言うと、悲しげな顔をされた。わたしがどれほど虚を衝かれているか気づいたようだった。彼らが味方だったのか、彼らに利用されていたのか、今も分からない。わたしは立ち上がった。

「電話しなきゃ」

ジャン＝マルクに手首を摑《つか》まれ、顔で「ダメ」と言われた。オフィスは空っぽで、どうしてみんな帰ったのか思い出せず、考えてみようともしなかった。

パリ市民は翌日から街に戻って来た。光の都のグラウンド・ゼロをエッフェル塔のついでに見ようと、世界中から観光客も殺到した。

多くが素晴らしいと見なした。とりわけ、武器を手にしたこともなければ一晩勾留されたこともない大学人が、この問題について優れた論考を執筆した。あらゆる年代、政治的立場の作家たちが、しゃかりきにキーを叩いてニヒリストのイコンに熱烈な宣言文を書いた。彼らは少女のために考え、少女は彼らのために行動し、システムが鍛えられた。一方、安楽な人生でしか身につかないおめでたい傲慢さで愚かな少女をこき下ろす者もいた。長年忍従していた記者たちは少女の肩を持った。猛々しいまでに。アーティストらは決定的事件だと叫び、蜂起を呼びかけるのが賢明と判断した。逆に、軽はずみな行為だと断固非難する者もいた。子供が爆弾を装着するのを見た不快感を表明する者もいた。少女の短い宣言はたちまち話題になり、ラップになり、歌われ、パロディー化され、模倣され、さらに模倣され、翻訳された。しょぼい栄光。病的。犠牲者の遺族はあらゆるメディアの取材を受け、痛ましい証言が大々的に報じられた。だが大衆の支持を得ることはなかった。誰もが当事者のように感じていた。何百万ものネットユーザーが怒濤《どとう》のように意見を表明した。恐れなかった。ちょっとやそっとでは黙らなかった。悪いのはテレビゲームだ、離婚だ、地球温暖化だ、大統領だ、甘味料だ、ユダヤ人だ、不法滞在者だ。あの動画を閲覧不能にするのは卑劣だとする者もいれば、最低限のことだとする者もいた。コンセプトはいいが場所の選択がまずく、自分ならもっとうまくやったのにと言う者もいた。さらには、「二世」ばかりが注目されることに不平を鳴らす者もいた。というのも、この間フランソワ・ガルタンは世界に名を知られた作家となっていたからだ。遺作は幅広い読者を獲得し、オンライン書店で売り上げの首位に躍り出ていた。

見せしめ的な弾圧がなければ、騒動は一過性の話題で終わっただろう。コメントがまずブロックされ、ついで抹消された。治安維持。すみやかに判決が下りはじめた。司法制度は以前から、テロのような緊急事態下で判決が下せるよう整備されていた。件《くだん》の動画のオンライン公開を支持する文書に対し十年。フルリ刑務所に入る老作家がテレビで大きく映し出された。重監視房に禁固十五年の刑を科せられていた。打ちのめされているというより意表を衝かれているようだった。彼には青天の霹靂《へきれき》だった。あどけない顔に言及し、今どきの子供が怒るのはもっともだと述べたにすぎなかった。早急に分かりやすい見せしめが必要だった。ふてぶてしいベビーフェイスをした十六歳のデブなアメリカ人少年は三十年食らった。動画をP2Pにアップしたからだった。もともと著作権保護のために練られていた改正法案が、厳格化され、緊急採択で可決された——公的機関の係官はいつでもあらゆるコンピュータと電話の監視ができ、不審な点があれば没収できるようになった。もはや、件の動画はいかなる理由でも公開されることはなく、事件に関する不穏当なコメントも影をひそめた。公共道徳が呼びかけられた。話題にする意欲は立ち消えになった。事件から何週間もたつのに爆発物の性質がいまだ明らかにされていない、と非難する記事もほとんどなかった。

ネットカフェに監視カメラが設置された。各国は次々と厳格な規制法を採択した。強硬に抵抗するハッカーもいたと囁《ささや》かれるが、彼らが主催した掲示板にアクセスすることなど、わたしには疎くてできなかった。

ウェブは提灯記事で埋めつくされた。陰謀論はどれも元をただせば、現実の出来事に飛びつきやみくもに意義を与えようとする無知蒙昧《むちもうまい》な大衆の妄想だった。公式見解があらゆる言語で宣伝された——嘆かわしい人物ヴァランティーヌ・ガルタンは重度の精神錯乱だった。麻薬、性的虐待、極左の感化の犠牲者。さらに尾行調査資料の写真がインターネット上に出回るのを、わたしは呆然《ぼうぜん》と眺めた。色情狂、ドラッグ漬け、非行少女。ついでに、親たちは子供が発するサインに注意するようながされた。注意深く能率よく——ちょっとの厳しさで多くの人命が救われる。

ヴァランティーヌの祖母は驚くほど一徹な声明を出した。頑として、孫娘の単独犯行ではないと主張し続けた。

ジャクリーヌ・ガルタンはインフルエンザの不運な合併症で病院に搬送され、あっけなく死去した。ヴァランティーヌの母ヴァネッサは警察の尋問を受けたが、供述は説得力に欠けた。曖昧な点、矛盾点が多すぎた。わたしの知るかぎり、まだ勾留されている。ついでに不審な資金調達への関与が発覚し、大々的に報道された。ヤシヌと姉のナジャは共犯の嫌疑を掛けられ、終始否認しているが、わたしの知るかぎり、やはりまだ刑務所にいる。彼らの母親は、間もなくバイクに轢《ひ》き逃げされて死んだ。複数の極左活動家が指名手配されたが検挙にはいたらなかった。ただ、カルリートと呼ばれていたシャルル・アモクラナなる人物だけは逮捕され、警察の一連の尋問が終了する前に独房で自殺した。わたし自身も消息不明の証人リストに載っている。だが、政治的レッテルは貼られていない。

効率的な検閲にかかわらず噂は流れた。公にされないかぎり、事件について話す者の口を封じるのは得策でないとの判断から、政府は大目に見ていた。あの日の受章者リストは眉唾物だと言われていた。私生活に関する致命的スクープをちらつかせ、政府高官を脅迫していた記者。巨額の裏金工作に関する裁判で劣勢にあり、資金源を吐くかもしれないと囁かれていた大臣。大統領は盛りがついて淋病《りんびょう》をうつし回っていると吹聴し、大統領を敵に回した愚かな歌手。なぜ共和国の勲章などもらえるのか不可解だった。高級売春組織に関与し、告発を企図していたらしいウェイトレスらの名前もあがっていた。

すべてを考え合わせると、あの日ラフィックとジャン＝マルクがしてくれた助言は適切だったと言うほかない――逃げる。警察に尋問される前に高飛びする。事件のただならぬ余波が把握される前に、警察がわたしの供述などはなから信じないことに気づかせてくれた。何も知らなかったと言ってもいらつかせるだけ。バルセロナでハイエナが、中心街のとある界隈《かいわい》へ行こうと思い立ち、たまたま入ったバーで客として来ていた少女と鉢合わせした、とか、たしかに驚きましたが恋に落ちていて深く考えていませんでした、とか言っても。「怪しまれるだけだ」とラフィックは言い、ジャン＝マルクもうなずきながらウィスキーを注ぎ足してくれた。バーを経営している友人を介さずハイエナと連絡を取る方法は分からないなんて言ったら、「絶対、面倒なことになる」とラフィックに言われた。携帯電話はオフィスに置いて行くように言われ、ゾスカの迷惑にならないよう電話番号を消そうとすると、その程度の用心では話にならないと気づかせてくれた。逃げれば、知り合いのなかでもとりわけゾスカを危険にさらすと悟って、わたしが正気に返ったのは、だいたいその時点だった。

ジャン＝マルクが鍵を持っているブガンヴィルの家に、スクーターで連れて行ってくれた。夜通し走り、そのときは多くの人がまだ街を脱出しようとしていた。電話ボックスで止めてもらい、ゾスカに電話した。

「やばいことになってる。電話では全部話せない。そっちにも調べが回るかも。携帯電話はあなたの名義？」

「もちろん違うよ。今どこ？　一人？　どうやって連絡取れる？」

「分からない」

「ねえ。わたしが働いてるって教えてあげたバーの名前を思い出して。口に出しちゃダメ。今夜そこにいる。一時間後に電話ちょうだい。そのとき公衆電話の番号を教えてくれたら、夜のうちにこっちから掛ける。分かった？」

冷静さに救われた。ジャン＝マルクが去り、一人残されたのはいかにも隠れ処らしい窓のない地下室で、没個性的な調度はホテルのそれを思わせた。翌日、ラフィックが偽造した運転免許証を届けてくれた――写真はR社に入るとき履歴書に貼ったもので、まったく鯉《こい》みたいな顔をしていた。今わたしは「ブランシュ＝ロール」と名のっているが、それにしても、パリが大混乱のさなか、どうしてあれほど迅速にできたのだろう。

怖くはなかった。怖さはあとから来た。両親が心配しないかラフィックに訊くと、安心させようとしてか、こう言われた――勾留されても長くはならないだろうが、肝心なのはわたしの居場所を知らないこと、知っていたら吐かせられる。実際、両親は一週間以内に釈放されたようだ……。後日、ゾスカに頼んでそれぞれに送ってもらった絵はがきには「こちらは大丈夫、お元気で」と書き、二人の祖母のファーストネームを記した。察してくれるだろうと思いつつ。絵はがきが届いたら、別れた両親はまた連絡を取り合い、電話で話すようになるだろうか。

ラフィックから、なくなるのはあっという間だから気をつけるようにと現金三千ユーロを渡された。R社には「この手のケース」にそなえて裏金庫があったようだ。この手のケースなど毎日あるわけはないし、社員の保護に腐心する会社でもなかったのだが。分からないのはそれだけではない。ラフィックが自分の金をくれたのか？　わたしがきれいに消えるよう、誰かから金を託されたのか？

ジャン＝マルクが別れを告げに寄り、地下室の簡易台所でまずいインスタントコーヒーを立って飲んだ。ラフィックは、ゼロから出直したい人の受け入れに慣れた国だと言ってアルゼンチンを薦めた。ジャン＝マルクからはポーランドへ行くと思われていた。スウェーデンは役所が几帳《きちょう》面《めん》で、すぐ目をつけられるから薦めないと言われた。どのみち年中寒くてほとんど太陽が出ない国に行くつもりはなかった。準備万端整っていた。そのときはありがたくて泣きそうだった。あとになって、彼らが誰を庇《かば》おうとしていたのか、なぜあれほどわたしを追い払わなければならなかったのか、と考えた。彼らは別の知り合いが無防備に国家の爪牙《そうが》に掛かるのを見ていた。会社を守るためだったのか、ハイエナを守るためだったのか、それとも別の誰かの指示で動き、指令は上から、横から、下から、よそから来ていたのか？　分からずじまいだった。結局、最悪だった。自分の過去を失うより悪い。近づけないブラックホールのようだった。いったい正確には何が起きたのか？

二日以内に家を出て、鍵は無記名の郵便受けに入れておくよう言い残して二人は去った。行かないで、と泣きつかないようベッドにしがみついていた。体面のためではなく、無駄と分かっていたからだ。

約束どおりゾスカが電話をくれた。電話連絡を受けるため、近所の電話ボックスまで行くことは誰にも言わずにいた。住宅街の道路にはひとけがなく、危険を感じた。だが、そうせずにはいられなかった。彼女の声が聞こえたとたん、泣けてきた。新聞にもラジオにも調査員だったわたしの名前が出ていて、ハイエナの名は出ていないと言われた。居場所を訊かれ、口外できないと言うと、それじゃ簡単に会いに行けないじゃないのと諭された。また危険を感じたが、孤独でいるより危険を冒すほうがましだった。

ブジヴァル駅から遠いのか訊かれ、見当がつかなかった。明日十時以降バイクで駅に着く、フルヘルメットを用意しておくからと一方的に告げられた。段取りはすべて考えてあるようだった。救われた気がした。

翌日、わたしが姿をあらわすとゾスカはタバコを踏み消した。ヘルメットを渡され、わたしはゾスカの後ろにまたがり背中にしがみついて、出発した。

バルセロナを離れてから、ゾスカには絶妙なヨーヨー遊びをされていた——甘い電話をくれ、メールにぴたりと返信をくれなくなり、近々会いに行くと約束され、時間がないと告げられ、夜中の電話で狂おしいことを語られ、翌日は一日中携帯の電源を切る。こっちはすっかり当てられ携帯に取り憑《つ》かれていた。だが、よく知りもしない彼女が夜通しバイクを飛ばして迎えに来て、あらかじめ手配していたブルターニュ地方の家に連れて行ってくれた。まずい策ではないかと恐れたが、やがて彼女が潜伏活動が好きで、経験もあることが分かってきた。任せておけばうまくやってくれると信頼できた。

午後到着し、薪の下に隠してあった鍵で家に入った。裏庭は窓のない工場二棟に囲まれていた。通りに面したよろい戸は閉め切ったまま、裏庭に出れば人目を気にせず日光浴ができた。リオデジャネイロやモスクワと比べて、さすがにドゥアルヌネ（フランス西端ブルターニュ地方の港町）は近すぎじゃないかと意見した。だが、ゾスカはブルターニュが好きなのだ。ここで二週間待機してからフェリーでイギリスへ渡り、ロンドンから飛行機に乗る計画だった。ゾスカが考えていたのはブラジルだった。けれど、わたしが移動できる状態でないとすぐに察した。到着するや、わたしは倒れた。

はじめの三か月は無気力、憤怒、不安、悲しみ、恐怖に順繰りに襲われた。皮膚の下で鼠《ねずみ》たちが出口を求めて騒いでいた。いったん落ち着いても、すぐ次の発作に襲われた。疑問が錯綜《さくそう》し、衝突し、毎晩ぶっ続けでさいなまれた。ハイエナは何を知っていたのか？　ヴァランティーヌは誰と出会ったのか？　何があったのか？　ラフィックははじめから知っていたのか？　祖母は何か疑っていたのか？　もうちょっと注意していたら、こうはならなかったのか？　帰路、ハイエナとヴァランティーヌのあいだで何があったのか？　あの日授章式に出た人たちは、なぜ死んだのか？　誰が殺戮《さつりく》を望んだのか？　誰がヴァランティーヌに爆弾を提供したのか？　危険人物と会っていたのに気づかなかったのか？

三か月間、爆発の日のことで頭が一杯だった。ヴァランティーヌの身になり、フランソワ・ガルタンになり、衝撃でずたずたになって消防士に介抱されていた。アイデンティティを失った。ろくでもないと思っていた過去の自分。そんな自分が希薄になっていった。

その間、ゾスカは何をしていたのか忙しく行き来していた。夢中でわたしに色々な外見を試させ、髪オタクだと知った。わたしの髪は順に赤毛、プラチナブロンド、銀白色、赤褐色になった。おかっぱ、段カット、ショートカット、しまいに怒髪天を衝いて鏡を見るに耐えなくなったある日、自分で丸坊主にした。引きこもっていたのに三日と同じヘアスタイルをしていなかった。

ゾスカは鬱を脱するには菜食療法にかぎると断言した。痩せてるほうが似合うと言われる。隙間風が吹いても風邪を引くし、弱っている気がする。けれど反論しなかった。どのみち怖くて外に出られなかった。もはや常識的な不安ではなく、激しい生理的拒絶反応で、ドアに近づくだけで眩暈《めまい》がした。ゾスカはわたしのイメージチェンジも決行し、しばらくは七〇年代フランスの成金女みたいな格好だった。これが彼女が一番萌《も》える女のイメージでないといいのだが。

ある日ゾスカは、わたしが快復しつつあるから隠れ処を変えると宣言した。車でセビリアまで南下した。驚いたことに、三か月間怖くて一歩も出られずこもっていたのに、外に出て五分もすると申し分ない気分だった。車を走らせるにつれ光が強まり、嫌なことは後ろへ遠ざかっていくような気がした。

今も指名手配されている。数週間はいたるところに写真が出ていた。事件への関与がやや誇張気味に報じられていた。何か暴露されるのを恐れたテロリスト集団に誘拐されたのではないかと懸念されていた。だがマガリ・タルボと違って、わたしの顔は早々にメディアから消えた。行方不明でいるのがみんなにとって都合がいいようだった。なぜかは分からない。

今はセビリアから数キロメートルの、シーズンには観光客でごった返すカンティヤナ村に住んでいる。もう顔が割れる心配はない。自分でも鏡を見て自分のような気がしない。表情が変わった。

南米へ発つ話はまだ消えていない。旅行のため、わたし似のフランス人女性にパスポートの賃貸を承諾してもらったが、いなくなった。大丈夫、ゾスカは急いでいない。ここが気に入っている。ビジネスはうまくいっている。ある日突然、看護師役に飽きるか、しょっ引かれて数か月食らい、帰って来なかったらどうしよう、と長いあいだ恐れていたものだ。

ゾスカは想像しうる最高の恋人、相棒、きょうだい、そして秘密の共有者だ。何か月も、唯一の話し相手だった。わたしは昔から社交的な性質《たち》ではないし、遁世《とんせい》できてありがたかった。彼女がいれば、それで十分。

ゾスカは外の噂を持って来てくれる。聞いた話やインターネットで見た話。語られる地域によって、ハイエナはチアパスにいたり、ガザ地区にいたり、ウクライナで服役していたり、シカゴで死んでいたり、サン＝ジャン＝ド＝リューズで働いていたり。メキシコの女子修道院で目撃されたという話すらある。彼女はヴァランティーヌを連れてパリに帰るとき、あとで起こることを知っていたのだろう。だが、どうにもできなかったのではないか。知っていて憂鬱になっていた。というのもヴァランティーヌは特別だったから。一緒に行動して驚いたのは、話を聞いた人たちの誰も触れなかったこと、ヴァランティーヌがいいにおいで美声でユーモアのセンスがあることだった。尾行していたときは遠すぎた。体臭も微笑も分からなかった。彼女のことを何も分かっていなかった。けれどヴァランティーヌには特別な魅力があった。それをハイエナも見てとったのだろう。そして別様に事が展開するのを望んでいたのではないか。

ゾスカには複数の説がある——テロの出資者は子宮爆弾開発者である。事件はつまるところ、彼らの精巧なガジェットを世界に売り出すための販売促進キャンペーンにすぎなかった。テロの出資者は、事件以来、公共施設の入口に設置されるようになったエックス線探知機メーカーである。テロの出資者は再選を確実にし、フリーハンドを得ようとした閣僚である。テロの出資者はキリスト教会の高位聖職者で、ライバルの新興宗教に近すぎる国家に揺さぶりをかけようとした。

わたしが反論しようとすると、「分かってない」と舌打ちされる。彼女も真相を知りようがないから、自分が信じられる話を創作することにしたのだ。

ヴァランティーヌはするべきことをした。毎日の木々の変化に心惹《ひ》かれ、水面に映る光を眺め、遠くを行き交う船の行き先に思いをはせ、それで人生を満たすには若すぎた。わたしは何か月も激怒し、漠とした耐えがたい痛みに苦しめられた。それがヴァランティーヌへの反感か共感か、はっきりしなかった。一緒にパリに帰り、彼女が父親に抱きしめられたときのことを思い返した。気まずげな様子がせつなかった。あのとき何を感じていたのだろう？　ヴァランティーヌはよかれと思うことをした。誰もがそうするように。わたしはしょっちゅう、彼女に言えたことをありったけ考え、彼女がしたであろうありったけの返事に耳を傾ける。自問自答を繰り返したあげく、想像どおりに話の辻褄《つじつま》が合うように、知っていたことを語り、見ていない場面を創作するようになった。わたしが快復しはじめたのは物語が回り出したときだ。徐々に人生に復帰した。ある日、ふと気がつくと、目覚めてから何時間もヴァランティーヌのことを考えていなかった。鳩《はと》が小枝をくわえて戻ってきた瞬間の、ノアになったような気がした。真相は永遠に分からないだろう。せめて満足のいく物語を自分なりに語るだけだ。

訳者あとがき

アポカリプスとは神とサタンの最終戦争ハルマゲドンが叙述される新約聖書ヨハネ黙示録をさすが、そこから派生した「この世の終わり」「未曾有の大惨事」という一般的な意味がある。本書『アポカリプス・ベイビー』(Virginie Despentes, *Apocalypse bébé*, Éditions Grasset & Fasquelle, 2010) も終盤に、惨事といえる事件が起こる。

物語は十五歳の少女の失踪から始まる。裕福な家庭の娘である少女ヴァランティーヌには、家族からの依頼ですでに監視がつけられていた。尾行中に少女を見逃し、捜索を任される羽目になった調査員ルーシーは、三十五歳を過ぎた下っ端社員、やる気も野心もノウハウもない。困ったあげく裏社会で活躍していたといわれる型破りなレズビアン、通称ハイエナに応援を依頼する。こうしてちぐはぐな探偵コンビが少女の足取りを追って、パリからバルセロナへ旅をする。

この小説はルーシーの一人称の語りを基調とし、そこに少女を取り巻く人物の視点をとる章が挿入される。視点人物となるのは、ブルジョワ作家である少女の父親、その再々婚の相手である継母、赤ん坊の少女を捨てて家を出た産みの母、旧植民地《アルジェリア》からの移民の孫とみられるこの母親の甥、つまり少女にとって母方のいとこでパリ郊外の団地に住む少年、少女を保護する修道女、そして物語の中心的人物ともいえるハイエナとヴァランティーヌであり、それぞれに人物名を冠した章があてられている。したがって、読者は少女捜索の進展を追うかと思えば、彼らの個人的問題に深入りすることになる。また、視点人物以外にも多くの人物あるいは集団の生態が描写される。たとえば、DV男の暴力にさらされる妻子、隷属状態にありながら為政者や上司の思考を内面化する調査会社のIT社員、極右を標榜する音楽バンド、バルセロナで乱交パーティに興じる同性・両性愛者たち、革命をめざす極左活動家あるいはアルテルモンディアリスト（二五〇頁）などである。

著者は「二十一世紀のバルザック」（ARTE制作動画「ヴィルジニー・デパントのパンクなパリ」）と称されるように、様々な階層に属す人々を作品に登場させ、それぞれが抱える問題をえぐり出すことで、現代社会を俯瞰しつつ隠微な側面に光をあてる。結末に事件が起こるとしても、小説で描かれるのはそこへいたるプロセスではなく、個々の人物像、関係性ひいては社会であり、惨事を誘起した土壌が描出されているといえる。

ヴィルジニー・デパント（一九六九年、フランス、ナンシー生まれ）は一九九三年『ベーゼ・

モア』（邦題『バカなヤツらは皆殺し』稲松三千野訳、原書房、二〇〇〇年）でデビューした。暴力やセックス、嗜癖《アディクション》を俗語隠語を多用した破格の口語調で記述し、メディアでは自身の売春を公言するなど、挑発的でスキャンダラスな作家として文壇に登場した。小説を発表するかたわら、自作の映画化作品やドキュメンタリー映画の監督をつとめ、翻訳、作詞にも携わっている。二〇〇六年に発表した『キングコング・セオリー』は自身のレイプ被害や売春体験についても言及する自伝的エッセイで、フェミニズムのマニフェストと位置づけられるが、二〇一七年の#MeToo 運動をきっかけとするフェミニズムの高まりのなか再び注目され、昨年邦訳も刊行された（相川千尋訳、柏書房、二〇二〇年）。

デパントが当時のパートナー、ポール・B・プレシアド（巻頭に引用されている『テスト・ジャンキー』の著者[註]）とともにバルセロナに三年滞在したあと、二〇一〇年に上梓したのが本作である。著者の六年ぶりのフィクション作品として注目され、この年のルノードー賞を受賞。ゴンクール賞にもノミネートされていたが、最終選考の結果、受賞したのはミシェル・ウエルベック『地図と領土』（野崎歓訳、筑摩書房、二〇一三年）だった。

前述のプレシアドは、人間の身体とアイデンティティが薬物とポルノ（経済的側面からいえば製薬会社と性風俗産業）に支配された現代の状況を「ファルマコポルニズム」と称し、これを描いて功績のある作家にウエルベックをあげている。デパントが彼に比肩するのは本書からも明らかだが、二〇一〇年は両人が権威ある文学賞を受賞した年となった。ちなみに作中、中年作家が九〇年代のフランス文壇を回想するくだりでは、二人のことが暗に言及されている。

その後、デパントはフェミナ賞（二〇一五年）、ゴンクール賞（二〇一六‐二〇年）の選考委員に名を連ね、三部作小説『ヴェルノン・シュビュテックス』（二〇一五‐一七年）を発表、現在『ヴェルノン・クロニクル』として邦訳（博多かおる訳、早川書房）が刊行中である。

さて『アポカリプス・ベイビー』では、『キングコング・セオリー』で示される男女の類型を登場人物らが体現している。たとえば同書で、個人売春のセックスワーカーと本質的に違いがないが、より不自由だとされる、利益目あてで金と権力のある男の伴侶になる女。あるいは、男の影でいることになんの疑問ももたない女。また、文化・政治的制度によって温存されていると指摘される男性性の、最たる例が作中のDV男であり、同様に強制された女性性＝女らしさの規範を破ってみせるのがハイエナであろう。

だが特記すべきは、『アポカリプス・ベイビー』が今から十一年前に刊行されているにもかかわらず、その政治性がきわめて今日的な点だろう。当時のフランス大統領はニコラ・サルコジ（在任二〇〇七‐一二年）、物語の背景にある不況は二〇〇八年の金融危機である。結末の惨事がハイチやチリにたとえられるのは、本書刊行の年のはじめにかの地で起こった大地震をさしてのこと。小説に登場する「おめでたいほど親米で、近々親中になることにもやぶさかではな」い新自由主義信奉者たちはとうに親中になり、極左活動家たちがあと数年で終わると予想していた「ユートピアと体制転覆の可能性を秘めた愉快なインターネット時代」は、いまや風前の灯かもしれない。

このように二〇二一年現在とのズレはあるものの、本作が描くのは際限のない資本主義システムにおける富の集中と周縁の貧困化、富者のエゴと驕慢、移民差別、階級の膠着、環境破壊、倫理の崩壊、そしてニューヨーク同時多発テロ以降、テロの脅威がたれこめるなか各国指導層が安全保障国家、監視国家への道を推し進め、ますます強権化する状況であり、これらは現在、いっそう深刻化している。

本作の構想・執筆時は金融危機による不況下、緊縮政策に拍車がかかり、金融機関への財政出動が行われ、世界中でシステムに対する激しい批判が噴出していた。二〇一〇年、本書刊行後にフランスで出版されたステファン・エセルの小冊子『怒れ！ 憤れ！』（村井章子訳、日経BP、二〇一一年）はセンセーションを巻き起こし（一年で三十四言語に翻訳、四百万部）、同年暮れからアラブ諸国で民衆が蜂起（「アラブの春」）、二〇一一年にはスペインで怒れる者たち《インディグナドス》運動、ニューヨークで「ウォール街を占拠せよ」をスローガンとする民主運動が起きた。日本で東日本大震災と福島第一原発事故が起きていた時期である。一方、フランスは二〇一二年のミディ・ピレネー銃撃事件を皮切りに、シャルリー・エブド襲撃、パリ同時多発テロ（ともに二〇一五年）、ニース・トラックテロ（二〇一六年）など、聖戦主義者による一連のテロ事件によって甚大な犠牲と精神的痛手を被った。

事後的にいえることでしかないが、デパントは当時の市民の鬱積ときな臭い叛乱の空気を、娯楽的要素を盛り込みながら小説に仕立て、盛大に爆発させたようにみえる。

「世のなかこんなもの。（中略）尊厳も優しさもあったもんじゃない。誠実な者、高潔な者、穏健な者、そういうのは絶滅した。いまに始まったことじゃない。残っているのはわたしのような者。ならず者」だと登場人物の一人は言う。作中ではそんな現実への幻滅、不満、怒り、既成秩序への反発、そして「現状をつかさどる権威、変えようのない権威に無力に服従すること」への抵抗が描かれる。ある少女は、悪を為しても断罪されない「無処罰性」の遍在に気づき、罪と罰について探究する。

物語のアポカリプスは、聖書のそれのような端的な善悪の戦いとはなりえず、宗教も名目にすぎない。誰が誰の意向で、何を報酬に動き、誰が誰に利用されるのか？　何を大義に戦うのか？　そもそも大義はあるのか？

怒りと抵抗のエネルギーに満ちたこの作品はしかし優しさも湛えている。それは、優しさに飢《かっ》えていた少女ヴァランティーヌを筆頭に、大人たちの欺瞞や暴力にさらされる子供たちを描く筆致、さらには「触角が異様にでかい」虫をはじめとする生き物への言及にも仄見える。ここでまなざされるのは敏感だが無力・無防備な存在で、その被虐性を象徴するのがプラスチックの蓋で胃を満杯にして死ぬアホウドリだろう。だが、惨事の前触れとなる鳥インフルエンザのように、虐げられた動物がヒトへの大きな脅威となりうることを、現在、わたしたちは動物由来感染症のパンデミック下で学びつつある。

翻訳にあたっては編集の吉見世津さんはじめ、窪木竜也さん、月永理絵さん、以前早川書房に在籍されていた堀川夢さん、校正の土肥直子さんにお世話になりました。大変ありがとうございました。
読者に本書の破格のエネルギーが届くことを願いつつ。

二〇二一年九月

註

ポール・B・プレシアド（一九七〇年スペイン、ブルゴス生まれ）はミシェル・フーコー、ジュディス・バトラーなどの系譜に連なるとされる哲学者。生物学的には女性で性自認は男性のプレシアドは、みずからの合成テストステロン（男性ホルモン）摂取の記録と現代の生政治考察を並行して記述する『テスト・ジャンキー――セックス、ドラッグ、そして生政治』（Paul B. Preciado, ***Testo Yonqui—sexo, drogas y biopolítica***, Espasa Calpe, Madrid, 2008、未邦訳）を、夭折した作家・編集者ギヨーム・デュスタンに捧げている。巻頭引用部の「きみ」はデュスタン、「わたしたち」とはプレシアドとデパントをさす。

LIKE A VIRGIN
Billy Steinberg / Tom Kelly
© 1984 Sony/ATV Tunes LLC.
The rights for Japan licensed to Sony Music Publishing (Japan) Inc.

訳者略歴　翻訳家　一橋大学大学院言語社会研究科博士課程中退　訳書『三つ編み』『彼女たちの部屋』レティシア・コロンバニ，『30年目の待ち合わせ』エリエット・アベカシス（以上早川書房刊），『内なるゲットー』サンティアゴ・H・アミゴレナ，『マドモアゼルSの恋文』ジャン＝イヴ・ベルトー編，他

アポカリプス・ベイビー

2021年10月20日　初版印刷
2021年10月25日　初版発行

著者　ヴィルジニー・デパント

訳者　齋藤可津子《さいとうかつこ》

発行者　早川　浩

発行所　株式会社早川書房
東京都千代田区神田多町2－2
電話　03－3252－3111
振替　00160－3－47799
https://www.hayakawa-online.co.jp

印刷所　三松堂株式会社
製本所　大口製本印刷株式会社

Printed and bound in Japan

ISBN978-4-15-210055-9 C0097

JASRAC 出 2107194-101

乱丁・落丁本は小社制作部宛お送り下さい。
送料小社負担にてお取りかえいたします。

本書のコピー、スキャン、デジタル化等の無断複製は
著作権法上の例外を除き禁じられています。